心洞

赵婧 著

清华大学出版社
北京

本书封面贴有清华大学出版社防伪标签，无标签者不得销售。
版权所有，侵权必究。举报：010-62782989，beiqinquan@tup.tsinghua.edu.cn。

图书在版编目(CIP)数据

心洞 / 赵婧著 . -- 北京 : 清华大学出版社 , 2025.1.
-- ISBN 978-7-302-67595-2

Ⅰ. I25

中国国家版本馆 CIP 数据核字第 202440P3C2 号

责任编辑：张立红
封面设计：钟　达
版式设计：方加青
责任校对：卢　嫣
责任印制：丛怀宇

出版发行：清华大学出版社
网　　址：https://www.tup.com.cn，https://www.wqxuetang.com
地　　址：北京清华大学学研大厦 A 座　　邮　编：100084
社 总 机：010-83470000　　邮　购：010-62786544
投稿与读者服务：010-62776969，c-service@tup.tsinghua.edu.cn
质 量 反 馈：010-62772015，zhiliang@tup.tsinghua.edu.cn
印 装 者：涿州汇美亿浓印刷有限公司
经　　销：全国新华书店
开　　本：148mm×210mm　　印　张：11.125　　字　数：233 千字
版　　次：2025 年 1 月第 1 版　　印　次：2025 年 1 月第 1 次印刷
定　　价：76.00 元

产品编号：093509-01

Preface
序言

叶辛

相交并保持联系的老同学、老朋友培德。去美国后定居在那里。现在老了,每年春天和秋天,回国探亲并旅游两次。每一次来,我们六个老同学和老朋友,总要在他到上海时小聚两次,一次是他刚到时,另一次是他回去之前。两次相聚,也变成了我们这些上海老友谈笑风生的美好时刻,拖得时间越来越长。培德有个儿子,在纽约的职业是心理医疗师。也是我们通俗讲的心理医生。谈天说地时,他经常会讲起儿子工作中遇到的形形色色、各种各样美国人的故事,听后让人印像深刻。每次听他讲过,我总提议他儿子把这些亲身经历写下来,那会是一件十分有意味的事情。今年秋天,培德又回来了,我问及他,你孩子写了吗?他答:他没这个心思。停顿一会儿,培德对我道,其实我知道他是不会写的,一次一次讲给你听,我是希望你这个作家有所感、有所悟,写一点东西,说不定同样会出彩。

我只能无奈一笑道:巧妇难为无米之炊,美国虽然去过几次,但都是浮光掠影，走马观花，不深入的，凭道听途说，写不出像样的东西。我出不起这样的洋相。

为此，我一直感到遗憾。我的另外几位同学与老友，也有同感，觉得这么好的素材，不写可惜了。

培德走之后，我们还在慨叹！

冷不丁的，一本书的清样送到了我的面前。书名《心洞》，写的就是这一题材。我有些欣喜，哇，作者还是个姑娘！。

我兴味浓郁地打开读了起来。49天，49个小故事，十多个生活在当代美国的男男女女，人物形象和故事各不相同，展开的是当代社会的众生相。其多维度、多色彩的案例展示，既有结构上的独特性，又有叙述上的节奏感，让读者在跟随一个个心理治疗病例的过程中，逐渐了解这一门技术是怎么回事，从而对全社会存在的心理健康问题产生关注、理解和重视。虽然美国和中国国情不同，但是，最普通的老百姓的生活却有着诸多相似之处，因此，我非常同意几位心理学家的意见，故事虽然发生在我们中国人并不熟悉的旧金山，却具有更广泛的普遍性。《心洞》不仅是心理咨询和心理治疗的重要参考书，也是帮助很多家庭处理亲子关系、夫妻关系，以及职场人士提升情商的优秀读物。

旧金山我去过不止一次，表面上看去，这个城市安定、和谐、风淡云轻、生活安然，读完了《心洞》，我仿佛拂去了旧金山城市表面的雾纱，更进一步地走进了当代旧金山人、乃至当代美国人的心灵世界。

人类走进物质丰富的当代社会，基本告别了缺吃少穿的时代。

而人们的心灵世界，亦即我们经常提到的当代人的灵魂健康，已经到了全社会都该高度重视的时候。

从这一意义上说，《心洞》诚不失为一本好书，一本及时的书，一本值得重视和推荐给当代读者朋友们的书。

我喜欢《心洞》。

是为序

To the Reader
作者的话

这是一部让您慢下来的心理小说,引导您以一种温柔的节奏去探索内心。在阅读的过程中,您也许会偶感困惑,也可能会失去耐心,想要加快进度。

但是,这没关系——您告诉自己。

因为您知道,与这本书的相遇,本就是与自己的一场约定——每天只读一个故事,用专注和耐心,为自己带来一次不同以往的体验。

四十九天后,您会惊喜地发现,这样的慢阅读不仅成为了您的一种习惯,更像是在您的内心世界走过了一段特别的旅程。每天的故事,就好像是一块遗失的拼图,为您带来一场思想的迸发、一次情感的触动、一场心灵的疗愈。当四十九块拼图逐渐在您心中拼凑起一个更加广阔、多彩的世界,您会发现自己,已然有所不同。

Introduction
引子

　　我把头轻轻倚靠在冰凉的舷窗上,举目远眺。飞机正以大约十度的锐角,缓缓向上攀升,仿佛一只渴望触摸天际的巨鸟,想把地面上的一切均抛于脑后,回归自由的怀抱。

　　渐渐地,窗外的景色由单调的机场跑道切换为旧金山的城市样貌。从这个角度向下望,一条条蜿蜒的街道和一栋栋风格各异的建筑,就好像是一颗颗被精心布置的棋子,共同铺陈出一幅长宽各七英里的方形棋盘。金色的阳光从云层中洒落,为这个巨幅棋盘披上了一层璀璨的光辉,就好像在一个个紧密相连的棋格之间,赋上了一道道生命的色彩。

　　飞机穿越城区,向着辽阔的太平洋方向飞去。远处,红黄黑三色混合的金门大桥在晨光中显得愈发地美丽和壮观。它横跨海湾,宛若一道绚烂的彩虹,连接起两个不同的世界。彩虹的一端,是我作为一名心理治疗师,与那些在49个棋格中演绎生命故事的来访者一起工作的各式场景;另一端,则是我作为一名职业女性,在旧金山工作和生活的点点滴滴。两个世界时而平行,时而交错,渐渐构成一部记录着我十年心路历程的纪实片,令我潸然泪下,百感交集。

闭上眼睛，我按下了纪录片的播放键，开始观看那些熟悉的场景与画面。其中，有我坐在诊所，与来访者一起探索他们内心世界的场景；也有我在导师瑞贝卡的诊所，与她探讨我在临床工作中的所思所想、所感所得；更有我和我的人生伴侣本，以及我的猫咪可乐在一起生活和成长的酸甜苦辣。看到这些时而温馨、时而感伤，时而欢声笑语、时而又耐人寻味的一幕又一幕，我的心被一种难以言喻的情感所充盈。

渐渐地，这些情感宛如涓涓细流，在我的周身流动。我感到它们正在汇聚成一种力量，一种打开心灵的洞穴所需要的力量。那里，是无意识汇集的场所，晦暗混沌，无边无际。但偶尔也会出现一些微光，那是我过往十年逐步收集起来的、有关无意识的蛛丝马迹。我知道，虽然这些亮光还很微弱，不足以照亮整个心洞，但它们能为我带来前行的勇气和动力，指引我发现并点燃更多的光亮。

我开始想象自己两鬓霜白的模样。可能，彼时的我还是没能把整个心洞照亮，甚至微光覆盖之处，不到洞穴的千万分之一。但我不会遗憾，因为我知道，每一道微光，都代表着一段珍贵的生命历程、一个灵魂相契的时刻、一块自我发现的铭牌。它们是我不断探索内心的结果，更是我与无数来访者共同努力的成果，证实了我在这个世界上最真实的存在，也印证了那些我有幸触碰的生命的存在，以及这些生命在我的支持下点亮心洞之光的瞬间……

"叮咚"，随着客舱警示灯的熄灭，机长通过广播，宣告飞机已正式穿过云层，正在高空稳定前行。周遭的乘客纷纷打开座椅背后的显示屏,开始享受飞机上提供的各类娱乐项目。我身随心动,从背包里取出了笔记本电脑,在键盘上敲下了"心洞"二字。

我想要透过文字,去捕捉那些在我的工作和生活中出现的点点微光。就好像旧金山可以微缩为一块由四十九个棋格所构成的棋盘,我在过往十年里的生命历程,也将以七周,也就是四十九天的时间轴来浓缩。每一天,我会讲述一个故事。可能是我和来访者在探访心洞时所遭遇的挑战或突破,也可能是我与来访者共同经历的成长和转变,还可能是我和导师与家人相依相伴、相知相守的理解与支持。

我希望这些既独立又相连的故事,可以构成一张由四十九个心理截面所构成的心灵地图。也希望正在读这本书的您,可以用手中的这张地图,找到一些通往您心灵洞穴的微光。

随着岁月的流逝，我越来越深刻地体会到，爱——无论我们称之为友谊、家庭还是浪漫关系——都是互相映照和放大彼此光芒的过程。这是一种温柔而坚定的努力。在生命、羞耻和悲伤遮蔽我们自身光芒的时刻，爱就是那种拯救生命的力量，因为总有一个满怀爱意、目光清澈的人，将我们的光芒反射回来。而在我们最好的时刻，我们也能成为那个人，去照亮他人的光芒。

——詹姆斯·鲍德温（James Baldwin）

Acknowledgement
鸣谢

感谢所有给予我信任并允许我和他们一起探索生命旅程的来访者,以及我生命中最至亲至爱的两位男士:赵进一先生和赵麦可博士。

Contents

	星期一	星期二	星期三
第一周	002 女孩与小鸟 蒂芙尼	010 爱的滋味 马克和米亚	019 叛逆的少年 艾伦
第二周	056 彩色丝巾 蒂芙尼	062 爱的牢笼 马克和米亚	071 303 监房 艾伦
第三周	106 暗夜斗篷 蒂芙尼	114 爱的语言 马克和米亚	121 迟到的父爱 艾伦、卡罗斯和莱拉
第四周	154 平行世界 蒂芙尼	161 爱的输赢 马克和米亚	169 我有一个梦想 艾伦和卡罗斯

目录

星期四	星期五	星期六	星期日
026 孤独的自由 程乐	033 戏剧时光机 密斯顿监狱	041 反移情 瑞贝卡和简	048 一家三口 可乐
078 三个心愿 程乐和杨柳	085 囚徒困境 密斯顿监狱	091 沙盘解迷思 瑞贝卡和简	097 所谓快乐 本
127 闪电与乌云 程乐和杨柳	133 傻瓜 密斯顿监狱	142 边界 瑞贝卡和简	148 生命的意义 可乐
177 双人镜 程乐和杨柳	184 醒梦剧场 密斯顿监狱	191 看不见的伤痛 瑞贝卡和简	197 我们这一对儿 本

Contents

	星期一	星期二	星期三
第五周	206 一朵莲花 蒂芙尼	213 爱的姿态 马克和米亚	220 危险游戏 艾伦
第六周	252 精神科病房 蒂芙尼	258 爱的晴雨表 马克和米亚	265 活成自己的模样 艾伦、莱拉和卡罗斯
第七周	300 三封信 蒂芙尼	306 爱的旅程 马克和米亚	312 阿拉加森林 艾伦、莱拉和卡罗斯

目录

星期四	星期五	星期六	星期日
226	233	239	244
父与子	情绪乐队	真相背后	活在当下
程乐、杨柳和程鹏	密斯顿监狱	瑞贝卡和简	可乐
271	278	284	291
家庭契约	浮生若梦	光影之间	一把双刃剑
程乐、杨柳和程鹏	密斯顿监狱	瑞贝卡和简	本
319	325	331	337
了不起的一家	不散的筵席	完美地不完美	心洞
程乐、杨柳和程鹏	密斯顿监狱	瑞贝卡和简	简

First Week

第一周

星期一/女孩与小鸟

蒂芙尼

一

在无尽的黑夜与初露的黎明之间,一只夜莺在绝望与希望的边缘苦苦挣扎。它既渴望黎明带来的温暖与希望,又留恋暗夜的保护。因为,只有在夜幕的庇护下,它才得以掩藏并不出众的外貌,毫无顾忌地纵情高歌。

"我不知道,我太难过了,完全无法呼吸。这种感觉你是不会懂的。"蒂芙妮双手抚额,指缝间浮出粉红的印痕,衬得她苍白的肤色愈发通透。

我不语。静静地看着她,等待她调整呼吸。

"我睡不着,完全睡不着。脑海中一遍又一遍地闪现他的身影。"蒂芙妮接着说,双目低垂。与其说她在是向我叙述昨晚的遭遇,不如说是在喃喃自语。接诊一月有余,大多时候,她的目光是空洞的,没有焦点,没有光。偶尔四目交汇,她会慌忙将视线抽开,仿佛多停留一秒,就会有不幸降临。

"他?"我问。

"嗯。"蒂芙妮深呼一口气,低头不语。

"哪个他?"我想问但话到嘴边,又觉不妥。既然她不想说,自然就没有问下去的必要。

"他的身影,为何令你无法入眠?"我问。

"我害怕。"蒂芙妮轻声答道。

"还记得你的身体是如何反应的吗?当你感觉害怕的时候?"我问。

"嗯。我知道你让我留意自己的身体反应,尤其在我难过的时候。但往往我一难过,脑袋就一片空白,根本什么也想不起来。就好像昨晚,他的身影在我面前不停地晃呀晃,怎么也甩不掉。我害怕极了,拼命地哭。到后来,感觉整个身体都被掏空了,没了重量,飘了起来。然后,我看到了那个瘫倒在沙发上,无助的她。我有点同情她,又有些讨厌她。我想和她说说话,又不知该从何说起……"说到这,蒂芙妮停了下来,目光移向她右手边的一张三人沙发。

蒂芙尼所描述的这种现象,类似《精神障碍诊断及统计手册(第五版)》[1]中所描述的"人格解体或现实解体精神障碍",简称"解离症"。患者会在症状发作时,感觉自己脱离躯体,成为与躯体无关的另一个存在。而躯体所承受的痛苦,也仿佛与患者无关。也就是说,这个脱离了躯体的存在,只是一个旁观者,无关痛痒地观察着一具与之无关的躯体所演出的种种画面。说白了,有点灵魂出窍的意味。

这已经不是蒂芙尼第一次描述这样的情形了。这种反复出现的自我消失感及失真感,从少女时代起就深深地折磨着她,以致

---

[1]《精神障碍诊断及统计手册(第五版)》(DSM-5),由美国精神医学学会编纂,是一本帮助诊断精神障碍的指导手册。

她时常用酒精来麻痹自己，以期减轻这种痛苦。而长期酗酒，又使其对酒精的耐受性不断增强，饮酒频率和用量也节节攀升。在一次朋友聚会中，饮酒过度的蒂芙尼与他人产生了激烈的肢体冲突，警方到达现场后，在她身上搜出了用来购买酒的伪造驾照。事后，17岁的她被送上青少年法庭，并因持假证买酒和酒后斗殴等违法行为被判缓刑[2]。根据加州法律的规定，蒂芙尼在缓刑期间，不但需要随时接受缓刑官对她的不定期检查，还需要参加一些推荐的矫治项目。我所提供的心理治疗服务，就是这些矫治项目之一[3]。

"也许，我们可以试着和昨天晚上那个瘫倒在沙发上的无助的'她'聊聊？"我试探着问，希望引导蒂芙尼能和从其身上脱离出来的那个自己，来一场自由联想式的对话。

"怎么聊？"蒂芙尼问，双眼仍锁着那张三人沙发。

我请她起身，在房间里随意走动，然后跟着我的引导，一边做肢体放松，一边做戏剧化联想。

"想象你自己是只身姿轻盈的小鸟，在空中自由地翱翔。飞着飞着，你看到一个小朋友在海滩上捡贝壳，红扑扑的小脸满是兴奋；接着，你又看到一对老夫妇在公园里散步，满是褶皱的嘴角漾着淡淡的微笑；然后，你看到一位中年男子在街上奔跑，神色紧

---

[2] 在美国加州，因未满21周岁而持有假身份证购买酒的行为被视为违法行为，最高处罚可达到1000美元罚款和/或六个月县级监狱服刑。

[3] 在美国加州，未满十八周岁的青少年在缓刑期间，通常会被他们的缓刑官转介至社会服务机构参加心理治疗，以帮助他们疗愈创伤，回归正途。通常，治疗经费由司法机构或公共健康保险部门全资补贴，期限不超过一年。

张。你有些累了,决定歇歇脚。于是,你飞到一户人家的窗台,看见一位年轻的姑娘正在抽泣,忧伤的神情让你禁不住屏息观望。你想和女孩子说说话,问她究竟为什么哭得这么伤心。可是,你不敢开口,唯恐惊扰了对方。而且,你也不知道如何开口,感觉说什么都可能是错的。你只好徘徊于窗台,希望她能自己平静下来。时针一分一秒地滑过,女孩仍在哭泣,仿佛越来越难过。你觉得没办法再等下去了,于是鼓足勇气飞到女孩身边,冲她挥挥翅膀:'嘿,你还好吗?'"说到这里,我停了下来,示意蒂芙尼坐到那张三人沙发上。

"假如你是那位姑娘,你会怎样回答那只小鸟?"我问。

"我不知道。"蒂芙尼微微摇了摇头,陷入沉思。"我可能会说:我好不好,不关你的事……"过了半晌,她开口道。

"你现在不是蒂芙尼,而是那位哭得特别伤心的姑娘。有只小鸟想关心你,你告诉它,你的好坏与它无关。"我引她入戏。

"我好或不好,都跟你没关系。"姑娘(蒂芙尼饰,以下"女孩"均指同一语境)弯下腰,把头埋得很低,仿佛小鸟就在她的脚下。

"我好奇,小鸟听了女孩的回复,会如何作答?"我柔声问。

"它会说:'的确,你好不好与我无关。我也没有必要关心你,因为你是个坏姑娘。'"蒂芙尼说,身体仍然保持着刚才那个弯腰埋头的姿势。

"这是你的猜测?"我问,"可不可以请小鸟自己回答?"

"你是要我也扮演那只小鸟?"蒂芙尼问。我点点头,示意她起身，想象小鸟所在的位置。

"它在地上。它很小，小到和姑娘说话的时候，必须很努力地把头抬得老高。"蒂芙尼一边说，一边跪趴在沙发前，离她刚刚坐着的位置大约几英寸的地方。然后她仰起头，眼神中充斥着不安与忧伤："你这样说，我很伤心。我只是想关心你"。小鸟（蒂芙尼扮饰，以下"小鸟"均指同一语境）怯怯地说。

"小鸟，请告诉女孩，你为什么想要关心她？"我问小鸟。

"因为她太可怜了。"蒂芙尼脱口而出，随即低下了头。

"此刻，你是小鸟，你遇到了一位伤心的姑娘。她拒绝了你的关心，但你不想放弃。"我继续引导她。

"你为什么一直哭？"小鸟仰起头对姑娘说："你知不知道这样哭，根本解决不了问题？你是在博取同情吗？哦，是的。你一定在扮可怜，因为这大概是你唯一有效的武器吧。嗯，这的确有效。至少，你把我吸引到了你的身边。你让我没有办法不关心你，因为假如我对你视而不见，我就不是一只善良的小鸟。可是，我关心你，我得到了什么？得到的只是你的冷漠与拒绝……"说到这，小鸟顿了顿，又补充道："也许，你好不好，确实不关我的事。我没有必要关心你，因为你，不值得。"

我注意到，小鸟在说话的时候，身体的姿势逐渐从跪趴式变成了跪坐式，口吻也从最初的怯懦慢慢变得有些强硬起来。这一变化在我之前与蒂芙尼的多次交谈中从未出现过。通常，她说话的声音很轻，语气中充满着不确定感。我请蒂芙尼坐回沙发，以那位姑娘的身份说些什么。

"嗯，你说得对。我确实不值得你关心。事实上，我不值得任何人关心。我只是个人见人厌的可怜虫。"姑娘说着，眼圈突然红了起来。

我瞄了眼墙上的时钟，离本次治疗结束，只剩下不到十分钟的时间了。

在技术层面，这是一个帮助来访者深度探索的好时机。比如，为什么她觉得自己不值得他人的关心？又比如，在真实生活中，是否有人像小鸟一样试图靠近她、关心她？而她又是如何回应他人的关怀的？在她伤心难过时，有没有值得她信任的人可以聆听她的心事，抚慰她的情绪，给予她支持与鼓励？此外，她在扮演小鸟时所呈现出的角色特征，很可能是一种新兴子人格[4]的雏形，在临床上极具探索价值。然而，本单元[5]所剩的时间已经不多了，无论哪个话题，都难以继续推进。

"蒂芙尼，现在我需要你做三个深呼吸，就像我们前两次练习的那样，深深吸气，再缓缓吐气。好，你现在已经不再是那个悲伤的女孩了，请离开那张沙发，回到你原来的座位，做回你自己。"我指了指靠近我座椅的一张单人沙发，大部分来访者都会选择这张

---

[4] 新兴子人格（emergent sub-personalities），是丹尼尔·威纳（Daniel Wiener）博士在其著作《成长预演：在即兴中疗愈》(Rehearsals for Growth: Theater Improvisation for Psychotherapists) 中提出的一个戏剧治疗概念，意指在临床中，来访者在治疗师的指导下进行一系列的戏剧展演，并在此过程中创造、发展或使用一个与其日常所扮演的角色不一样的角色特征。一般这种角色特征需要在戏剧展演中多次出现，才能被确定为新兴子人格。

[5] 这里所说的单元（session）指的是治疗师和来访者会见所预设的时间段。通常，每个治疗单元的时间控制在 45—60 分钟之间。

沙发，作为他们诉说心事时的身体依托。

"首先，你还好吗？"我问。

"还行。就是觉得自己很可笑。"蒂芙尼说。

"因为？"我问。

"因为我不值得别人对我好。但我又忍不住渴望他人的关爱，虽然我从来不愿意接受。"蒂芙尼答，"我知道你接下来会问，为什么觉得自己不值得。说实话，我也不知道。偶尔，我还是对自己有些满意的。比如，我在文身店打工时，客户夸我画工好。但大多时候，我觉得自己百无一用，做什么都不行。人际关系也是一团糟。不论是朋友还是家人，都指责我拒人千里。'你有什么，傻瓜而已，有什么好拽的。'杰米就经常这么说我。"

杰米是蒂芙尼的男友，抽麻酗酒，时常对蒂芙尼恶语相向。从个人角度，我对杰米很反感。但作为心理治疗师，我不能任由自己的主观评价影响来访者的行为处事。我所能做的，只是穿针引线，引导来访者自己整理思绪，做出符合当下的理解和判断。

"他这么说你，你什么感觉？"我问。

"我不生气。我觉得他说得对。我就是个傻瓜，确实没什么可以拽的。"蒂芙尼耸了耸肩，冷笑道。

"你觉得自己是个傻瓜？"我面质[6]道。

"大部分时候是的。"蒂芙尼再次耸了耸肩。

"大部分，"我顿了顿，"听上去你也不总是这么看自己的，对

---

6 面质（confrontation），是心理治疗中常用的一种技术。指治疗师明确指出来访者自身所存在情感、观念、行为上的矛盾，使其正视这些矛盾的一种语言表达方式。

吗?"我问。送她出门的时候,我请她在有空的时候,在家里做一些自由联想练习。设定一个时间段,以"我是谁"为主题,不停地写,想到什么就写什么。不作任何涂改,不讲究语法措辞。任由指尖的笔自由挥舞,写下任何它想表达的东西。

"我不确定我是否有时间。"蒂芙尼有点犹疑,想了想,又补充道:"我试试。"

星期二/爱的滋味

马克和米亚

一

在爱的迷宫中,每个转角都藏着未知的挑战与机遇。仿若两颗遥相呼应的星辰,虽然可以相互慰藉、照亮彼此,却也会在云层飘过时,光芒尽失,暂时失联。

时针指向九点三十分。

通常,在诊疗开始前,我会预留十五分钟时间,回顾来访的诊疗记录,为接下来的走向作大致的规划和判断。但每周二上午十点的诊疗是个例外,因为我需要多留出一倍的时间,为自己整理思绪。事实上,一想到一场无休止的拉扯战即将再度开演,我就头皮发麻,如临大敌。

"她昨晚又酗酒了。"果然,一进门,马克就引爆导火索,向妻子宣战。

"别听他胡扯。他没一句话是真的,你不要信他。"米亚用中文嚷嚷着。四十出头的她,保养得很不错,看上去比实际年龄小不少。米亚曾笑称自己的年轻归功于优良的中国血统,不像白人,年轻时看着还行,年纪一大就特别显老。

"她对你说什么了?"马克问我。

"米亚，请你用英语重复一遍你刚才的话，让马克也能明白你的想法和感受。"我用尽可能平缓的语气用英语向米亚发出请求。

"有什么好说的，说了他也不会承认。"米亚仍旧用中文嘟哝道。

"米亚，我们之前有过约定的：只要你先生在场，我们尽量用英文。除非个别语句你不知道该如何表达，需要我帮你翻译。"我坚持用英语提醒她。

"好吧。虽然并没有这个必要！"米亚继续用中文回应我。然后她转头瞥了马克一眼，用英语对他说："我让简不要相信你，因为你所说的每一句话都是谎言。"米亚一边说，一边冲着马克摆了个拇指向下的手势。

"马克，你对于米亚方才说的话，有什么感觉？"我问。

"我觉得她很可笑。"马克答。

"马克，我想有必要也提醒你，我们之前有过的另一个约定：不要评价对方，只聊自身的感受。"我说。

"我感觉很恼火。明明是她成天无理取闹，却把罪责都加到我身上。你问她，我说谎了吗？是谁三更半夜翻箱倒柜找酒喝？又是谁喝醉了发酒疯？明明自己喝得烂醉，却不敢在简面前承认，还反过来说我撒谎。你不觉得你这样做，很幼稚很可笑吗？"马克的目光中透着一丝鄙夷，用嘲讽的口吻责问妻子。这让米亚又气又恼，连声辩解自己只是喝了一小杯，并没有他形容的那样喝得酩酊大醉。马克这是在借题发挥，故意说出来让我觉得一切都是她的错。这样我就能站到马克那边，为他撑腰。

"听起来，我成了你们争夺的对象？"我插话。在伴侣咨询中，来访者们时常会在自觉或不自觉中，拉治疗师当"裁判员"。仿佛谁赢得了治疗师的支持，谁就胜券在握一般。而这种现象一旦置换到家庭情境中，孩子便不可避免成了父母间你争我夺的牺牲品。

"简，说说看，你到底信谁？"米亚急切地问我。

"简，我也想知道你究竟信她还是信我？"马克也跟着追问。

"我想知道类似的问题，你们是不是也问过路卡斯？"我问。

这个问题，仿佛切中了米亚的伤痛之处。刚刚还与丈夫剑拔弩张的她，一下子就安静了下来。马克也默不作声，这让房间里的气氛瞬间从硝烟弥漫的战场切换到了阿拉斯加的冰原地带。良久，米亚终于噙着泪水，告诉我近来她一直彻夜失眠，因为她很害怕儿子会嫌她没钱。一旦她和丈夫离了婚，路卡斯肯定不愿意跟着她过苦日子。所以她总是拉着儿子问，假如哪天爸爸妈妈不在一起了，他到底愿意跟谁，但儿子始终没有正面回答过她。这让她愈发焦虑，生怕在不久的将来，会成为失去了丈夫又失去儿子的孤苦女人。米亚的这番话，不仅没有令身边的丈夫对她生出任何怜惜之心，反而使丈夫责怪她不该总是追着儿子问这样的问题，因为这会让路卡斯很为难。

"你不问儿子这种问题，是因为你胸有成竹！"马克的责备把米亚从低落的情绪中拉了出来，她又回到了战斗模式。

"你怎么看？"我问马克。

"她就是这样，作践我不够，还要作践自己的儿子！"马克愤愤地说，"真不懂她这么贬低我们父子俩，对她有什么好处……"

"你能告诉米亚你的感受吗?"我问马克。

"我为你难过,"马克对妻子说,"也为我们的儿子。路卡斯这么爱你,你却这样说他,你不怕伤他的心吗?"

"你不怕,我怕什么?"米亚没好气地说。"伤害他的是你,不是我。"米亚强调。

"米亚,马克认为路卡斯是爱你的。你认为呢?"我问米亚。

"我当然知道路卡斯爱我。但我没有钱。"米亚的眼眶再度发红,称万一马克哪天把她扫地出门,路卡斯一定会毫不犹豫地抛弃她。

"听上去,米亚有些害怕。你觉得她在怕什么?"我问马克。

"怕失去路卡斯。"马克不假思索地回答。

"还有吗?"我追问。

"还能有什么?"马克不解,迟疑了片刻,又犹疑着开了口:"不可能是担心失去我吧?"

"马克说得对吗?"我问米亚。

"……"米亚调整了下坐姿,默不作声。

"你觉得你的妻子为什么会害怕失去儿子和失去你?"我继续问马克。

"我不觉得她会担心失去我。但她一定会担心失去儿子,假如我们分开的话。"马克回答。接下来,他用一种透着悲伤的语气称自己并不知道米亚为什么会感到害怕,他从来没提过离婚,只是希望妻子能够接受心理治疗。这样,他和儿子的日子会好过些。

"我为什么需要接受心理治疗?我又没病!"米亚冲丈夫怒吼道。然后,她开始斥责马克诡计多端,称他不是不想离婚,而是不敢离。因为他害怕一旦离婚，路卡斯会被判给妈妈。这样马克不但要分她一半家产，还要支付路卡斯的抚养费。所以，她认为马克希望把她送去心理治疗，然后再跟法官说她精神有问题，没有能力照顾儿子。

"你真是不可理喻！"马克气呼呼地对米亚说，"我怀疑你不仅有边缘型人格障碍，还有妄想症！"

"等一下，我觉得我们有必要暂停一下我们的对话。"眼见二人越吵越猛，甚至到了人身攻击的地步，我不得不出面协调，请二人静下心来，调整呼吸。

几分钟后，我问马克："你刚才说你从来没有提过离婚。我想知道，是从没提过？还是从没想过？"在把问题抛向马克的同时，我将眼角的余光扫向米亚，观察她的表情。

"离婚的念头不是没有动过，但我觉得还不是放弃的时候。"马克看上去很坦然地回答道。

"为什么？"我追问。

"米亚和我虽然有很多矛盾，但说不定还可以挽回，只要她能做出一些转变。"马克说。我问他是否仍对他们的婚姻抱有希望。马克微微点头，强调不离婚的前提是米亚能做出一些实质性的改变。

"米亚，我注意到刚才马克说他还不想放弃这段婚姻的时候，你稍稍舒了口气。能告诉我你当时的感受吗？"我问。

"……"米亚低头不语，沉默片刻，低声说："我不记得了"。

"那你对于马克希望你能做出一些改变，有什么想法？"我继续问米亚。

"改变是双方的。他总是没事找事，光我改有用吗？"米亚反问道。

治疗进行到这里，我深刻地感受到马克和米亚之间的关系动力[7]及人格特征的复杂性。在过去六周的治疗初始阶段，我为了稳固与他们的治疗联盟[8]，采取的是干预为辅、评估为主的策略。

通过观察，我发现马克似乎扮演着一个寻求控制和稳定的角色，他对米亚的行为和选择时常持批评态度。这种行为可能源自他对秩序和稳定的渴望，以及对失控情境的恐惧。他的某些言论也暗示，他认为通过外部干预（如心理治疗）能够解决问题，这表明他可能倾向于寻求系统化的解决方案来处理问题。

反观米亚，则时常表现出一种更加情绪化和防御性的态度。她的行为可能是对过去伤害的反应，又或是一种深层的不安全感在作祟。她的担忧主要集中在失去亲密关系上——不仅是她的丈夫，还有她的儿子。这种恐惧驱使她在争吵中，通常采取攻击或防御的姿态，而不是寻求理解或协商。

从他们的关系动力来看，显然存在一种相互依赖的关系成瘾[9]。

7　关系动力（relationship dynamic）指关系中的个体之间的互动模式和过程。一般而言，定义和影响关系动力的因素包括但不仅限于：个体间的情感交流、沟通风格、权利分配、依赖与独立性、亲密度与边界感，以及解决冲突的能力等。

8　治疗联盟（therapeutic alliance），是心理治疗中一个重要概念。指治疗师和来访者之间建立的一种正面的、合作性的关系，这种关系被认为是心理治疗成功的重要基础。

9　关系成瘾（codependency），又称相互依赖，是一种心理学概念，通常用来指一种过分依赖他人来满足自身情感或心理需求的关系模式。在这种模式中，一方对另一方或双方对彼此的照顾、认可和批准有着过度的、不健康的需求。关系成瘾常见于功能失调的家庭成员之间。

马克似乎需要米亚做出改变以满足他对关系的期待，而米亚则需要马克的理解并给予她足够的安全感，但她的行为恰恰正在推开她最需要的东西。这种互动关系造成了一种恶性循环，使身陷其中的双方都在不经意间加剧了对方的恐惧和不满。

在治疗的始终阶段，我试图建立一个安全的治疗环境，使他们能够表达自己的感受和担忧。但显然，仅仅提供一个对话的平台是不够的。下一步，我计划引入更具体的干预措施，如情绪调节技巧和沟通技巧的训练，以及建立共同解决问题的策略。我希望帮助他们认识到各自在这段关系中所扮演的角色，了解如何在保持个体完整性的同时，以更建设性的方式回应对方。

此外，我也看到了马克与米亚之间，仍然存在爱的可能性。如果真是如此，即便双方存在深层的分歧和伤害，也仍然有可能找到重建关系的路径。我决定引导他们发现这种可能性。

"你们还爱对方吗？"我问马克和米亚。

"我不知道。结婚都十几年了，爱是什么滋味，我已经不记得了。"米亚怔怔地说。

"我觉得爱还是在的。不然，我早就放弃了。"马克说，"但是我感觉不到她对我的爱，一点也感觉不到。不怕你笑话，自从路卡斯出生到现在，我们有过的性生活屈指可数。仅有的几次，也是我千方百计求来的。这种感觉糟透了，特别没意思。"

"他说我性冷淡，但我不是！"米亚心急火燎地为自己辩白，"我喜欢拥抱亲吻的感觉，比谁都喜欢。但我需要先感受爱。和他，我做不到。因为我不觉得他爱我，一点也不。"米亚的眼神中透出些许落寞。

"我们每个人对爱的表达方式各不相同，对爱的接受方式也不同。你们有没有尝试沟通过各自喜欢的表达及接受方式呢？"从马克和米亚刚才的语气和表情判断，两人之间是有爱的基础的。问题可能出现在不懂得用对方喜欢的方式去表达。

"没有。我觉得你把事情复杂化了。"米亚对我说，"爱，根本没有这么复杂。爱我，就宠我，关心我，对我好。不爱，就大大方方承认。何必明明不爱，还要假装爱着。真虚伪。"

"也许你可以问问你的丈夫，了解一下他对爱的理解与看法？"我建议道。

"这还用问。顺从他、配合他、满足他，给他想要的性生活。"米亚的语气中充满着不屑。

"又来了。简，你看，她的理解永远都是那么浅薄。在她看来，男人需要的就只有性。所以，她就用性来胁迫我，简直幼稚到极点。"马克一边说一边摇头，然后转向妻子："如果我告诉你，我现在对你根本没有任何'性趣'，你信吗？"

不用说，马克充满挑衅的口吻再次激怒了米亚，两人面红耳赤再次争吵起来。

送二人出门的时候，我提醒他们如果想继续在我这里接受治疗，就必须遵守之前立下的口头要约：相互尊重，明确边界；只谈个人感受，避免人身攻击。"我很感激你们对我的信任与尊重，也看得出你们都在很努力地想要拯救这段婚姻。但一段关系，假如连最基本的相互尊重都做不到，是很难期望它可以继续走下去的。我希望你们这周能共同完成一项'家庭作业',那就是学习爱的五种表达方式,看是否可以通过充分的沟通,了解彼此对爱的表达及接受方式,用心感受爱。"我递给他们一张自制的"爱的表达式"图表,希望他们共同完成,并在下次复诊时带来。

星期三/叛逆的少年

艾伦

一

在无垠的沙漠中,有一株孤独的仙人掌正在安静地生长。表面上,它的坚硬护甲令人望而却步,难以接近。然而,谁又能知晓,那些刺只是它赖以生存的无奈之举。每一根刺背后,都隐藏着它对生的向往,以及对大自然滋养的渴望。

素有"印第安少女乳房"之称的双子峰,是360度欣赏旧金山城市美景的游览胜地。无论阴晴还是圆缺,两座南北相对的山丘附近,总是游人如织,热闹非凡。与双子峰同样人满为患的是坐落在山脚下的旧金山少管所。许多因涉嫌犯罪而等待法庭审讯[10]或已被判处短期拘留的未成年人被羁押在此。与成人监狱系统不同,少管所更注重教育、职训和心理治疗,旨在帮助这些失足少年重返社会。而作为少管所指定的援助心理治疗师,我需要时常来这里会见我的来访者,或是参加他们的拘留听审[11],并在庭前向法官陈述自己

---

10 少管所(juvenile hall)的法庭审讯一般包括拘留听审(detention hearing)及处置听审(dispositional hearing)。
11 拘留听审指法官决定是否在特定条件下释放少年犯罪嫌疑人,或继续监管抑或拘留,直至下次开庭。

的专业意见。

今天下午两点半的听审,正是为少管所转介的来访者艾伦而来。三个月前,艾伦因涉嫌在课间掐女同学脖子被收监,后来又因其未成年且拒不认罪而被有条件释放,由缓刑官罗伯特及一名电子监控执行官对其进行联合管控。但艾伦对他们很排斥,除了例行报到,不愿多说一句话。于是,罗伯特把艾伦转介给了我,希望我的心理治疗师身份可以让艾伦放下戒备,敞开心扉。而我却对接手此案信心不足,担心自己对艾伦的墨西哥文化背景了解不深,难以与其建立良好的治疗联盟。

带着些许顾虑,我按着罗伯特给我的地址,找到了艾伦位于旧金山米申区的家。在这片以拉丁美裔为主的移民集居地里,表达政治意图、族裔身份、宗教文化的绚丽壁画四处可见,成为叙说社区故事、反映社会多元性的最佳代表。祖居米申区的艾伦一家,自然也离不开拉丁美裔的文化烙印。不仅祖屋的外墙上刷有色彩鲜艳的墨西哥壁画,家里的大小摆设也无一不透露着浓郁的拉丁色彩。我开门见山,向艾伦和他的母亲莱拉表明来意。虽然莱拉表面上对我很客气,且有问必答,但实际上对我提出的所有问题均采用封闭式结构回答,令我不仅难以触及她的内心,还感受到一种强大的阻力。与母亲相反,虽然艾伦在初见我时态度冷淡,但当我刻意将话题引到他感兴趣的篮球明星时,艾伦立马喜形于色,开朗了许多。

此后的每周三下午,我都会上艾伦家,为其提供一对一的心理治疗服务。艾伦也渐渐对我热络起来,只是对那起将自己卷入诉讼的校园事件,依然讳莫如深,不愿谈及。正当我思量着如何才能进一步取得他的信任时,缓刑官罗伯特给我发来电子邮件,通知我艾伦于周日晚再度被捕,拘留听审定在了周三下午的两点半。想到我的出庭,可能会为我和艾伦的治疗联盟带来新的契机,我提前一个小时来到了少管所,希望能在开庭前,与艾伦好好聊聊。孰料,等在候审区的艾伦一见到我,就对我拒之千里,不耐烦地称自己没什么可以和我聊的。

"为什么?"我不解。虽然知道自己尚未充分取得艾伦的信任,但相处三个月下来,他对我的态度应该不至于此啊。

"在你来之前,我妈刚和我吵了一架。"或许是不忍心迁怒于我,艾伦在沉默了一段时间后,终于开口:"她说生下我是她人生最大的错误,如果时光可以倒流,她希望从未有过我这个儿子。"艾伦悲伤地说。

我有些发愣,虽然与莱拉的交流不多,但我深知身为单亲妈妈的她,这么多年一个人抚养艾伦的艰辛与不易。我很想告诉艾伦,莱拉一定是爱他的,她说的都是气话,但话到嘴边又咽了回去。一来,治疗师的主观意见素来不宜向来访者袒露;二来,离开庭只剩几分钟的时间了。此时此刻,我最想知道的是,为什么艾伦要放弃我为他出庭作证的机会。

"艾伦,我知道你刚刚和你母亲发生争执,心情不太好。但我想提醒你,如果我告诉法官,你在这段时间,每周都有参与治疗,这对你有机会再次取保候审会有不少帮助的。你确定不需要我出庭吗?"我问艾伦。

"我明白。但取保候审又怎样?我妈已经不要我了。就算我出去了，也无家可归。倒不如留在这里，至少还有一群哥们可以聊聊天、打打球。"艾伦低头摆弄着他的衣衫，一副魂不守舍的样子。

原来如此。望着艾伦失落的神情，我有些为他难过。不知莱拉是否知道，她的那些气话已经深深伤害了儿子的心。

正当我杵在那里，不知如何宽慰艾伦时，法警走了过来。

"谢谢你，简。我知道你是为我着想，不过忘了我吧，我不值得你们为我操心。"艾伦边说边起身，冲我挥了挥手，随着法警走向法庭的大门。

正当我收拾公文包，打算离开时，一位三十多岁的男子步入我的眼帘。

"你是简吗？"他问。

"是，你是？"我有些疑惑。

"我是艾伦的父亲，卡罗斯。"男子回答。

艾伦的父亲？我一惊。莱拉曾告诉我，她与艾伦的父亲在艾伦出生后的第二天就分了手，他自此再无音讯，怎么这会竟突然冒了出来？

见我满脸困惑，卡罗斯尴尬地笑了笑，从皮夹中取出一张与艾伦的合影。照片中的他和艾伦肩靠肩，笑意盎然。从二人的面容身段判断，应该是近照。

"我刚和莱拉通过电话，她告诉我，对儿子失望透了，不想再管他。所以让我来法庭，与艾伦的律师聊聊，看看是否能由我出面保释儿子。莱拉还让我来找你，说可能你能帮艾伦在法官及缓刑官面前说上话。"卡罗斯解释道。

虽然我相信卡罗斯的话多半是真的，但在没有取得艾伦及莱拉的书面同意以前，我是不便向卡罗斯透露任何信息的。我向卡罗斯解释了有关来访者隐私保密的相关规定，但他不愿就此放弃。

"我理解。不过事急从权，艾伦的案子现正开庭审理。如果你有时间的话，我可以先和你聊聊我与艾伦和莱拉的事。这样等庭审结束，你就可以找艾伦、莱拉，以及艾伦的缓刑官聊聊，看看有没有机会向法庭补递一份证词。"卡罗斯急切地说，"你不能向我透露信息，但这不妨碍你倾听我的故事吧？"

"好吧。"我为卡罗斯的情真意切所感动。看了看手表，离下一个来访者的预约时间还剩一个多小时。于是，我和卡罗斯移步少管所背后的绿化地带，在长凳上听艾伦的父亲从头细说。

"我和莱拉是高中同学，那时的我是橄榄球队队长，她是啦啦队队花。许多男生都喜欢她，觉得她热辣、奔放、有个性。我也是她众多追求者中的一员，且比别人更锲而不舍，更懂得花心思在女孩子身上。轰轰烈烈追了大半年，莱拉终于答应了我的追求，做了我的女朋友。当时的我冲动、暴躁、自以为是，时常为了一点小事就和人打架。开始的时候，莱拉总是劝我，让我收性子。但架不住我发脾气，只好渐渐随了我，偶尔还会跟着我一起抽烟、旷课、酗酒。就这样浑浑噩噩混到了高三。我因为逃学、酗酒、斗殴，被学校除了名。莱拉也因为多次旷课修不满学分，而收到学校的延迟毕业通知。我自己倒是无所谓，不学就不学，反正本来也不喜欢学习。但我为莱拉感到可惜，毕竟在和我交往之前，她的学习成绩还是不错的。虽然称不上是佼佼者，但也算是好学生那种。所以，我有点气恼，恼自己拖累了莱拉，也恼学校行事苛刻。为了消气，我上学校放了把火，想为莱拉出口恶气。结果自然可想而知，我连夜便被警察拘进了少管所，在那里一待就是三个月。其间，莱拉来看我，哭着说我们不能再这样下去了，因为她怀孕了。你能想象当时的我是怎样的一种心情吗？"卡罗斯像是在问我，却不等我开口，又继续往下说："我高兴坏了，却又觉得很是羞愧。我告诉莱拉，我会为了她和孩子痛改前非的。"

莱拉现年三十五岁，而艾伦的岁数正好是莱拉的一半，故而我猜想她那时怀的应该就是艾伦。卡罗斯证实了我的猜测，接着往下说："但坏脾气和坏习惯不是想改就能改的。莱拉生下艾伦的第二天，我就因为一些小事情与莱拉大吵了一架，然后说了我现在回想起来都很后悔的话：'是你要把孩子生下来的，所以应该对孩子负责的是你，和我没关系。'你不知道莱拉当时的表情，简直就要把我吃了一般。她让我滚，说这辈子都不想再见我。我们就这样因为我的坏脾气和不负责任而彻底分了手，那时距离艾伦生下来还不满二十四个小时。"卡罗斯说着长叹了一口气。

"之后，你就再没见过这对母子？"我问。

"很长一段时间没见。和莱拉分手后，我愈发任意妄为，成了拘留所和监狱的常客。偶尔通过别人，听到关于莱拉的一些传闻。比如她上了社区大学，后来在一间私人康复中心任职。又比如，她结了婚，与别人生了个孩子，但没过几年，又离了婚。我很想知道艾伦的情况，又觉得没什么脸见他。就这样犹犹豫豫一直等到艾伦十岁那年，我终于鼓起勇气，联系了莱拉，说想给艾伦寄份生日礼物。本以为莱拉会一口拒绝，没想到她却果断答应了，还同意我和儿子视频通话。那时的我已经是三个孩子的父亲了，但在手机上见到艾伦的那一刹那，我还是激动地掉下了眼泪。艾伦是个很好的孩子，他并没有记恨我这么多年没有陪在他身边，反而对我十分热情，希望我以后可以经常去看他。但莱拉并不同意我们见面，因为她不想我带坏儿子。我只好委托我妈出面，说是她想接艾伦去她家过周末，然后偷偷在我妈家和艾伦见了第一面。以后，这个借口便逐渐成了惯例，每周五晚上，我妈都会把艾伦接回家，再由我每周六把艾伦接出来，带他吃饭、看电影、玩电子游戏。时间一长，纸包不住火，还是被莱拉发现了。她痛斥我自私、不负责任，还与儿子大吵一架，坚决反对他和我见面。但艾伦很坚持，说他必须每周末都要见到我。莱拉拗不过儿子，虽然没有答应他每周末都要我陪的请求，但每过一段时间还是会睁只眼闭只眼，答应我妈把艾伦接走。"说到这里，卡罗斯停了下来，看了看手表。

我感谢卡罗斯的坦诚相告，并答应他会立即与莱拉、艾伦，以及艾伦的缓刑官罗伯特沟通，看我是否可以向法庭补递一份书面证词。

星期四/孤独的自由

程乐

一

在浩瀚的书海中,每一本书都是一座灯塔,用文字铸就的塔身和字里行间散发出的精神之光,为只身在广阔大海中航行的旅人指引方向。然而,不是每一座灯塔都能为每一位旅人指明航向,也不是每位旅人,都能在众多灯塔之中,一眼认出那道专属于他的希望之光。

我打开窗,一边呼吸窗外传来的新鲜空气,一边舒展全身。作为一名心理治疗师,大部分的工作时间我都是坐在室内的。这让我非常喜欢趁着治疗会见的间隙,开窗给房间换气,顺便做一些放松练习。忽然,一只小鸟飞落在窗外的梧桐树枝上。它看上去似乎并不急着离开,而是安静地栖在枝头,环顾四周,仿佛正在寻找什么。我不禁浮想联翩,想象小鸟跨过湖泊、飞越高山,寻觅知音的样子。正当我陷入遐想之际,墙上的时钟发出整点报鸣声,提醒我下一位来访者即将到来。

"你似乎有些焦躁。"我对一进门就显得有些心神不定的程乐说。这是一种以来访者为中心的同理心[12]陈述,帮我联结程乐此刻的感受。

---
12 同理心是一种将自己置于他人位置,理解或感受他人在其行动、思维框架内所经事物的能力。在心理治疗临床中,一般指治疗师对来访者的共情共感,将心比心。

"嗯。"程乐点点头，打了个哈欠，把头缩进连帽衫的帽兜。

"能告诉我为什么吗？"我问。

"烦。"程乐扭了扭身，捋了捋新剪的日式长刘海。

"你觉得烦，是因为？"我继续问。

"我妈！"程乐用加重的语调来突显他对母亲的厌烦，"没有人会不觉得她烦，真的。我实在想不明白，为什么一个人能烦成这样。我玩游戏，她让我学习。我学习，她让我注意休息。我休息，她让我运动。我运动，她让我多吃。我吃，她说我挑食，不注意营养均衡。最烦的是，她一定要我九点睡觉。天哪！你能想象吗？我十三岁不到就一个人来美国，如果我连怎么照顾自己都不知道，那我这两年在美国是怎么过的？"程乐冷笑着说道。

程乐的回答令我同时对他和他的母亲产生了不少同情。一方面，许多青少年来访者都会对父母无微不至的管束感到不耐烦，且父母管得越多，他们就越感到无力和挫败；另一方面，父母的过度保护和干涉，虽然表面上看起来是对孩子的不信任，实际上更多的是出于对这个纷繁复杂的世界的恐惧，以及对孩子的安全和未来的深切关心。这种担忧源于爱，却往往会因为不恰当的表达方式得不到孩子的认同和理解。

"嗯，你这么小就一个人来美国读书，确实很不容易。"身为三十多岁才来美国留学的过来人，我对程乐这样的低龄留学生的求学艰辛感同身受。

"那是。谁留过学谁知道。"程乐接话道，"不过我妈可不懂。她只知道我得听她的，因为她走过的桥比我走过的路还要多，而且她所做的一切都是为了我好。"我知道，虽然程乐的口吻中充斥着嘲讽的意味，但在他的内心深处，可能更多的是一种无奈的酸楚。

"你觉得你妈烦，那你爸呢？"我问。

"我爸忙生意，没有时间烦我。其实我妈在我来美国后，也没时间烦我。她要帮我爸打理生意，还要再造个弟弟出来，所以，根本没空管我。他们就把我送出来读书，以为钱一交，人一丢，儿子就可以自己成才了。"程乐继续调侃道。

"听上去你对你爸妈把你一个人送来美国不太满意？"我问。

"满意！我为什么不满意？我以前在国内的同学都要参加中考，压力大不说，连打篮球、滑滑板的时间都没有。而我在这里，一点工夫都不需要花，照样混个班级前十。我为什么还不满足？"程乐反问道。

"那你快乐吗？"我问。

程乐是两个月前经由旧金山的一家精神科医院转介过来的来访者。记得初诊时，他谈笑风生，一点也不像连续几个月用刀片刮自己四肢却不知疼痛的抑郁症患者。我知道他插科打诨的背后，另有隐情，便说："程乐，你看起来很快乐。能告诉我是什么让你这么开心吗？"

"你知道太宰治吗？"程乐没有正面回答我的问题。

"听说过，不过我没看过他的作品，只听说他自杀了几次都没成功。"我说。

"嗯，确实够悲惨的。有一次他拖着女朋友一起跳河。结果女朋友死了，他都没死成。"程乐摇摇头，"不过我很喜欢他的作品，尤其是《人间失格》。"

我心中暗吃一惊。太宰治是日本极具争议的作家。我虽久闻其名，却一直不敢读他的作品，因为听说他的文字充斥着悲观、压抑的颓废之气。尤其是其极负盛名的《人间失格》，满笔皆是自我放逐、麻痹沉沦的悲怆之情。这样的书，对于程乐这样一个才十五岁的青少年而言，未免过于沉重了。

"能告诉我，太宰治和他的《人间失格》与我刚才的问题'是什么让你这么开心'有何联系吗？"我不想把剩下的诊疗时间都花在对这样一部压抑作品的讨论上，但程乐显然对这位日本作家及其作品十分感兴趣。假如我强行把话题绕到别的议题上，可能会让程乐觉得自己不被尊重。故而，我索性把之前的问题和有关太宰治的话题联系在一起，希望能从中找到突破口。

"假如你读过他的作品，就不会这么问了。"程乐悻悻地说，"当我在笑的时候，只有我自己知道我在哭。"他自言自语道。

我再次震惊。其意之深，实在不像是一个普通的十五岁少年应有的口吻。自此之后，我上图书馆借了几本太宰治的书，希望通过了解这位颓废派作家，找到程乐抑郁甚至是自残的根子。

"那你快乐吗？"事隔两月，我再度把"快乐"这个议题抛了出来。

"你这是明知故问吗？"程乐反问道，"有这么个管头管脚的妈，你觉得我快乐得起来吗？"

"那你妈没来美国陪你的日子，你快乐吗？"我继续问。

"有开心，也有不开心。"程乐答。

"能告诉我什么让你开心，又是什么事情让你不开心呢？"我问。

"没人管，一个人自由自在当然很开心。"程乐答，"不过，自由往往也意味着孤独。不是吗？"

"所以，孤独让你不开心？"我问。

"嗯。谁喜欢总是一个人？"程乐说，脸上挂着些许忧伤，"寄宿学校的生活可无聊了。美国同学根本不和我们这些国际生玩。而且我英文也不够好，每次交流起来都特别费劲。但中国来的留学生又很没意思。不是凑在一起讨论名牌，就是各种打游戏。我连说个话的人也没有。"

"那你是如何消遣的呢？"我继续问。

"看书，弹吉他。"程乐说。

"读太宰治？"我又问。

"对啊，你怎么知道？"程乐显得有些惊讶，看上去似乎忘了两个月前曾向我提起过他心仪的这位作家。"你知道太宰治？"程乐又问。似乎比起我为什么会知道他读太宰治的作品这个问题，他更关心我是否也读过他的书。

"嗯，我读过的不多。只有《人间失格》和《斜阳》这两部作品。"我笑笑。

"太好了。"程乐喜出望外，"我总算找到了知音。你不知道，我看《人间失格》的时候，是在三四月份。到处都是春暖花开，只有我的心随着叶藏的惨淡人生，失去了颜色。"说到这里，程乐方才还甚为欢喜的神色，突然又黯淡了下来。"你在读这本书的时候，是不是也有这种感受？觉得书中的每一段文字都似曾相识，每一句独白都像是出自我们内心深处最震慑心魄的呐喊？"程乐问我。

"嗯，好像主人公的经历也曾发生在我们自己身上。"我说。

"就是这种感觉。"程乐又亢奋起来。"虽然这本书只有十多万字，但我记得自己一连花了几个通宵，翻来覆去读了好几遍。本来，我以为这世上只有我才这么孤独、这么痛苦，没想到原来在20世纪的日本，早就存在着这么一个孤独的灵魂。太宰治这么有才，都活得这么艰辛、这么卑微。我这种庸碌之辈，又有何面目谈孤独二字？想到这里，我就很痛。我不知道怎么去消除这种疼痛。那种大脑一片空白，周遭一片死寂的感觉，简直要把我逼疯。不知不觉中，我拿起一支钢笔，拼命将笔尖刺进我的手背。鲜血渗出的一刹那，我感觉好了许多。脑袋不那么疼了，我甚至可以听到时钟嘀嘀嗒嗒的声音。"说到这里，程乐突然停了下来，诊疗室里一片寂静，只有墙上的时针在照常走动。

程乐所描述的经历，在抑郁症患者中十分常见。这种在别人眼中极为恐怖、扭曲的自伤行为，在他们身上，却是一种将精神的痛苦转移到肢体疼痛的自救方式。随着这种自残行为的一再重复，患者会像吸食毒品一样逐渐上瘾，而身体的耐痛力也会逐渐增加，甚至在某种极端情形下，失去疼痛感。

诊疗快结束的时候，我感谢程乐在初诊时向我推荐了太宰治，让我有机会可以进一步了解他。程乐听了沉默不语。停了半晌，他感叹道，要是他妈能像我一样用心了解他就好了。

"不过，即使我妈想了解我，她也没这个水平读懂太宰治。我这算痴人说梦吗？"送程乐出诊疗室的时候，他故作轻松地向我扮了个鬼脸。

望着程乐渐渐离去的背影，我的心感觉很沉重。也许，两个月来的一对一诊疗，已经让程乐对我的信任足够多到启动第二阶段的治疗计划——家庭治疗了吧，我想。

星期五/戏剧时光机

密斯顿监狱

一

在时空的织网中,每个人都是一只被困的蝴蝶,挣扎着寻找破茧而出的光明。而生命的舞台,就像是一台有魔法的时光机。它能够将我们带回过去,面对那些未曾言说的痛楚;也能带我们飞向未来,探索那些未知的希望和可能。

"帮帮我。"爱德蒙双手合十,恳求道。

"不,没门。"大里昂把头一扬,全然无视对方的无助眼神。

"请帮帮我,这对你来说一点也不难。"爱德蒙继续哀求。

"不,绝不可能!"大里昂的语气愈发冰冷起来。

"求你了,帮帮我……"爱德蒙双膝跪地,神色哀怨。

"说了我不会帮你的。你聋了吗?!"大里昂用极不耐烦的口吻训斥道。

"帮……帮……我……"爱德蒙瘫倒在地,用微弱的声音发出最后的呐喊。

"我不会帮你的。死了这条心吧。"大里昂低头瞥了一眼奄奄一息的爱德蒙,意欲扬长而去。

"你不帮我……我会死!"爱德蒙拼尽全力拽住里昂的右脚。

"不……我办不到……"大里昂的决绝之意消了几分,欲抬腿,却被爱德蒙死死拽住,动弹不得。"帮了你……我会死……"大里昂轻声嚅嗫道。

"……"爱德蒙慢慢松开手,趴在地上一动不动。

良久,观众席掌声雷动。爱德蒙一个弹跳起身,与大里昂一起鞠躬谢幕。

"谢谢大家。下面是分享环节,有谁愿意谈谈在刚才这组练习中所得出的感受?"我招呼着戏剧工作坊的十几名组员将椅子围成一个圈。

"我先来吧。"大里昂开口道,"我发现拒绝一个人的请求真的好难。我无法直视爱德蒙的眼睛。不然,那个'不'字根本就说不出口。"

"我也是。刚刚和艾力一起做练习的时候,我也觉得自己没有办法看他的眼睛。"安东尼附和道。

"很好。那么,你们认为是什么让自己无法直视对方的眼睛呢?"我问。

"我见不得别人扮可怜。"安东尼脱口而出。

"我不知道为什么,刚才的情境让我有一刹那想到了小时候在学校里被同学欺侮的场面。"大里昂低下头,若有所思。

被欺侮?我有点不敢相信自己的耳朵。大里昂身高六尺六,体重二百四十磅,这样的身板,怎么可能遭人欺辱?我好奇丛生,但身为团体动力师,我关注的是团体的当下,而非刨根问底,任由好奇心驱使。

"还记得是哪句台词或哪个肢体动作让你产生这样的联想吗？"我问大里昂。

"嗯，我想想……大概是当爱德蒙死死抓住我的腿不放的时候吧。"大里昂回答。

"很好。我希望你细细回味那一刻的感受。或许这会为你的表演带来灵感。"我对大里昂说。"还有其他人有类似感受吗？"我问大家。

在密斯顿监狱主持戏剧工作坊，是我每周五下午的工作日常。从最初跟着导师做实习生，到独当一面自己带团体，一路走来，我获益良多。其中，我感触最深的还是人性的复杂与脆弱。通常，囚犯在大众眼中是凶残暴戾、十恶不赦的代名词。然而，罪恶背后，往往隐藏着许多表象以下的社会问题，大到有失公允的社会制度，小至功能失调的原生家庭，无一不是导致个体遭受心理创伤，走上犯罪道路的始作俑者。因而，若想矫治这些人的行为，帮助他们回归正途，单纯的惩戒是不够的，因为惩罚的功能是制造恐惧。而要在真正意义上杜绝罪犯再度失足，最好的办法是引导，帮助他们审视过去，疗愈创伤，找到属于其自身的生命价值及意义。

用戏剧的手法映射现实，无疑是实现上述目标的有效途径之一。戏剧不仅可以帮助囚犯在艺术与生活的虚实之间释放压抑的自我，表达对救赎的渴望，感受道德与人性的天然困境；还可以让他们在戏剧表演中找回因制度化的牢狱生活而僵硬到麻木的"感觉"，并在表达自我的同时，感受他人的情绪。感觉的激活以及同理心的建立与培养，不仅有利于提升囚犯的情绪与行为自控力，还能帮助他们在戏剧的世界里，打破非黑即白的二元论局限，用自身的直觉与情绪，去经历和思考人生。

此外，若是戏剧手法的介入，可以定时、定点地与固定的伙伴持续进行，参与者的心里就会逐渐形成一种仪式感和集体意识，进而建立起对他人的信任感。比如我在密斯顿监狱带领的这个成立八个多月的戏剧团体，虽然在建团之初，也曾遭遇过一些成员间缺乏信任的瓶颈问题，但团体的黏性随着时间的推移越来越强。

如今，团体项目已近尾声，正为了七周后的公演而努力。作为团体动力师兼戏剧指导，我不仅要在剧本创作及戏剧美感上为团体指点迷津，还要组织各种戏剧练习活动，引导、鼓励并激发团体的想象力及戏剧潜能。刚才所做的练习，就是为了帮助团体成员丰富内心感受和诱发强烈情绪所做的热身活动。我要求大家两两配对，围绕"帮帮我"和"不行"这一对戏剧冲突，用不同的语气、声调、感情及肢体语言来演绎。这对长期生活在弱肉强食环境中的服刑人员而言，是个很好的切入点。可以引导他们在极具戏剧张力及感染力的冲突中，激发对权力与服从、强势与弱势、依赖与自主等特殊议题的思考与探索。

暖身结束后是分组讨论。大里昂所在的小组提出重写剧本。这对我来说，是个不小的挑战。按照计划，公演将由学员们以自己的人生感悟为蓝本，围绕"梦"的主题，自编自演的六个小故事来组成。目前，所有小故事已初具雏形，正在打磨阶段。这个时候推倒重来，会打乱整体的排练计划及项目进度。

"能告诉我是什么让你改变主意的吗？"我问大里昂。

"你让我好好回味那一刹那间的感觉,这让我禁不住思考一个问题:我究竟想表达什么?"大里昂说,"之前的剧本,是关于我在入狱前的一段黑帮经历。那时候的我醉生梦死,沉溺于快意恩仇,如今想来,恍若隔世,就像一场梦。所以我觉得和我们公演的主题很搭。但现在想想,这种梦太不真实,没有表达出我想要表达的东西。"

"你想表达什么?"我大概猜到了大里昂的心思,但我想让他自己说出来。

"我刚才说了,当爱德蒙紧紧抓住我的脚,苦苦哀求我时,我想到了小时候的那个我,被人围攻、辱骂、殴打……我想把这个搬到舞台上。"大里昂说。

"这个主意好。"和大里昂一个小组的约翰说,"我小时候也没少挨揍。人们总觉得我们天生就是坏人,恃强凌弱,谁又知道我们都曾经历过什么。我们应该把这些演给公众看,让他们知道我们为什么会这样!"

"我也赞同。"另一名小组成员比利说。"不过这个主题要怎样与我们演出的主线'梦'联系起来呢?"比利把目光投向我。

"好问题。"我对比利的紧抓主题表示赞许。记得团体成立初期,我曾鼓励大家群策群力,为工作坊结束时面向社会公众的演出献计献策。当时许多人表达了人生如梦的感受,觉得入狱前的日子浑浑噩噩,恍然如梦。而入狱后的日子又度日如年,噩梦缠绕。于是有人就建议以"梦"为主线,演绎属于他们这个特殊群体的悲欢离合。我认为这样的主题虽然看似消极,却颇有深意。可以通过戏剧探索，将纸醉金迷的美梦、银铛入狱的噩梦，与未来的憧憬与梦想联结起来。故而，"梦"被定为了本届戏剧工作坊的主题，之后所有的练习、探索、创作都围绕这一主题而展开。

"你为什么想把这段经历呈现出来？是和约翰一样的想法吗？"我问大里昂。

"有一点。"大里昂说，"但最主要是想通过戏剧的时光机器，回到小时候的那个"我"身边，和他说说话。"

"很有意思的想法。大里昂会对小里昂说些什么呢？"我引导他。

"这个我还没想好。就是很想这么干。"大里昂说。

"不如，我们来段即兴表演练习，帮大里昂启发一下思路？"我问。得到大家的支持后，我请大里昂为小组成员分配角色。约翰人高马大，被指派扮演校园恶霸汤姆。身材瘦弱的比利则饰演受尽欺凌的小里昂。这一练习的技术源于莫雷诺所创的心理剧[13]。由于我在之前的活动中，曾多次运用过心理剧的相关手法，所以大家对涉及心理剧的一些逻辑设定并不陌生。

"可笑的懦夫！"汤姆（约翰饰，以下略）冷笑道。

"……"小里昂（比利饰，以下略）涨红了脸，一言不发。

"有种你还手啊！"汤姆挑衅道。

"我能走了吗？"小里昂怯怯地问。

---

13 心理剧（psychodrama）是由雅各布·莫雷诺（Jacob L. Moreno）开发的一种具身化的治疗形式。主角可以在心理剧导演的指导下，在各种戏剧情境中探索人际关系，激发深层的情感释放和洞察，进而促进个人成长。

"要么你还手,我们打一架。要么你承认自己是懦夫,我让你走。"汤姆冷冷地说。

"我不想和你打架……我只想……回家……"小里昂结结巴巴地说。

"没用的家伙。"汤姆往地上吐了口唾沫。

"停!"我请两位辅角暂停,然后请大里昂当小里昂的替身[14],并在他的手腕上绑了一根蓝色的丝带,象征他的替身身份。

"我在怕什么?为什么不反抗?"小里昂轻轻喃喃自语。

"妈妈让我不要惹事情。"大里昂扮演的替身把左手搭在小里昂的肩上,缓缓说道。

"我要听妈妈的话。"小里昂说。

"可我又不想做懦夫。"替身满腹委屈。

"我不想被人看扁,成为别人眼中的懦夫。"小里昂说。

"但我也不能反抗。他是白人,我是黑人。一旦动手,老师肯定会站在他这边。我不能把事情搞大。妈妈一个人养我们几个已经很不容易了,我不能给她添麻烦。"替身说。

"我不想把事情搞大。我不想给妈妈添麻烦。"小里昂复述着。

我冲汤姆挥了挥手,示意他继续。

"懦夫!你就是个笑话!"汤姆说。

"我不是!"小里昂对汤姆喊道。

"我不是懦夫。我只是不想让妈妈不高兴。他这么嚣张是因为

---

[14] "替身"是心理剧的基本要素。替身与角色属于彼此,是角色的"内在小孩",支持角色澄清、催化、确认并表达感受。

他心虚,他害怕我比他强。"替声说。

"我不是懦夫。你这么挑衅我,是因为你害怕我比你强。你才是懦夫。"小里昂冲着汤姆喊。

如果这是个纯粹的心理剧团体,我会继续引导,帮助大里昂深入探索、释放、觉察他的内在自我。但密斯顿的戏剧工作坊聚焦于创作与表达,我不便对团体成员的心理创伤做过多干预性介入。于是,我让大家收戏,并为大里昂、约翰、比利去角色[15]。

在接下来的讨论中,大里昂表示刚才的练习对他接下来的剧本创作启发很大。考虑到时间紧迫,他向我保证一定会在下周五见面时,交出初稿。

---

[15] "去角色"是心理剧结束后,导演让主角与配角回归自己的常用手法。所有帮助角色入戏的象征性道具也会在去角色过程中一一收回,以便角色回归自己原来的生活。

星期六/反移情

瑞贝卡和简

一个小孩经过树旁,指着枝繁叶茂的参天大树对妈妈说,自己也想和大树一样,长得又高又壮。妈妈笑而不语,让孩子仔细观察湖面中映射的大树倒影。小孩这才发现,原来大树不仅向天生长,还向下扎根。而那四通八达的根系,才是支撑大树茁壮成长的根基。

在美国,心理治疗师从临床实习的第一天起,就需要持续接受临床督导,直至独立执业。事实上,即便已经取得了独立执业资格,不再有任何硬性约束,许多治疗师还是会选择继续接受督导,以提升自己的专业技能,并获得专业支持。可以说,督导不仅能帮助治疗师在处理疑难杂症时更加得心应手,还有利于促进治疗师自身的反思和成长,是一种十分必要的专业投资。因而,每周六的上午,我都会驱车一小时,赶往瑞贝卡位于南湾的私人诊所,与她探讨自己的工作和案例。

通常情况下,我都会尽可能保证自己提前十分钟抵达,但今天我因为发生在101高速公路上的几起交通事故,迟到了好几分钟。这让我既羞愧又不安,一进门就急忙向瑞贝卡解释自己迟到的原因。

"没关系，这不是你的错。"瑞贝卡示意我坐下。

"不，问题在我。假如我不把时间算得这么紧，就不会迟到。"我自责道。

"所以你迟到是因为堵车，还是因为把时间算得太紧？"瑞贝卡意味深长地问。

"都是。堵车是客观原因，但主观上我也有责任。"我继续自责。

"你对你的主观责任有何感受？"瑞贝卡问。

"内疚。"

"内疚什么？"

"内疚我不该迟到。我很珍惜我们每周五十分钟的会见，但我因为迟到白白浪费了几分钟。"

"所以你内疚是因为浪费了时间？"瑞贝卡又问。

"嗯，我为浪费了你的时间而感到愧疚，也为浪费了自己的时间感到内疚。"我习惯性地将事情归类陈述。

"你知道我并不会因为你的迟到而延长我们的会见，所以对我而言，我的时间并没有被你'浪费'。"瑞贝卡在说到"浪费"一词时，特意停顿了一下，"听上去，你的时间观念很强。你说主观上，迟到是因为'把时间算得太紧'，而分秒必争通常是为了把握时间。但事与愿违，你所期望的'把握时间'变成了你不期望的'浪费时间'。"瑞贝卡一针见血地指出了我行为上的矛盾点，目光中充满洞悉一切的智慧与豁达。

"是的，我把时间看得很重，不喜欢浪费时间，也不喜欢浪费时间的人。可我自己偏偏成了那样的人。"我有些沮丧。正如瑞贝卡不会因为我的迟到而延长我们的督导时间一样,我通常也不会因为来访者的迟到而延长与他们的会面时间。所以,从这层意义上讲,我不会觉得来访者的迟到是在浪费我的时间。但偶尔也有例外。例如,前两周马克和米亚未能按时出现在诊所,这让我很是紧张。我先是担心他们出了意外,在开车来诊所时出了交通事故。然后,又担心他们因为我在之前的诊疗中说的某些话,对我有了看法,所以,不想复诊了。正在我胡思乱想之际,夫妻俩出现了。我看了看表,刚好迟到了十六分钟。按照规定,迟到十五分钟以上,预约自动取消。所以,从理论上来说,我应该拒绝看诊,而他们却依然要为这个事实上并未发生的诊疗付全款。可是,我还是接待了他们。

"你觉得是什么让你为他们破例?"瑞贝卡问。

"我不知道。我见不得别人失望的表情,尤其当别人的失望因我而起。"我回答,"但我也知道我不应该破这个例,所以当我决定破例的时候,我的内心是矛盾的。"

"在你看来,你内心的矛盾有没有影响到你看诊时的表现?"瑞贝卡又问。

"我不确定。"我努力回想当时的场景。记得我一见到他们就迫不及待地问他们为什么迟到。米亚说她新养了一只狗,想带上狗一起来诊所。但马克不同意,于是两人就吵了起来,因而耽搁了时间。我听了哭笑不得,觉得刚才自己的胡思乱想简直可笑至极。

"所以,当你感觉哭笑不得的时候,你的注意力并没有完全放在你与这对夫妻的当下?"瑞贝卡再一次尖锐地提出了关键性的问题。

"我想是的。"我尴尬地点点头。我坦言自己已经不是第一次没有把注意力放在当下了。我发现自己在面对马克和米亚时,经常会跳脱当下。因此,每周二上午十点到十一点半的这段时间里,我都感觉特别煎熬。在临床中,像马克和米亚这种时时刻刻都剑拔弩张的来访夫妻,被称作高冲突伴侣[16]。治疗师通常会在这类伴侣的治疗会见结束后,感到异常疲惫。好几次,我发现自己甚至已经没有能力在接待他们以后,再看其他来访者了。所以,我正在考虑,是否把他们的来访预约时间调整到下午最后一档。此外,我还在犹豫是否该把夫妻俩转介给更适合他们的治疗师。

"如果一对伴侣属于高冲突型,我们通常会建议他们在接受伴侣治疗前,先做个案治疗,帮助他们认知自己。"瑞贝卡说,"我猜转介的想法,你很早就有了吧?但你迟迟不愿做出决定,因为你没有办法撒手不管。"

"确实。"我一边点头,一边再次暗自为瑞贝卡洞若观火的能力所折服。我坦言自己既不忍心拒绝别人,也没有办法轻易放弃。

"但你觉得你的不放弃,对他们来说真的是最好的处理方式吗?你的不放弃,究竟是为了他们,还是为了你自己?"瑞贝卡又问。这一次,她的身体微微有些前倾,眼神看起来有些忧虑也有些怜惜。

---

16 高冲突伴侣(high-conflict partners)是指那些在人际关系,尤其是亲密关系中经常引发严重冲突的伴侣。这类伴侣通常具有高度敏感、好争辩、控制欲强、缺乏自省、思维极端化、情绪不稳定等特点。

"我知道你想说什么。我承认,我选择不放弃,有一半因素是为了证明自己。"我向瑞贝卡坦承。在我之前,马克和米亚曾先后看过六位治疗师。但大多数都是看了两三次就放弃了,总觉得没有一位治疗师能称他们的心,直到遇见我。他们告诉我,只有我懂他们。这让我的自尊心得到了极大的满足,毕竟,在这个行当里,我的资历并不算深。

"你确实有你的特别之处。"瑞贝卡轻轻地点了点头,嘴角勾勒出一丝微笑,像是在表达她对我的认可。她问我是否就"为什么他们觉得只有我懂他们"的话题与夫妻俩进行过探讨。

"有的。其实我在问他们这个问题之前,就已经猜到答案了。"我说,"米亚和我一样都是在中国长大的,有着相同的文化背景,这令我比其他美国本土的治疗师更能理解她的想法和感受。此外,米亚所描述的有关异国生活的孤独与困扰,时常令我感同身受。事实上,我在与夫妻俩的工作中,看到了许多有关自己私生活的影子。而这恰恰是我有些想把他们转介给其他治疗师的原因。就是吧。"

"所以,你担心对那位妻子产生了'反移情'[17]?"瑞贝卡问。

"是的。"我告诉瑞贝卡,我在马克和米亚的身上看到了我和本的影子。唯一的区别在于,米亚是没有工作的主妇,而我是有一份职业的人。

"我想知道你为什么要刻意提起你和那位妻子的区别?"瑞贝卡又问。

---

17 反移情指治疗师把生活中对某个重要人物的情感、态度和属性转移到了来访者身上,或指治疗师对来访者无意识的移情而产生的一些无意识反应。

"好问题。"我再次尴尬地笑了笑。"我不知道我是否在有意强调,但确实有一种潜意识在支配我,想要把自己和那位妻子区别开来。"我说。

"这是你的潜意识在阻抗'反移情'。"瑞贝卡再次一针见血地指出。

"也许吧。"我有些感慨。虽然我和本在生活中时有磕绊,但基本上还是能理性地解决问题的,并没有像马克和米亚那样水火不容。但他们的某些冲突点又与我们的矛盾点有着不少共通之处。这让我感觉有些害怕,害怕自己有朝一日也会变得像米亚那样情绪失控。

"反移情是正常现象。关键是治疗师能否及时意识并妥善处理。如果不能,那这个案子就难以继续。"瑞贝卡若有所思地说道,"你应该扪心自问,即便你明知那对高冲突的夫妻在没有各自接受个案治疗以前,直接做伴侣治疗是无法收到理想成效的,你也还是不愿意放弃。那你这么做到底是为了他们,还是为了你自己?同样,你明知迟到是来访者的责任,理应由他们对自己的行为负责。但你仍然破例,这究竟是因为你见不得别人失望,所以不惜突破边界去帮助别人,还是从某种意义上讲,你剥夺了他们为自己的过失承担责任的机会和权利?再者,你说一旦来访者不能准时出现,你就会紧张,担心他们出意外。尽管你自己也知道这样的可能性微乎其微,你还是会怀疑自己在治疗过程中可能的言行失当,影响了你在来访者心目中的专业地位,导致他们的治疗意愿有所撤退。这些因事物不确定性所产生的不安全感,以及自我怀疑,可能会是你需要进行自我探索的课题。哦,对了,还有你对时间的把控似乎有种执念,这与你不愿轻易放手的执念有异曲同工之处。这些执念并非绝无益处,从某种程度上讲,坚持是成功的基石。但从心理层面上来看,也许你可以将这些执念与我刚刚提到的那些课题联合起来思考,或许会有新的发现。"

瑞贝卡的一番话,字字珠玑,打在了我的心里。我长长地舒了一口气,索性让自己完全放松在柔软的诊疗椅上,细细品味她所指出的这些议题。

星期日/一家三口

可乐
一

树叶在大树上各自摇曳，每一片叶子都有自己的节奏和方向。有一天，三片叶子相互欣赏，决定组成自己的小家。然而，它们发现自己无可避免地陷入了一个困境——每一片叶子都想继续以自己的方式舞动，却又不得不为了和谐相处而与家人共舞。

我叫可乐，一只常人眼中的宠物猫。不过，我可不这么认为。我和简之间，并不是通常意义上的宠物和主人的关系。确切地说，我们之间更像是相依为命的家人。当然，我这么讲，本可能不太乐意。因为他会觉得自己也是家里的一分子，我不该厚此薄彼，忽略他的存在。

关于本算不算我家人的问题，我不想多费口舌。我只想聊聊，我与本之间，到底谁更了解简这个问题。因为只有最懂得简的那一个，才最知道怎样讲述有关她的故事。不过，在摆事实、讲道理之前，我觉得有必要先讲一讲我和简，还有本相识的故事。

别看现在的我养尊处优、岁月静好，其实我在刚出生时，有过一段不堪回首的经历。首先，我是个弃儿，一生下来就惨遭母亲抛弃。幸好，动物收容所的工作人员发现了我，并把我暂时寄养在一户猫口众多的家庭。因为没有母乳喂养,我四周大的时候就被迫断了奶。不仅每一顿餐食都要拼尽全力在十几只成年猫嘴下奋勇夺食,还要每周末都去宠物领养大会报到,在人声嘈杂的环境中被围观、抚摸甚至强吻。这样的生活令我很绝望,我不知道自己为什么生下来就要这么孤苦无依,也不知道如此毫无尊严的日子究竟还要持续多久。直到有一天,我在人头攒动的领养大会上遇见了简。而她也在芸芸猫生之中,一眼相中了我。

"哇!本,快看!这只小奶猫好威风、好帅气啊!这就是传说中的虎斑猫吧?"简拉着那个叫本的家伙,兴奋地指着我说。

"是的,这种猫在美国很常见的。宠物商店里到处挂着它们的巨幅海报。"本漫不经心地回答。

"它也太可爱了吧!我要养它!"简手舞足蹈地挥舞着双手。

"养宠物是需要承担很多责任的,你以前可是从未养过宠物的呀,你确定要养它吗?"和简的热情冲动相比,本看上去要深思熟虑许多。

"嗯,我决定了。有它在,其他猫咪都黯然失色了。"简目不转睛地望着我。

"那你问问工作人员,你能不能抱抱它,看看它是不是也喜欢你。动物是通人性的,你喜欢它是你的事,只有认定它也喜欢你,或者至少不怕你,才能说明你俩是适合彼此的。"本继续慢条斯理地对简说。

我知道,接下来的剧情会如何发展,将取决于我的表现。说实话,第一眼见到简,我对她并没有什么感觉。但当她从展示箱中把我抱起来的时候，我闻到了她身上的体味。那股淡淡的体香仿佛有种天然的能量，让我顷刻之间放松下来。正在我安心享受简的爱抚时，本凑了上来。看得出来，他也很喜欢我，可我却不知为何，感觉对他有些排斥。于是，我本能地折起了双耳，不料被细心的工作人员看在了眼里。她立马借机向毫无养猫经验的简和本做起了科普，告诉他们猫咪折耳是紧张或不安的表达。简听闻，大失所望，犹豫着是否要把我放回展示箱。我意识到自己必须有所行动了。受够了寄人篱下的滋味的我，太渴望有一个真正意义上的家了，我绝不能错失良机！于是，我一反常态地在简的怀里翻了个身，把自己最柔软的肚子毫无保留地展露在她面前。这一举动令收容所的工作人员惊叹不已，解释说我这是在向简发出积极的信号，表示我喜欢她、信任她，想要和她一起玩。简听了喜出望外，当即就递交了领养申请表。不久之后，简和本来寄养家庭接我，我也终于在四个月大的时候，有了一个真正属于自己的家。

  如今，五年过去了，我已然从那个终日为了填饱肚子发愁、无人问津的小奶猫，长成了整天无所事事，集万千宠爱于一身的成年猫。应该说，我当初的选择是很明智的。简不仅变着法子为我准备各种吃食和玩具，还把她研究人类心理及行为的专业态度用在了我的身上。比如，我们猫咪的叫声，会根据当下的情境和心情，产生不同的变化。而简非但可以根据我叫声的音调、音量和频率，来精准地理解我的需求和用意，还能学着我的不同叫声与我相互呼应。这让我既兴奋又感动，感觉自己是这世上最幸福的猫咪。毕竟，生命中最美好的体验，莫过于有人可以懂你、爱你、护你，和你交流,与你产生心电感应。

不过,本可不这么看。虽然这五年来,他从简的男友晋级为她的生命伴侣,也由此从我和简家中的常客变成了我们家的一份子,但我对他还是亲近不起来。首先,自打他和简搬到一块的第一天起,他就对我的活动和禁行区域进行了明确划分。两层楼的房子,我的活动范围仅限底层,而楼上的所有房间则全部房门紧闭,令我这个天生好奇心泛滥的猫咪很是恼恨。为了报复他,我在他最喜欢的沙发上撒了几次尿,没想到却在他和简之间引发了一场大战。起因是他曾建议简,在沙发巾下铺一层塑料垫纸,这样即便我偶尔行为失当,沙发也不至于异味难除。可惜简却没有把他的话放在心上,结果可想而知。本在发现他心爱的沙发接二连三惨遭毒手之后,终于忍不住埋怨起简,怪她不该把他的话当耳边风。但简不以为意,觉得只是一个旧沙发,不行就扔了,有什么大不了的。于是,矛盾升级。本指责简不珍惜物件,无视他的建议,简则觉得本小题大做,动不动就对她上纲上线。就这样,两人不吃不喝,从清晨吵到日暮,直到精疲力竭,实在吵不动了才罢休。看着简如此伤心,我既懊恼又悔恨,对本愈发没有了好感。

不过,话说回来,本总体上还是很不错的,属于那种教育好、家境好、人品好的"三好男人"。而且,他还是个女性主义友好者[18],不仅在思想观念上接受简的女性主义主张,还言行一致,把

---

18 女性主义友好者(pro-feminist),或亲女性主义者,特指支持女性主义的分析、拥护性别平等、倡导社会结构变革以终结父权主义和男性霸权的群体。需要指出的是,虽然他们支持女性主义的主张,但并不认为自己是女性主义的一份子。

性别平等、甚至是众生平等的理念淋漓尽致地体现在了行动上。例如，在家务活上，他与简分工合作。简负责洗衣、做饭，他就负责洗碗、扫地、倒垃圾。简负责清扫我的厕所，他就揽下了为我喂食、刷牙、剪指甲等一应杂务。尤其是在照顾我这件事上，可谓终年如一日，按时按点、尽心尽责。

可是，我就是不待见他。每天晚上被他抱在怀里刷牙的时候，我就有种生无可恋的感觉。我试过反抗，想用低吼或嘶嘶声把他逼退。而这一招在开始的时候也的确很奏效，只要我一龇牙向本展现敌意，他就会举步不前，声称众生平等，他理应尊重我的边界，不逼我做不喜欢的事情。可惜，简并不这么认为。在她看来，本这么做是对我溺爱的表现，表面上是尊重我的权益，实际上是不负责任。"假如每个家长都像你一样，孩子一发脾气，就顺着他们的心意。那这孩子长大以后，性格该有多扭曲。"简质问道。此外，简还不知从哪学来一套御猫术，认为让猫咪乖乖听话的最好办法，就是让我们懂得谁才是家里的老大。所以，即便我再龇牙咧嘴，本也不该服软，一定要给我立规矩，令我认清现实。对于简的这些说辞，本并不认同，但他又不想惹简生气，于是只好硬着头皮，不顾我的坚决反对，每日与我展开猫捉老鼠的殊死大战。只不过，在这样的情境下，本才是那只不达目的誓不罢休的猫，而我却成了那只无力反抗、无界可守的老鼠。

我不喜欢本的另一个原因在于，他是个非常矛盾的人。一方面，他很在乎简，希望每天都可以看到简高高兴兴的。所以，只要简一皱眉、一叹气，甚至是稍稍提高一点嗓门，他就会坐立不安、感到紧张。而我们猫类对于人类的情绪是非常敏感的，每次他一紧张，就会让我感觉浑身不自在。更要命的是，他的这种紧张情绪有时候还会传染给简，令简也感到紧张不安。例如，今天早上，本心血来潮，想照着新学的菜谱，为简准备一顿精致可口的爱心早餐。没想到一不小心，看错了配方，将近一小时的心血瞬间付诸东流。偏偏就在此刻，简梳洗完毕准备下楼，却在楼梯口撞见正在用力刨地毯的我。简情不自禁地皱了皱眉，叹了口气。没想到，却被本误以为她是因为他折腾了半天还没准备好早餐而不满。于是，当简问他何时能用早餐时，本支支吾吾了半天，不知如何作答。最后干脆选择保持沉默，以免多说多错。这让原本心情还不错的简，顿时悲从中来，认为本的不予作答是一种消极对抗，而这恰恰是触发简情绪化的死穴。于是，简开始抱怨本不关心她，不在乎她的感受，并越说越委屈，忍不住哭出声来。这让本来心情就不好的本，更加怒火攻心，斥责简不该没事找事，坏了周末的好心情。就这样你来我往，原本温馨美好的周末早餐，瞬间变成了一地鸡毛。

作为不涉其中却不得不现场观摩的旁观者，我觉得很无奈，总感觉一切错误的根源在于本不够了解简。若是他像我一样陪着简看那些儿女情长的国产剧，就该知道中国文化中长大的简，虽然自我标榜为自信独立的女性主义者，但骨子里还是向往那种被男生宠上天的甜蜜感的。也就是说，哄简开心最简单、最直接的办法就是糖衣炮弹，不和她一般见识。可惜，本没有办法像我一样透过现象看本质地去理解她、懂得她、包容她。更何况，即便是懂了，估计他那根深蒂固的众生平等思想，也不会允许他不顾原则地去迁就她。

所以我说，我才是最懂简的那一个。本不是。

Second Week

星期一/彩色丝巾

蒂芙尼

丝巾不仅可以用来装饰,也可以用来织就穿越心灵迷宫的地图。在这座迷宫里,人们既是迷路者,又是寻路者,用或明或暗、或浓或淡的色彩架起一座座通往彼此灵魂深处的桥梁。

蒂芙尼比约定到访的时间早了半小时。一进门,她就告诉我一个好消息:缓刑官罗宾对她最近几次的随机尿检结果很满意,示意她如果能继续保持,并定时接受心理治疗,法庭可能会考虑提前终止她的缓刑执行期。这样的话,她的违法记录就会被永久封存,不至影响其日后的就学或就业。我向蒂芙尼表示祝贺,问她接下来有什么打算。

"没想好。"蒂芙尼用不确定的口吻说,"再过几天,我就十八岁了。这意味着我可以独立,不用什么事都要经过我妈的批准了。过完生日,我要去办护照,然后去菲律宾看看。"

"菲律宾?"我有些惊讶。"那里有什么特别吸引你的地方吗?"我问。

"我不知道……没什么特别……就是想去……"蒂芙尼断断续续地说 。"小的时候……曾在那里住过两年……"蒂芙尼犹豫了一下，改口道。

"你在菲律宾住过？和家人一起吗？"我问。

"嗯，爸爸、妈妈还有妹妹。不过妈妈和妹妹在那待了几个月就回美国了。我一个人留在那里……跟着我爸……直到……奶奶过来……把我带回美国。"蒂芙尼的神色较之方才黯淡了许多。

我隐约感到蒂芙尼在菲律宾的那两年，似乎发生了一些令她至今想来仍感觉很痛苦的事情。但我不确定她是否已经做好准备敞开心扉，诉说那些伤心往事。毕竟，治疗才进行了一个多月，仍处于治疗联盟的巩固阶段。我不希望给她压力，更不希望在不确定她是否感觉安全的前提下刨根问底，轻易触及她的伤痛。我决定把这个议题暂且搁置。眼下，我更关心的是她的身边都有哪些人，可以在她需要的时候，支持她、鼓励她，构成她的社会支持体系。

"奶奶把你接回美国以后，你和妈妈、妹妹一起住？"我问。

"嗯，我妈从菲律宾回美国没多久，又生了一个妹妹。所以我回美国后与两个妹妹，还有妈妈，一起住在杰夫家。"蒂芙尼说，"噢，杰夫是我妈当时的丈夫。"见我听到杰夫的名字有些困惑，蒂芙尼补充道。

"后来呢？"我接着问。

"后来，我妈和杰夫生了一对双胞胎弟弟，我特别喜欢他们。甚至，有的时候，比喜欢我的两个妹妹还要多。"蒂芙尼说，"直到……"

"直到？"见她卡在那里，我接话道。

"……"蒂芙尼没有说话。沉默了半晌，调整了下坐姿，又深吸了一口气,悠悠地说:"算了,都过去了,不提了吧。"

"蒂芙尼,我想我理解你此刻的感受。有些事,如果提起来会感觉不舒服或很困难,我们可以绕过语言,用艺术来表达。"我提议。

通常,来访者不愿提及的某些人和事,往往与其曾经遭受的心理创伤有关。如若治疗师任由好奇心驱使,不断逼问,可能会适得其反,导致来访者陷入痛苦回忆的深渊。极端情形下,甚至还会引发二次伤害。故而,治疗师只有在确保自己和来访者都做好充足准备处理创伤时,才能循循善诱,唤醒来访者的记忆。在此之前,迂回前进的策略,可能比传统的谈话方式,更为安全妥帖。比如,治疗师可以通过绘画、音乐、舞蹈、沙盘、戏剧等表达性艺术手法,引导来访者绕过擅长逻辑思维和语言的左脑,激发右脑与身体的感觉相连。

"那里有各种不同颜色的丝巾。请为你自己和你的家人挑选不同的代表色,然后用这些丝巾,创作一幅合家福。"我指了指摆放在诊疗室一隅的丝巾架,上面林林总总挂了几十条色彩各异的丝巾。

蒂芙尼看上去对这个练习很感兴趣。她走近架子,端详许久,取下七条丝巾。

"这条湖蓝色的丝巾,代表妮可;明黄色的是莉丽;暗黑色的是我。"蒂芙尼一边说,一边将三条丝巾围成一个正三角形,摆放在灰色的地毯上。两个妹妹在两边,她在底部。

"这条紫色的是奶奶。"蒂芙尼将长丝巾绕成一颗爱心,放在三角形中间。

"红色的是我妈,绿色的这两条是我的两个弟弟。"蒂芙尼把红色丝巾团成一团,放在了距象征三姐妹的那个三角形约一米的垂直点。两条绿色丝巾则被她置于三色三角形与红色圆圈的中间,仿佛联结二者的一架绿色桥梁。

"如果可以,我希望你再选两条丝巾,一条代表你爸,一条代表杰夫。"我说。

蒂芙尼想了想,取了两条白丝巾,一条团在距绿色桥梁不远的位置,一条团在距离所有丝巾都很远的地方。然后告诉我,第一条代表杰夫,第二条代表她父亲。

我陪着蒂芙尼对着这幅由不同颜色的丝巾所组成的抽象作品细细观赏了一会,然后请她谈一谈练习中的感受。

"我发现我与家人的关系在这幅作品中得到了充分的体现。"蒂芙尼说,"我与两个妹妹的关系就像这组三角形。虽然边与边之间相互依存,彼此需要,但我们既亲密又疏远。而奶奶是我们三姐妹的调和剂,是我们抛下所有烦恼、卸下所有忧愁的安全港湾。我们每一个人都很爱奶奶,但奶奶好像更爱莉丽。"

"那你和弟弟们,还有你妈妈的关系呢?"我问。

"我妈的生活总是一团糟。男朋友换了无数个,孩子也生了不少,却依然不知道自己要什么。"蒂芙尼撇了撇嘴。

"所以你把象征妈妈的红色丝巾揉成了一个团?"我问。

"嗯,她的生活就是一团乱麻。"蒂芙尼点点头,"我都想不起来上次看到她是什么时候了。不过,我很想两个弟弟。因为他们在五岁以前，都是我带的。"

"他们现在几岁？和谁住在一起？"我问。

"下个月就七岁了。"蒂芙尼答。

"所以你十一岁不到就开始帮你妈带孩子了？"我心中一惊，对眼前的这位五官精致却满是倦容的女孩子又多了几分疼惜。

"不止。我基本上自记事起，就一直在帮我妈带孩子。先是大妹，再是小妹，然后是这对双胞胎弟弟。所以，当我妈前年又养了个弟弟，让我帮她带孩子时，我觉得我受够了。我和她大吵一架，并搬到了奶奶家。为了这事，我妈还把我奶奶告上了法庭，说我奶奶趁她不备，拐走了她未成年的女儿。还说她担心奶奶年纪大了，照顾不了我。上帝知道究竟是她在照顾我，还是我在照顾她和她的孩子！"蒂芙尼显得有些激动起来。

"所以，你还有个弟弟？我们要不要再选一条丝巾，把他也加入你的作品中？"我问。

"不用了吧。真按你这么说，我还得再找好几条丝巾，因为我妈不知道跟谁还生过三个孩子。两个是在认识我爸以前，另一个是把我一个人扔在菲律宾的时候。不过这些都是奶奶告诉我的，至于他们现在都在哪里，有着怎样的生活，我不清楚，也不想知道。"蒂芙尼淡淡地说，仿佛所说的这些事情与她无关。

"虽然你与他们素未谋面，但假如你对他们曾经有过那么一丁点好奇，或偶尔会想到他们，你还是可以选几条丝巾来代表他们的。"我提议。

"好吧，虽然我不觉得有这个必要。"蒂芙尼起身，从架子上取了三条白丝巾，绞成一堆，放在了那团象征她母亲的红色丝巾附近。

"蒂芙尼，我注意到，你一共取了五条白丝巾，来分别代表你的父亲，杰夫，还有三个不曾谋面的兄弟姐妹。我想知道为什么你会全部选用白色来代表他们，却用不同的色彩代表其他家人？"我问。

"因为他们无关紧要……我对他们的记忆一片空白……"蒂芙尼咬了咬下唇，低下头开始摆弄衣角。

蒂芙尼的解释让我对她父亲和杰夫在她生命中所留下的痕迹产生了浓厚的兴趣。根据她先前的说法，她曾在小的时候，和父亲共同生活在菲律宾两年。又在回美国后，与杰夫生活在一个屋檐下，直到某桩她不愿提及的事件发生。所以，这两个人对她来说，不可能是无关紧要的存在，她对他们的记忆也不应该是一片空白。而她之所以这么说，很可能是因为这两个人都在一定程度上对她造成了伤害，致使她不愿提及，甚至不愿回忆与他们相处的过往。

临近尾声的时候，我问蒂芙尼是否有时间完成我上次交给她的回家作业。她尴尬地笑了笑，说自己好几次想做，却因为各种原因耽搁了。

"下次见面前，我一定完成。"蒂芙尼向我保证。

星期二/爱的牢笼

马克和米亚

一

每一段亲密关系的深处,都藏着一片迷雾森林。理解为木,误解为雾。每一次的靠近和疏远,每一步的追寻和逃避,都是试图拨云散雾、重见苍翠的探索与尝试。然而,木可以长,雾可以散,但这一切并非一蹴而就。需要足够的勇气,更需要无比的耐心和智慧。

"嗨,这一周过得怎么样?"我通过电脑摄像头,向马克和米亚打招呼。诊疗前半小时,马克来电告知他的车出了故障,希望可以通过视频就诊。

"还行吧。"马克无精打采地说。

"你当然行,又不是你的车出了问题。"米亚在一边不满地嘟着嘴说。

"怎么?是你的车坏了?我还以为是马克的车出了故障。"我问米亚。

"她前两天出了车祸,把一台好端端的奥迪跑车撞得面目全非,然后又向我借车。我不给,她就跟我闹,说我限制她的人身自由,要去警察那告我。没想到,今天我的车也出了问题,突然开不了了。也好,索性这样,大家倒也省心了。"马克没好气地说。

"你还好吧?米亚?"我问。

"我没事。"米亚漫不经心地答复我,同时扭过头转向马克。"你看看别人一听到我出车祸,第一件事就是关心我好不好,有没有受伤。可你呢?只关心车有没有事,要花多少钱才能修好。"米亚冲着丈夫埋怨道。

"你需要我关心吗?"马克反问米亚,"你一天到晚叽叽喳喳,精神好得不得了,你会有事?你唯一有事的就是没车开了,不能出去聚会了。不是吗?"看得出来,马克的情绪比以往更烦躁。

"我没车开,你的车借我不就行了?当然,你是绝对不会放弃把我囚禁在家这么一个大好机会的。真无耻!"米亚怒斥道。她那细细的柳叶眉向下紧皱,双目圆睁,眼中充斥着愤怒的火花,下巴微抬,展现出她对丈夫的不屑和挑战。

"马克、米亚,我希望你们平复一下心情。"见两人不到几分钟,又剑拔弩张起来,我的脑袋有些隐隐作痛。我邀请他们与我一起做一组冥想[19]练习,帮助我们所有人都平静下来。记得初次向他们提起冥想概念的时候,米亚不屑一顾,认为那是佛教中的坐禅,只有出家人才需要练习。但随着练习次数的增加,米亚似乎得出了些感悟,甚至还特意报了一个瑜伽班磨炼心境。不过,当我推荐他们每天都抽出一点时间,共同在家练习时,米亚一口回绝了。她表示,自己练也许还能有些收获,但和马克一起绝无可能。她看到他那张阴阳怪气的脸就气得要命,根本没办法坐在一块。

---

19 冥想(meditation),是一种心性锻炼法,目的是为了集中精神、放松身心,达到内心深处的平静,提升对自我意识的掌控力。

"米亚，你刚才说马克'不会放弃把你囚禁在家'的机会。能告诉我，你是从什么时候开始在这段婚姻中有'被囚禁'的感觉吗？"我问。我觉得米亚有关"囚禁"的用词十分耐人寻味。我想知道她说出这个词只是一时的情绪爆发，还是长期累积的不满和束缚感。此外，通过询问这种极端负面和压抑的感受之起点，也可以揭开情绪背后更深层次的问题，进而为找到解决的方法奠定基础。

"一直有吧。"米亚想了想回答道，"嫁到美国以后，我除了马克，谁也不认识。我天生好社交，在国内的时候，有过很多朋友。但在这里，我举目无亲。我想出去交朋友，但我的英语又不行，只能局限在中国人自己的圈子里。但马克不喜欢我的那些朋友，觉得她们在带坏我。"米亚说这些话的时候已经没有了方才的怒不可遏，取而代之的是一种无可奈何的寂寥与落寞。

"马克，米亚说你不喜欢她的朋友，是这样吗？"我问。

"是的，我不喜欢！甚至可以说是非常讨厌她们！因为她们总是给米亚出坏主意，教她怎么花老公的钱，怎么和老公闹离婚，再从老公那里分割财产！"马克说，声音里夹杂着明显的愤怒和不信任。他双手握拳，下巴微微颤抖着，仿佛是在努力控制自己的情绪。"对了，她们还带她喝酒，而且每次都喝得烂醉。"说到这里，他的眼神突然变得迷离和失落起来，似乎是回想起了一些不愉快的记忆。

"你胡说！"米亚气呼呼地冲着丈夫叫嚷道，"她们只是在教我如何做一名独立女性，不被你欺侮罢了。"

"是教你独立。不过不是怎么上班挣钱,而是怎么和老公分财产吧!"马克斜眼看着米亚。我感觉他的蔑视针对的不仅仅是妻子一个人,而是站在妻子身后的一群靠着丈夫过活的女性群体。

"你简直不可理喻!"米亚生气地叫道,"她们只是在教我怎么保护自己。难道我就应该什么也不学,只知道傻傻地守在家里给你洗衣、做饭、带孩子?等到哪天你不要我了,我再两手空空,乖乖离开这个家,甚至把儿子拱手相让?"

米亚的话,令我不禁深深地叹了一口气,内心涌现出一种复杂的共鸣。同为女性、同为身在异国的人,我能够体会米亚的挣扎和无助,因为长时间处在不同的文化和环境中,确实很不容易。我感受到米亚的话语中蕴含的,不仅仅是对生活的不满和恐惧,更有一种对自我价值和尊严的坚持。同时,我也能够理解马克的想法和处境。他的担忧可能源自于对家庭稳定性的渴望,也可能是对未知变化的恐惧。从他的角度看,米亚的那些"坏朋友"出的"坏主意"极有可能会威胁到他的家庭稳定。

"所以你承认了,她们就是在教你怎么分我的财产,对吧?"马克怒不可遏。

"别太高看自己了。你有什么好让我分的?三年不上班,坐吃山空。别说给我换新车了,就连换台手机你也推三阻四,不愿买给我。"米亚还击道。

看着二人如此针锋相对,宛若仇敌,我不由得为以前的他们扼腕叹息。

记得数月前接手马克和米亚的案件时,与我对接的州政府社工安娜曾警告我，这是一桩极为棘手的案子。两年前，马克因遭遇了一场交通事故，几乎双眼失明。这让原本是工程师，有着不错收入的他，瞬间变成了赋闲在家的无业人员。

因为心情不好，马克开始变得越来越焦躁，时常与妻子产生口角，甚至在一次激烈的争执中，失手把米亚推倒在地。这一幕恰巧被六岁的儿子路卡斯撞见，吓得当场就哭出了声。米亚又气又恼，在朋友的劝说下报了警，控告马克实施家庭暴力，并使儿子受到惊吓。马克当即被警察抓走，米亚和儿子也被送到警察局录了口供。由于米亚英语不好，警察局为她请的翻译又在转达双方信息时产生了不少误差，以致警察误以为马克是蓄意对妻子动手，遂将其送上了法庭。

为了消除误会，马克花了不少钱请律师、打官司，生怕一旦罪名坐实，会对其日后的求职不利。米亚也意识到自己冲动行为的后果，自请上庭为丈夫作证。但无论夫妻俩怎么努力，法庭就是认定马克是家暴施虐者，致使马克不仅被执法机构留了家暴的案底，还被要求参加预防家暴学习班。社工安娜就是这个时候介入马克一家的。为了防止家暴行为再度发生，影响路卡斯的身心健康，安娜专门为马克和米亚配备了婚姻治疗师，试图帮助他们缓解矛盾，改善关系。孰料，米亚对此却很反感，认为与丈夫有着同样肤色的治疗师，必定会站队马克，将她置于孤地。于是，安娜不得不为他们安排了其他种族的治疗师。但米亚仍不满意，觉得对方不了解她的文化背景。

就这样换来换去，折腾了一年半，案子最终被转到了我的手上。起初，米亚不愿再接受治疗，认为换谁都不会对她有帮助。直到我登门拜访，并在进门时表示自己对照片墙上的合影很感兴趣，希望聆听那一张张甜蜜照片背后的故事，这才让米亚忆起了她与马克相识时的美好时光，答应最后再尝试一次。

"马克和米亚，"我对着视频里的他们说，"听上去，你们各有各的立场，各有各的委屈，但其实所有的表达都聚焦在一个痛点上，那就是在这段婚姻中，你们都没有安全感。马克，你担心米亚会在朋友的影响下和你离婚。而米亚，你所担心的与马克所担心的是同一件事。你害怕有朝一日，马克会不要你，并迫使你离开儿子。所以，表面上看起来，你们在互相伤害。但其实，你们谁也不愿意离婚，对吗？"

"我上次就说过了，我现在还不想离婚，除非我们的婚姻实在没得救了。"马克说。

"只要他能对我好一点，我当然也不想离。"米亚的声音略带颤抖，眼神中闪过一丝渴望和柔软。她的眼角微微湿润，显出了内心的脆弱和对改变的渴望。尽管她试图保持坚强的外表，但从她紧握双手，以及不时低下头避免直视摄像头的动作中，可以看出她正努力控制自己的情绪。

"我很高兴我们达成了共识。"我说。"既然我们的愿景是一致的，那么，我们就要找到化解矛盾的方法，而最好的药方是爱。米亚，你希望马克能对你好一些，那怎样才算对你好呢？"我问。

"宠我啊，把我当公主一样宠爱，像以前那样。"米亚不假思索地说。

"你所谓的宠爱,就是任由你无节制地消费。"马克气恼地说。

"马克,我要你平心静气、不加评判,只是聆听,了解她想要什么。同样,我也希望你能告诉米亚,你想要什么?"我对马克说。

"我希望她能肯定我,而不是看轻我。我希望她可以与我有肌肤之亲,让我抱抱她、亲亲她,像普通的夫妻那样。"马克有些哀伤地说。

"米亚,你听了马克的话,有什么感受?"我问。

"我也想肯定他,与他亲昵。可他做出来的事,说出来的话,总让我觉得厌烦,我没有办法做到。"米亚显得有些无奈和委屈。

"马克,你对米亚希望你像以前那样宠爱她,有什么感受?"我问。

"以前我上班,有着不错的薪酬,所以对她百依百顺。不管她想要什么,我都会尽我所能地满足她。可是现在我失业了,家里所有的开销都靠着我以前的积蓄和医疗事故的赔偿金。我必须有所节省,不然会坐吃山空。"马克说。

"感谢你们的分享。我希望你们回家后都可以认真思考对方的感受和需求。"我说,"上周我交给你们的'家庭作业'完成了吗?如果你们做过功课,就应该知道,爱的表达有五种方式[20]:肯定的言辞、精心的时刻、赠送礼物、服务的行动、身体的接触。刚才你们所表达的,就是你们所喜欢的感受对方爱意的方式。我希望你们回

---

20 爱的五种表达方式,出自美国知名的婚姻治疗师盖瑞·查普曼博士(Gary Chapman)的著作《爱的五种语言》(*The Five Love Languages*)。

家后，可以做两件事。一是对照这五种表达式，思考你的伴侣喜欢的方式有哪些，你自己又喜欢用哪种方式去表达爱意。二是为对方做一件事，以表达你的爱意，但不要告诉对方，你究竟为他或她做了什么。下次复诊时，我会让你们猜，看你们是否不用言语沟通，就可以感受到对方的爱意。"

诊疗结束，我把自己放倒在按摩椅上，希望在见下一位来访者前，给自己好好放松一下。然而，没过一会儿，马克和米亚针锋相对的画面又浮现在我的眼前，瑞贝卡的提问也随之回荡在我的耳畔："你的不放弃，究竟是为了他们，还是为了你自己？"从理性的角度看，我确实应该选择放手。这对高冲突型夫妻，不仅在交流模式上涵盖了约翰·戈特曼[21]所指出的毁灭婚姻的全部要素，还存在信任危机和情绪调节困难等诸多棘手的问题。这样的关系状态，如若始终找不到突破口，分崩离析将是注定的结局。然而，若是我就此放弃，推荐他们分别接受个案治疗，米亚一定会坚决反对，甚至全然放弃接受治疗。真要如此，我便难辞其咎，成了压倒他们婚姻的最后一根稻草。这样的结果，是作为婚姻与家庭治疗师的我最不愿意看到的。

此外，作为同样经历过文化和生活环境转变的人，我能够理解这种情境对亲密关系可能造成的误会和困扰。我希望能够成为马克和米亚之间的一座桥梁，帮助他们理解彼此的立场，学会从对方

---

21 约翰·戈特曼（John Gottman）是美国知名的亲密关系研究专家，他提出的"末日四骑士"理论描述了可能破坏亲密关系的四种交流模式（批评、蔑视、防御和石化），而这些模式被认为是关系失败的重要预测因素。

的视角看问题，以便找到更健康、积极的解决方式。这种理解和同情，并不意味着完全认同任何一方的行为或观点，而是试图在复杂的关系动力和情绪中寻找平衡点，帮助他们建立更加坚固和谐的关系。

　　思来想去，我决定再给他们和自己一个月的时间，看看我是否能另辟新径，找到一个之前未曾想到的突破口。

星期三/303监房

艾伦

一

一位年轻的水手在纵横交错的河道上迷失了方向。岸边的风景千变万化,每条河道都像是在朝他招手,但无论他如何选择,都无法找到正确的航道。夜色渐浓,水手停下手中的桨,坐在船头,仰望星空。繁星点点,闪烁着温柔的光芒。他突然有所感悟。也许,迷失本身就是一种旅行,是他成长的必经之路。

"您好,我来看艾伦·格西亚。"我向少管所的窗口接待人员递上了我的证件。

"请稍等。我给艾伦的监区打个电话。"接待人员按下了内部系统对话键。

自从上周三见了艾伦的父亲卡罗斯,我已经来过少管所两次了,但每次都吃了艾伦的"闭门羹"。不是说他正在学习,不想被打扰,就是干脆说他不想见我。虽然我明白他是对事不对人,不想见我的原因多半是因为心情不好,但反复被拒绝的滋味还是让我感觉很不好受。因而,在等消息的时候,我有些坐立难安,生怕再一次遭到拒绝。

"您好,这是您的来访证,艾伦会在三号会客室等您。"接待员递给我一张标有"访客"的证件牌,让我挂在胸前。然后,"咔嚓"一声,开启了闸门。

穿过长长的过道,我来到监区大门。整个少管所上下共四层,建筑结构像极了中小学校舍。不同点在于,学校的地面上,没有任何标记。而少管所的监区地面,被一分为二,划成了灰色和黄色两块区域。进监区必须沿着黄区内的指示箭头走,而出监区则须沿着相反的灰色箭头走。据说,这样的设置是为了方便视频监控,不论是关押在这里的少年犯,还是来访人员,都必须严格照此规定执行,无一例外。这让我感到了一种难以名状的压抑。这些规则和界限,尽管是出于管理的需要,却在无形中给这个空间增添了不少沉重感。沿着黄色的指示箭头,我径直向前。通道两边的墙壁上挂着各种警示标语,显得冰冷又无情。

"嗨,简,好久不见。你还好吗?"艾伦在监管人员的带领下,步入会客室,嘴上挂着难以自抑的笑容。我冲着监管点了点头,示意他离开时把门带上。

"我很好。就是两次来看你,都被你拒之门外,有些挫败感。"我笑称。尽管嘴上说得轻松,心里却禁不住掠过一丝失落和担忧,好奇艾伦究竟在这段时间里经历了什么,自己能不能帮得上他。

"不好意思啊。"艾伦尴尬地笑了笑,"之前我心情确实很糟,谁都不想见。不过现在好多了。告诉你个好消息,一切顺利的话,我这周末就能出去了。然后,我会和爸爸一起住。"艾伦的嘴角上扬,展露出一抹灿烂的笑容,眼神中充满了对未来的乐观和期待,那是一种从心底涌现出的愉悦,仿佛所有的阴霾在这一刻都被驱散了。

"和爸爸一起住？"我有些惊讶。

"嗯，你还不认识我爸吧。抱歉啊，我和我妈一直没跟你提过他。"艾伦解释道。

"没关系。上周三我已经见过他了，他告诉了我不少关于你们的故事。"我说。

"那太好了。"艾伦显得有些兴奋，"你不知道我有多高兴，终于可以和我爸一起住了。"

"所以，你要从你妈家搬出去？"我问。

"嗯，既然她不要我了，我爸又想接我去他家，我还犹豫什么！"艾伦答。刚刚的璀璨笑容被一丝强颜欢笑所取代，透出一股坚决与痛苦交织的意味，似乎在努力掩饰内心的伤感和挣扎。

"你看上去很兴奋。是因为你马上能和你爸在一起了吗？"我又问，希望通过肯定艾伦即将与父亲团聚的积极面，来鼓励他表达更多的正面情绪，帮助他在面对变化和不确定性时，找到一丝安慰和希望。

"是的，我一出生就没见过我爸，一直到十岁，我都不知道他的存在。如今，我终于和他在一起了，我当然高兴。"艾伦的声音带着一种难以掩饰的激动，眼睛中重新出现了亮光，仿佛与父亲同住对他来说是一次长久等待的终结，也是一个新生活的开始。

"那你母亲呢？你搬出去以后，会想念她吗？"我问。

"会吧，肯定会想她。不过我已经受够了她的专断。她不让我见我爸，总说我爸会带坏我。我真不明白，她为什么会对我爸有这么多的偏见。更不明白，为什么她就不能相信她的儿子。相信我不会重蹈我爸的覆辙，相信我会对自己负责。"艾伦满腹委屈地说。看得出来，虽然他对接下来的生活充满向往，但内心深处的结仍未打开。

"你为什么这么渴望和你爸在一起？"我问，"你说你直到十岁，才知道他的存在。那么，在此以前，你有没有想象过他的样子？"

"当然。"艾然肯定地说。在他的记忆里，小时候的他时常追问母亲，谁是他的父亲、他在哪里之类的问题。莱拉总是很不耐烦，告诉艾伦他不需要父亲，只要有她就够了。但是，艾伦没有办法不去想他的父亲。他好奇父亲长什么模样，也怨恨父亲没有陪在他身边。尤其在看到别的孩子有爸爸陪着一起打篮球的时候，艾伦的心里就特别难过。七岁的时候，莱拉嫁给了弗南尔多，艾伦也终于有了个爸爸。弗南尔多陪艾伦打游戏、打篮球，带他和莱拉出去吃饭。艾伦很喜欢他，但偶尔还是会想到他的亲生父亲，想他到底在哪，有没有想起过他。后来，莱拉和弗南尔多生了迈克。艾伦虽然很高兴自己有了个弟弟，弗南尔多待他也一如从前地好，但他还是偶尔会有些失落，想起自己的父亲。再后来，弗南尔多跟莱拉离了婚，只有在周末的时候才会回来接迈克，带他出去玩。有的时候，弗南尔多也会带上艾伦，但艾伦并不想挤在迈克和他的父亲之间。幸好，这个时候，卡罗斯出现了。艾伦终于见到了他的亲生父亲，这让他感到自己的生命一下子完整了许多。

听艾伦细数往事，我能感受到他心中的波澜。艾伦对父亲的渴望，不仅仅是对一个失去的身影的追寻，更是对家庭完整性的向往和对父爱的期盼。"嗯，父亲的角色在我们每一个人的生命中都占据着十分重要的位置……"我说，希望他能感受到我的理解和支持。

"可我妈不这么看。"艾伦遗憾地说，"她觉得既然我爸在我小的时候就一直没有陪在我身边，现在就没有权利再来介入我和她的生活。最重要的是，她认为我爸坐过几次牢，不是个好榜样。她担心我跟我爸在一起，会学坏，最终走上我爸的老路。"

"那你妈怎么现在又改变主意，同意你搬到你爸家呢？"我不解。

"这还用问。对我失望至极了呗。"艾伦答道，"她觉得我才十六岁，就两次被捕，没得救了。索性就不想管我了。"艾伦的语气里透着一种淡淡的苦涩。他避开了我的视线，把目光投向我置于桌上的访客吊牌。

"你自己觉得呢？"我问。

"我不知道……"艾伦的目光仍然盯着那张吊牌，仿佛能那里找到答案。我不语，静静地等待他整理思绪。过了大半响，艾伦终于抬起头，看着我说："其实，我也对自己很失望。不知道究竟为什么会这么冲动地干傻事。"

"我听你的律师说，你违反限制令[22]，又联络了那位女同学？"我问。

"是的，我也不知道为什么就这么忍不住，一定要联系她。"艾

---

22 限制令（restraining order），是由法官下达的，禁止被告以任何方式联系原告，或禁止被告到访某个地点的命令，以保护原告免受被告骚扰、虐待、暴力、追踪等。

伦懊恼道,"你也知道,我有的时候,就是特别容易冲动。劲一上来,什么都忘了。"

"所以,你上次在学校里掐她脖子,也是因为一时冲动?"我问。接诊至今,每次一谈到那起校园事件,艾伦就会打岔,或干脆沉默。我知道这其中一定另有隐情,但他不愿说,我也不好逼问。此刻,既然话题自然而然落到了这里,我怀着试一试的心态再度发问。

"是的。"艾伦低声说,眼睛继续下垂,注视着桌上的吊牌。

我猜想他或许依然不想继续这个话题,便不再深问。

"艾伦,我在想……"我犹豫了一下,继续说,"也许,你出去后,我可以安排你妈、你爸,还有你,一起来诊所开次家庭会议。你觉得呢?"

"那不可能。我妈是不会同意和我爸一起来的。他俩一碰到一起,就要吵,还是吵得很凶的那种。"艾伦对我的提议发出置疑。

"你先不用管这可不可能,我只想知道你愿不愿意参加?"我坚持道。

"会不会有些奇怪?"艾伦问,"一定会很奇怪。这样的事,从来就没发生过……"艾伦的眼神中闪过一丝复杂的情绪,显然他对这个可能性感到既好奇又担忧。他深吸了一口气,仿佛在为自己鼓劲,然后缓缓地点了点头:"好吧,如果他俩真的愿意,我会很乐意参加。"他的语气中藏着一些不确定,也透着一丝不易察觉的希望。

"好,那我尽力尝试一下。"我微笑道。

此时,少管所的工作人员敲响了房门,提示我们时间到了。艾伦冲我笑笑,露出一口整齐而洁白的牙齿,特别耀眼。"谢谢你,简,真的。如果这件事真能实现,我会很感激你的。"艾伦真诚地说。

走出少管所,我迫不及待给艾伦的父母分别打了通电话。卡罗斯表示出与艾伦一样的顾虑,担心莱拉不愿参加,但表示他一定全力配合,只要我认为这样做对艾伦的成长有帮助。不出其所料,莱拉礼貌而坚定地婉拒了我的提议:"简,谢谢你这么努力想帮艾伦。但我认为没有这个必要。我已经对艾伦死心了,接下来,就看他爸有没有本事管教好自己的儿子了。再说,我和卡罗斯一见面就吵,他不是一个讲道理的人,我觉得你这么做是在浪费时间。"

我知道自己多说无益,索性又给卡罗斯打了个电话,邀他等艾伦出少管所后,带儿子一起来诊所。然后,我又发了条短信给莱拉,告诉她下周三卡罗斯会带艾伦一起来诊所。"莱拉,我知道你觉得开家庭会议是在浪费时间,但我还是想再一次真诚地邀请你。因为我相信,你对艾伦的重要性,是无人可以取代的。艾伦需要你!"

深夜,我收到莱拉的回复短信,表示她会准时参加。

星期四／三个心愿

程乐和杨柳
一

演员站在黑暗的舞台上,酝酿情绪。忽然,一束强光打在了他的脸上,令他猝不及防。此处用的不该是柔光吗?演员暗忖。但他别无选择,因为台下正有无数双眼睛盯着他,期待着他说些什么。硬着头皮,演员在强光的照射中,讲出了一段细说心事的台词。

"我真的不知道要怎么说她才能明白。医生,你帮帮我,救救我妈。"程乐一进门就嚷嚷。他的母亲杨柳紧随其后,一脸无奈。我招呼母子俩坐下,问他们要茶还是咖啡。杨柳急忙起身,说这可使不得,怎么能劳烦我。然后,从背包里取出两杯奶茶,一杯递给我,一杯递给儿子。我谢绝了她的好意,说治疗师是不能收来访者的礼物的。这让杨柳有些尴尬,杵在那里,不知如何是好。

"医生,你就收了吧。你不收,我妈就不能安心坐下。那样的话,我们还要不要开始了?"程乐一边跷着二郎腿,一边吸着奶茶说。

"好吧。"考虑到一杯奶茶价值无几,我盛情难却,向杨柳致谢。但我表示希望他们不要叫我医生,一来我是心理治疗师,不是精神科医生;二来我习惯来访者直呼我的名字,这样更容易建立良好的治疗联盟。

"我没问题啊。不过我妈是不可能不叫你医生的,而且她也不会允许我不叫你医生。"程乐继续吸着奶茶,调侃她妈。

"听上去,你很了解你妈啊。"我笑着回应。

"那是。不过,她可并不了解我。"程乐耸了耸肩。

"你觉得你儿子了解你吗?你了解他吗?"我问杨柳。

"医生,你别听他胡说。他一个小孩子,知道什么。"杨柳一脸认真地说,"我很感激你邀请我过来参加你们的会议,更感激你这些日子以来对他的照顾和关心。比起我刚来美国,在医院里看到的那个面无表情的他,现在的他不知道好了多少倍。你简直是我们家的大恩人。"杨柳的声音中略微带着一丝颤抖,她轻轻地把手放在胸前,仿佛想要从心中取出那份感激之情,再将其化作真情实意的动人语言。然后,她侧脸望着儿子,眼中满是疼爱与忧心。

程乐避开了母亲的目光。显然,杨柳的深情和对话题的转变让他感到有些突兀。他勉强挤出一丝微笑,试图轻描淡写地化解这突如其来的情感重压。

"我很高兴程乐的精神状态有所改善。但要继续保持,并从根子上解决问题,我认为还是要从原生家庭着手。这也是我今天邀请您过来的原因。"我说。杨柳立即点头,再次向我表示感谢,让她可以有机会参与程乐的治疗。我告诉她,虽然请她来的目的,确实是为了帮程乐尽快康复,但程乐的心理困扰,并不是我们的家庭治疗所聚焦的主题。也就是说,真正的目标不是程乐本身,而是这个家里的每一个成员,以及相互间的关系。

杨柳似懂非懂地点了点头，眼神中闪过一丝迷茫和好奇，似乎在思索不聚焦于儿子的治疗，究竟如何能够帮助她的儿子。

"刚才程乐说您不了解他，但您认为他说得不对。我是否可以理解为，您觉得您是了解他的？"我决定把解释暂时放下，把当下的注意力集中到相互理解的议题。

"那当然。他是我肚子里掉出来的，我怎么可能不了解他。可他总是抱怨我不了解他，但其实是他不理解我的苦心。"杨柳的声音中带着一丝无奈，眼神却变得柔和起来，仿佛正在回忆儿子成长道路上的点点滴滴，那些快乐与挑战并存的时光。

缺乏沟通、相互不理解，是父母与孩子之间出现裂痕的核心问题之一。为了帮助他们直观地感受到对彼此的理解程度，我取出即时贴，分别发给程乐和杨柳六张，请他们各自在三张纸上，分别写下自己的三个心愿。然后，在另外三张纸上，写下他们所认为的，对方所许的三个愿望。程乐不假思索地写完后，按照我的要求将六张纸全都对折起来，放在茶几上。过了一会儿，杨柳表示她也完成了。看得出，她为了这个练习，花了不少心思，在纸上涂涂改改了好几回。我请她依照程乐的做法，将所有纸张对折，混在程乐的纸堆里。然后，请他们轮流从纸堆里抽取一张纸条，并大声朗读出来。

"我先来。"程乐自告奋勇地取了一张。"买很多的鞋……不会吧……"他撇了撇嘴。"你看我妈有多不了解我。"程乐向我埋怨道。

我请他们先不作评价，待所有谜底揭晓后，再作讨论。杨柳对把纸条上的字大声读出来显得有些不好意思，尤其是抽到自己写的纸条时。程乐嫌他母亲放不开，索性代杨柳把她觉得不太好意思读出声来的，一并包圆儿。我则将他们读出来的文字，按照四个类别，分别写在了白板上。

【杨柳的心愿】程乐读书用功；程乐身体健康；程乐孝敬爷爷奶奶。

【杨柳对程乐心愿的猜测】买很多的鞋；通宵打游戏；无拘无束没人管。

【程乐的心愿】考上名牌大学；我妈可以不要那么唠叨；交到一个知心朋友。

【程乐对杨柳心愿的猜测】程乐考上名牌大学；再生个儿子；财源广进。

我请母子俩对着白板看了几分钟，请他们思考对彼此的了解究竟有多少，然后提议他们聊聊各自的感受。

"我觉得有些惊讶，也有些惭愧。"杨柳说，"我以为他不爱学习，只知道玩。没想到他竟然也希望自己能考上名牌大学。"

"程乐，能告诉你母亲，为什么你想考上名牌大学吗？"我问。

"因为我想当医生。像你一样，治病救人。"程乐一本正经地说，"而且，这也是我爸妈的心愿，我希望他们开心。"

"谢谢儿子。"杨柳有些动容。

"我注意到您写的是希望'程乐读书用功'，而非'考上名牌大学'。能告诉我和程乐您这样写的用意吗？"我问杨柳。

"说实话，我一开始写的确实是'考上名牌大学'。但我想来想去，还是改了，我不想给程乐太大压力。只要他认真读书，努力就好。结果不是最重要的。"杨柳说。

我觉得杨柳的话对程乐应该有一定的疗愈作用，便请她对着儿子把刚才的话复述一遍。

"儿子，妈妈不希望给你太大压力。你身体健康，心地善良，懂得孝敬长辈，这才是妈妈最想看到的。"杨柳动情地说。脸上布满了慈爱和理解，似乎希望通过这个表情传递给儿子无条件的支持和鼓励。

"你能这么说，我很高兴。真的。"程乐一改先前的嬉皮笑脸，认真地对母亲说，"你相信我，我已经不小了，有自己的判断和主张。不管你唠叨还是不唠叨，我都会一步一个脚印，努力实现自己的目标。所以，能不能请你以后不要再对我管头管脚了？"程乐的声音中有恳求也有无奈，更有一种想要独立的自信与决心。

"我努力。"杨柳微笑着对儿子说，"只要你晚上九点准时睡觉，考试门门拿A，我保证不干涉你。"

"又来了！"程乐有点泄气，"刚刚还说不想给我压力，转眼又要我门门拿A。妈，咱能不能争点气，不要这么快就自己打自己的脸。丢不丢人？"

"程乐说，他已经长大，希望可以自己照顾自己。我想知道为什么您仍然坚持用一些制度性的约束来管理他呢？"我问杨柳。

"因为他根本做不到啊。"杨柳解释，"我相信他是真的希望自己能考上好的大学，但这不代表他有自我约束的能力。假如我不规定他晚上9点睡觉，他可以打游戏到通宵，然后第二天顶着黑眼圈去学校，你觉得他能学得好吗？说到底，他还太小，不知道我们这么做都是为了他好。"

为他好！多么耳熟能详的话语。从小到大，父母苦口婆心地说，老师谆谆教诲地说，领导语重心长地说。甚至是最亲密的恋人、最知心的朋友、最血脉相连的兄弟姐妹，都会打着"为你好"的旗号，自作主张地为我们安排，劝我们做一些有违我们意愿的事情。然而，"为你好"的背后，是控制欲的唆使、心理边界的模糊，以爱之名，绑架个体独立为人的自由，甚至是自尊。

假如我是杨柳的朋友，我会毫不犹豫地发表自己的观点，阻止她以爱之名，对儿子进行情感勒索。但身为心理治疗师，我不可以这么做。直接向来访者抛出治疗师个人的观点，是心理治疗工作的大忌，我能做的只是帮助他们将潜意识中的欲望转化为意识层面的觉察。

"听上去，您很担心程乐。担心他一旦脱离父母的管束，就难以自控。同时，在您的心中，他也仍然只是个孩子，没有完备的自理能力。是这样吗？"我问杨柳。见对方点点头，我接着说："我理解您的担忧。但程乐刚刚表示自己已经长大了，可以照顾好自己了。我想，也许我们可以尝试，请程乐为自己制订一份自我管理计划，然后您和程乐一起讨论该计划的合理性及可行性。若是双方都无意见，我们可以试着给程乐一定的空间，看他能否遵循自己的计划。"

"医生，如果我妈真能做到让我自己制订计划，并且只要我能遵从自己的计划，她就停止唠叨，我会感激你一辈子的。"程乐认真地说。

"您看程乐这么积极,不如让他试试?"见杨柳仍有些犹豫,我继续鼓励她。

"好吧,反正他也就三分钟热度。说不定回到家就把这事忘了,闷头打游戏去了。"杨柳调侃道。

"你看着吧。"程乐一脸不服气。

治疗临近尾声的时候,我与母子俩商谈了一下接下来的治疗计划。鉴于程乐出院至今的精神状态跟踪评估报告,他的精神科医生认为程乐接下来不必每周去他那里复诊,只要每月一次即可。因此,我提议将原定每周一的精神科复诊改为针对程乐个人的心理治疗,而原先每周四的个人诊疗则改为家庭治疗。程乐与杨柳对此都表示赞同,认为相较于药物治疗,他们更喜欢与我的沟通与交流。

星期五/囚徒困境

密斯顿监狱
一

无法选择的出身,把他推向囚徒困境,即便有机会可以走出洞口,也只会因为先天条件的限制,再度被逼回囚室。犯罪从来都不只是个人问题,它是个人与社会的裂痕。只有教育得到了解放,不再成为社会分层的工具,裂痕才有可能得到缩小,个体才能到达祥和的彼岸。

  时针指向整点,排练厅里却陆陆续续来了不到十人。这与往日没到点,团体成员就齐刷刷地等在排练厅的情景相比,显得有些反常。见我面露惑色,比利把我拉到一边,告诉我出事了。原来,上周六晚上,一个白人囚犯因为上完厕所没冲水,被一个在一边等候多时的墨西哥裔狱友咒骂了几句。结果二人大打出手,差点惊动狱警。事虽不大,坐镇监狱的各帮派老大却坐不住了,唯恐小事变大,激发种族矛盾,而一旦引发骚乱,后果将不堪设想。不但所有囚犯都得关禁闭,就连放风、晒太阳的机会都不会有。这可是已然身陷囹圄的囚犯们最怕看到发生的一幕。因此,帮派老大们经商议决定把手下管事的都凑到一起,开个种族和平大会,调和矛盾、重申纪律。会议时间偏偏定在了周五,与戏剧工作坊的时间起了冲突。

  "所以今天没来的都是管事的?"我问比利。

"是啊，今天能来你这儿的都是些无足轻重的人。有权有势说得上话的，都去开会了。"比利向我调皮地眨了眨眼。"喏，这个是大里昂托我带给你的新剧本。上周你走后，他在牢房里憋了三天才整出来。我从未见他对哪件事有这么上心过。"比利感叹道。

我接过本子，招呼大家聚在排练厅一角，指着房间的对角说："我有一个梦，那里是我实现梦想的彼岸。但要从这里去到那里，需要穿过许多阻碍……"说到这里，我伸出双臂，一边做划臂动作，一边继续说："我需要跨过海，海浪滚滚、海风扑面，我不停地向前游，奔着我的梦想前行……"此时的我，已"游"过半个房间。我收起双臂，压低身子，夸张地迈出右脚，将泳姿化作登山状，继续说："我还需要越过山，山高路陡、连云叠嶂，我翻过一座又一座，梦想离我越来越近……终于，我抵达了梦想的彼岸，我好想有人听我诉说这一路的艰辛与磨难，分享实现梦想的幸福与喜悦。可是我的伙伴们啊，你们在哪？"我满怀期待地将目光投向仍挤在房间另一角的团队成员们。

"我的梦很难实现，它需要我小心翼翼地踏过眼前的这片沼泽地，然后越过丛林，穿过沙漠，我想放弃，但我不能放弃。因为梦想的彼岸，有我最亲密的战友等着我一同分享胜利的果实。"安东尼学着我的样子，一边即兴说着台词，一边配合台词做出各种跋山涉水的动作，来到我身边，并与我击掌欢庆成功的喜悦。

接着，比利、艾力、乔纳森等也纷纷开着飞机、踏着云彩、骑着魔法扫帚，各显神通地来到了我和安东尼的身边。象征起点的那一角，渐渐只剩下爱德蒙一人。"快来啊，兄弟！"大家热情地呼唤他。

"我不知道我该不该有梦。"爱德蒙说,"我觉得不论我怎么努力,梦想也不过是梦想,不会有实现的一天。我知道我们是在做排练,不应该把理想的戏剧与残酷的生活混为一谈。但我就是没有办法,在明知梦想遥不可及的前提下,依然假装一切皆有可能。"

爱德蒙说话的时候,神情严肃而忧伤,把大家刚才还热情高涨的情绪一下子拽到了低谷。

"得了,爱德蒙,你小子真没意思。谁不知道,梦想就是一个虚无缥缈的骗人的玩意?做戏而已,何必当真。大家来这里就是为了找点乐子。你这么一本正经,哭丧着脸,晦不晦气?"乔纳森埋怨道。

"对啊,别扫大家的兴了。"费南尔多附和道。更多的人将目光投向我,看我如何打破僵局。

"爱德蒙,你说得不错,梦想确实很难实现。有时候,不管我们怎么努力,梦想也无法成真。这种感觉让人心痛、郁闷、沮丧、消沉,也许你可以在走过来的过程中,把这些情绪用语言或肢体宣泄出来?这里,不仅仅是实现的梦想的彼岸,还可以象征大家对你的情谊。你来这里,至少不会孤独,我们可以抱团取暖。"我诚恳地说。

"好吧……"爱德蒙杵在那儿想了想,开始了他的即兴表演。"梦想,听上去很美好,实现起来却很难,非常非常难。它不是你翻山越岭和有恒心就能实现,也不是你凭着幻想就能美梦成真。追寻它的过程,就好比在煮一锅汤。你需要放许多食材,有些唾手可得,有些费尽力气也难觅其踪。你还需要加很多调料,糖啊、蜜啊、奶啊都只是众多调料中的一小部分,更多的是咸到发苦的盐、酸到变味的醋、辣到流泪的椒，还有许许多多你连名字都不知道的调味品。因而就算你花了很长的时间来煮，尝起来还是会很苦、很酸、很辣、很麻。你不知道你还需要煮多久，这锅汤才能成为你想象中的美味。于是，你焦虑、困惑、愤怒、失望……"

"你在想：为什么我要花这么多力气，来煮这一锅不知道能不能喝的汤？我究竟想要什么？是那锅汤，还是悉心体会烹饪过程中的点点滴滴？虽然我不确定，这锅汤是否会煮成我想要的滋味，但我在煮的过程中所尝到的那些酸甜苦辣，也许才是我想要的初心。"我接着爱德蒙的话一边说，一边走到他的跟前，伸出右手，搭在他的左肩。我看到，爱德蒙的眼角闪过一抹泪光。

分享环节，我邀请大家围坐一圈，谈谈各自的体会。

"不好意思，刚刚扫了大家的兴。"爱德蒙向团体致歉。"我不是故意的，就是看到你们一个个兴高采烈，好像梦想真的这么容易就可以实现了一样，我感到特别不真实。本来，我想把这种感受憋在心里，但我还是没忍住。"

"没事。"我安慰爱德蒙。"戏剧的目的就是帮我们联结情感、抒发情绪，与真实的自己交谈。你刚刚能这么说，就代表你已经做到了，这是好事。说实在的，你方才那段话，让我想到了柏拉图的'洞穴寓言'。你们有谁知道那个故事吗？"我问大家。见大多数人摇头，我把柏拉图著作《理想国》中的那个有名的故事拿出来与团体作了分享："洞穴寓言，讲的是一群囚徒被锁住颈项困在洞穴之中，终日只能面对洞壁，无法回头。经年累月，当世间万物通过光影投射在洞壁上时，囚徒们便认定所见的影像即为实物。直到某日，其中的一名囚徒挣脱桎梏，走到洞口，希望亲眼看看外面的世界，却在洞口被强烈的阳光刺痛双眼，致使真实的世界在他眼前反倒成了虚幻。于是，他不知所措，万般无奈地返回洞穴，并在痛苦中了度余生。"

"这个故事倒是和我们很贴近。"乔纳森说，"我们所有人的梦想，就是早日恢复自由之身。但不论我们怎么努力，自由也不是一朝一夕可以换来的。而且就算哪天真的得到了自由，又能怎样？社会已经抛弃了我们，我们回不去了。有时候想想，倒不如在这里颐养天年，至少大家都一样，没人会歧视你。"

"你们的话，让我想到了爱德蒙写的剧本。"我说，"爱德蒙，也许我们可以在你的剧本前，以梦境的形式加排一段'囚徒困境'的戏，来表现梦想与现实的撕扯。"

"有意思。"爱德蒙表示赞同。目前为止，以爱德蒙的人生故事为蓝本所写的剧本，是六个小故事中最成熟的一个。但爱德蒙一直以来都不太确定，如何将以他为主导的这段戏与公演的主线"梦境"联系在一起。我的提议给了他新的思路，因为"囚徒困境"从某种意义上来说，与他的人生故事很贴切。

二十世纪九十年代末，十九岁的爱德蒙在其所在的黑帮聚会中，与一名帮派成员为了一名女子争风吃醋。年轻气盛的他当场就拔了枪，并因伤人罪被捕。入狱后，爱德蒙的世界观受到了强烈的冲击。虽然狱内的生活没有之前在帮会的时候那样多姿多彩，但稳定的三餐供应外加规律的作息制度，却给了爱德蒙一种前所未有的稳定感。而狱内开设的各种补习班，更是为爱德蒙打开了一扇全新的大门。短短数年的时间，几乎从未上过学的爱德蒙进步迅猛，一路从最基础的小学课程修到了涉猎较广的高中领域。出狱当天，望着高墙外的万里晴空，爱德蒙觉得自己重生了，以为以后的路会有所不同。然而，命运之神并没有让他就此一帆风顺。前帮会成员的身份，让爱德蒙在求职时四处碰壁、频遭冷眼，没有雇主愿意承担风险去招收一名与黑帮有关联的人。万般无奈下，心灰意冷的爱德蒙找到了原帮会老大，重新加入了那个也许是这个世界上唯一欢迎他且包容他的集体。当时的他十分困惑，难以理解为什么弱肉强食的黑帮和监狱，可以让自己安身立命，而追求公平正义的社会却让他感受不到一丝丝的温暖。后来，帮里的一个兄弟捅了个大娄子，需要有人去警方那里扛罪，爱德蒙便向老大主动请缨。帮派兄弟都觉得他有义气，只有爱德蒙自己知道，其实他就是想回到监狱。因为只有在这里，他才能过上自己最向往的生活。不仅三餐有保障，不用为生计发愁，还可以静心学习。这一回，爱德蒙不但把大学的课程都修了，还学了计算机编程，期待出狱后会有不一样的人生。

应该说，爱德蒙是不幸的。无法选择的出身，把他推向囚徒困境，即便有机会可以走出洞口，也只会因为先天条件的限制，再度被逼回囚室。然而，他又是幸运的。当他发现知识也许可以帮他改变命运时，他选择了择机把握。或许，柏拉图的"洞穴寓言"最想传达的是他对教育机会均等的渴望。毕竟，犯罪从来都不只是个人的问题，它是个人与社会的裂痕。只有教育得到了解放，不再成为社会分层的工具，裂痕才有可能得到缩小，个体才能到达祥和的彼岸。

星期六/沙盘解迷思

瑞贝卡和简

沙子尤里苦恼地躺在沙滩上,一遍又一遍地忍受着任人踩踏的日子。直到有一天,他和同伴们被一双温暖的手捧在掌心,然后又被装进了一只透明的箱子里。自此,尤里那永恒却毫无乐趣的生命终于焕发出新机。他乐此不疲地享受着一双又一双手的温柔触摸,精神饱满地加入一个又一个故事的创作和见证。

  我坐在诊疗室门口,翻阅着近几周的督导笔记。从实习生到独立执业,瑞贝卡陪伴我走过了职业生涯中最关键的几年。经验丰富的她,不仅能在我遭遇临床瓶颈时,一针见血地为我指出问题的关键所在;还能敏锐地捕捉到我在诊疗过程中,因来访者的言行所触发的自身问题或偏见。更重要的是,她对我的无条件支持,让我有着一种舒适的安心感,可以无所顾忌地把真实的自我毫无保留地展现在她面前。在我心中,瑞贝卡不只是我的督导,更是我职业及个人成长道路上的一盏明灯。她引领我穿越黑暗,突破盲区,成为更从容、自信的自己。

  "来啦!"瑞贝卡推开诊疗室门,和往常一样给我一个温暖的拥抱。

"嗯，你在上次督导中抛出来的几个问题，一直盘旋在我脑海中，挥之不去。"未及入座，我便迫不及待地切入正题，"你问我为什么明知不可为而为之，为什么不惜突破边界也要满足他人的需求，为什么在时间的把控上不容许自己有任何的偏差。我想了很久，依然不得要领。"

"也许，我们可以用沙盘[23]一解迷思？"瑞贝卡提议。

虽然瑞贝卡的专业背景是传统的心理动力学[24]，但她在数十年的临床实践中，日渐对艺术治疗和游戏治疗等后现代治疗手法产生了浓厚的兴趣。尤其是沙盘治疗[25]，常被她誉为"呈现意识与无意识的完美舞台"。每当我绞尽脑汁却依然找不到方向时，她都会建议我用沙盘助力，破解迷局。

移步与诊疗室一墙之隔的沙盘室，映入眼帘的是一排排倚靠在房间四壁的胡桃木展架。成千上万种造型各异的微缩模型被分门别类地陈列在展架上，令人目不暇接。房间的中央置放着一个方形沙盘，瑞贝卡让我把沙盘想象成一座孤岛，而我是岛主，可以随心所欲地在这座岛上构建一个属于自己的理想王国。

23　沙盘（sand tray），是心理治疗中常用的一种工具。通常由一个装满沙子的托盘或盒子，以及各种微缩模型组成。

24　心理动力（psychodynamic），是一种传统的心理学方法，强调系统地研究构成人类行为、感觉、情感的心理力量，以及它们与早期经验的关系，对有意识和无意识动机间的动态关系尤其感兴趣。

25　沙盘治疗（sand tray therapy)，是一种结合游戏疗法和艺术疗法的后现代心理治疗技术。治疗师通过来访者在沙盘中构造的精神世界，评估、诊断、治疗各种心理问题，帮助来访者提升情绪表达，减轻因讨论创伤事件或负性经历而引起的心理困扰。

"随心所欲！听上去很有诱惑力啊。"我向瑞贝卡调侃道。现实生活中难以得到的事物，却可以在这个虚拟的世界中随心掌控。或许，这样的体验本身，就是一种很好的疗愈。走近展架，我挑了一些飞鸟走兽、花草树木的模型，又选了些造型各异的人物模型，意欲打造一个人与自然和睦相处的世外桃源。然而，当我回到沙盘边，看到层层叠叠、起伏不平的细沙时，我又改变了主意。

"好了。"约莫一盏茶的工夫，我宣布大功告成。

"说说你的感受。"瑞贝卡饶有兴致地看着我说。

"五味杂陈。"我坦言，"起初，我觉得既然我是岛主，可以随心所欲地选择一切想要的东西，应该会很畅快。所以，我挑了很多东西，想在岛上种很多的花草树木，与很多的动物做朋友，和很多认识的、不认识的人一起分享这个万物和谐的奇妙世界。但当我真的开始搭建我的理想王国时，才发现无限制地满足自己的愿望是不可能的。无论是现实生活，还是游戏世界。"

"为什么？"瑞贝卡的眼睛里闪烁着好奇和关切的光芒。她微微倾身向前，双手交叠放在膝上，仿佛不愿错过我说的每一个字。

"首先这个沙盘的大小，限制了包罗万象的可能。虽然这里有上万种模型供我挑选，但沙盘的面积是固定的，不会因为我有多少模型而改变。因此，所谓的任意挑选，其实是有条件的，因为空间有限。"我说。

"有意思。"瑞贝卡微笑着说。

"其次，沙盘由无数的细沙铺就。而沙的本质，在于流动。因此，不论我再怎么用推沙杆整理沙盘表面，总是难以达到绝对平整的效果。这种流动性让我有些不安，不想把万物生灵都带到这片不稳定的土壤上，只因为一句自私的'我想要'。"

"所以，你化繁为简，重新做出了选择？"

"嗯，我不仅改变了创作的思路，还改变了创作模式。"我点头，"当你让我用沙盘打造一个理想中的世界时，我的第一反应是万物生长、自然和谐。也就是说，那些模型，是我根据脑海中的既定画面挑选的。但当我改变主意以后，我告诉自己跳脱所有的框架与束缚，用潜意识来代替意识。这样一来，我就不用事先构思，而是把注意力放在挑选让自己最有感觉的模型上。"

"所以，你不是在选模型，而是让模型选择你？"瑞贝卡问。

"可以这么说。这么做的好处是，当我挑完模型，回到沙盘前，一切的创作都变得行云流水、一气呵成。用你的话说，我们眼前的这幅作品，并非经由我的意识操控完成，而是灵感假借我的双手，呈现它本来的样貌。"我说，内心涌动着一股顿悟之后的满足感。仿佛自己真的与灵性产生了某种联结，通过这种独特的创作过程找到了与内心深处对话的方式。

"非常精彩的分享。"瑞贝卡的脸上浮现出赞赏和惊喜，"那么，让我们来欣赏灵感本来的面貌。假如你不介意，我想知道，你在观赏这幅作品时，有着怎样的感受？"

"安心。"我想了想说，"虽然沙盘里摆放的模型并不多，但每一样都代表着我最需要的能量。你看这只鹰，它张开翅膀，雄姿英发。这既是自由的象征，又兼不屈的勇气，是我的精神指引。再看那颗静静地躺在贝壳里的珍珠，它晶莹透亮，温润纯净，是我一直想要呵护的初心。还有这些植被，枝繁叶茂，苍翠欲滴，可以在我疲惫不堪时，予我滋养与润泽。我想，如果我能始终都拥有这些，就已经足够了。"

"嗯，我注意到你把它们围成了一个圆，而圆的中心是一块标有'奇迹'的岩石。我想知道，这样做有什么特殊的意义吗？"瑞贝卡问。

"圆象征着圆满，而世间诸事，难得圆满。真的圆满了，就是奇迹了。"我笑答。

"那你相信奇迹吗？"瑞贝卡接着问。

"我不否认奇迹的存在，但奇迹发生的概率实在是微乎其微，低到可以忽略不计。所以对我而言，奇迹只是镜中花、水中月，不真实。"我沉吟了片刻，轻轻地叹了口气。

"既然奇迹那么的不真实，你为何又要用你所有的能量去守护它？"瑞贝卡又问。

"好问题。这个我没想过。如方才所言，整个创作过程基本上是由潜意识所引导的，我并没有琢磨过为什么要这么做。"我想了想，又接着说："现在想来，虽然意识上，我知道诸事圆满并不现实，但潜意识中的我对于圆满，有着一种难以理解的执着。"

"很好的洞察力。"瑞贝卡称赞道，"我想，也许这个沙盘，已然揭开了你想要的答案。"

"嗯，我想是的。"我有些释然，"鹰击长空，看似倚仗的是勇气和力量，实则凭借的是顺势而为。假如不懂得顺着气流而动，那么再坚定的意志、再强大的力量，也会变得不堪一击。同样，珍珠的美在于温润。没有母贝含辛茹苦的包容与隐忍,就没有珍珠浑然天成的光华。而绿树成荫的背后,更是经成年累月的滋养与成长。而顺势、隐忍、等待,恰恰是我努力了很久,想参透却尚不具备的质素。于是,虽然我的意识告诉我,圆满和奇迹的实现,讲究的是顺势而为、隐忍等待,但我的潜意识驱使着我一个劲往前冲,企图凭借一己之力,就可以掌控全局,迎来奇迹。这也许就是为什么我明知不可为而依然为之;明知应该理清边界却还是要突破边界;明知时间无法被掌控,却还是要费尽心力地去掌控它。"

"然而,这样也不是完全不对。"瑞贝卡提醒道,"顺势和等待时机固然重要,但在时机成熟前,用你的勇气和初心去创造时机,是一种积极主动的策略。当然,心理治疗师理应将来访者的利益置于首位。所以,你需要觉察的是你逆势而为的动机,是为了满足你的成就感,还是的确从来访者的利益出发。把握了这一点,你在临床中表现出的执着与坚持,并非全然不可取。此外,我很高兴你的理想王国里有着这么一大片绿洲。心理治疗这份工作有着外界难以想象的艰辛,这也是为什么心理治疗师比常人更需要注重对自我的滋养。"

告别瑞贝卡,我的心中百感交集。想到自己在执业中所表现出的那种无论如何都不轻言放弃的固执与倔强,在生活中也如影随形,我决定在下周的督导中,将此议题作为重点。

星期日/所谓快乐

本
一

红花瞅着绿叶,问他为何不争当主角。绿叶笑而不答,反问红花争奇斗艳的日子,滋味如何?红花说很苦,但她乐在其中。绿叶说,那很好。我不在乎主角的光环,只要有阳光、雨露,和你的陪伴。

  呃……我不太确定要讲什么……是从我的角度来描述简,以及与她有关的事吗?
  什么?可乐说他比我更了解简?
  行吧……
  什么?我怎么看?
  我不知道……我不喜欢比较,因为比较容易引发争议,带来不必要的矛盾和麻烦。此外,每一个个体都是独一无二的。非要在两者之间作比较,就会忽视个体的差异及其内在价值。而且,这么做还会构建不切实际的标准体系,造成不必要的焦虑和困扰。
  当然,我理解可乐为什么这么说。他是简一手带大的,性子自然也随简,喜欢比较和竞争。前几天,简的朋友在出差前,把她家的三色猫可可送来我家寄养几天。可乐立马戏精附体,一看到简亲近可可,或者给可可喂小零食,就会冲上去,对着可可龇牙低吼。

简笑他嫉妒心爆棚，可我不这么看。我猜想可乐或许是把可可当成了假想敌，以为可可要和他争宠。所以，你不能怪他。抢占地盘是猫的天性，更何况他还有个事事爱比较的妈。

说实话，在遇见简以前，我从来不知道有人会对打分、排名这档子事如此着迷。每次看完一部电影、读完一本书、去过一个地方、尝过一种食物，简都要把这些事物化作精确到小数点后两位的分值，并与她之前体验过的类似事物进行比较和排名。原本，这只是她个人的喜好，我不便发表意见。可她不仅自己对每件事物都要进行严格的打分排名，还喜欢拉着我一起。不幸的是，我对这种比较、排名非但没有兴趣，还认为这种事情只会给人造成压力，引发毫无必要的矛盾。所以，只要简一发问，我就头皮发麻。

久而久之，我觉得不能再这么下去了，索性鼓足勇气，向简摊了牌。她听闻后很是诧异，连连向我致歉，说不知道这么问，会给我带来如此大的困扰。然后，她又忍不住好奇，问我为什么不喜欢排名。在她看来，像我这种从小到大，门门功课都拿 A 的尖子生，不应该不喜欢竞争啊。或者说，至少不会对竞争和比较有所排斥。我不解，问她全 A 和排名有什么关系？她显得更惊讶了，说你读书的时候，学校不会给学生的成绩进行排名的吗？我这才知道，简读书那会儿，不论期中考还是期末考，甚至是一些摸底考、阶段考之类的小测验，学校都会在成绩出来以后公布排名。简记得她高中那会，一个年级有五个班，每个班有四十几个同学。所以每次一公布成绩，走廊上就会密密麻麻贴满各种榜单。既有单科排名、总成绩排名，也有班级排名和年级排名。到后来，成绩垫底的同学索性自暴自弃，穿行走廊时，大步向前，对两边的榜单视若无睹；反倒是像她这种成绩还不错的学生，无时无刻不在关注自己的排名，生怕一不小心，就会万劫不复。

"这样的排名，不会给你造成压力吗？如果有压力，你现在应该会很讨厌这种模式呀。怎么反倒自己也养成了这种凡事喜欢排名、打分的习惯？"在了解了简学生时代的遭遇以后，我对她的这种癖好更为不解了。

"中国有个俗语，叫越战越勇。"简解释说，"开始的时候是有压力，但时间长了，压力反倒化成了动力，激发了我的好强心。回想起来，如若没有当时的那些年级排名，在班级排名中名列前茅的我，根本不会这么早就领悟天外有天的道理，也就不会发奋图强，考上好的学校。而且，比较是人类的天性，可以促进学习和理解，激发创新和改进。没有比较，就没有批判性思维的能力，也很难实现成长和超越。"

对于她的这些理论，我不置可否。在我看来，正是她的好强心，导致了她的某些心理困扰。比如，昨天她从瑞贝卡那里回来以后，就一直抱着可乐发呆。我问她有什么心事，她说她也不太清楚自己究竟是怎么了，总觉得有些疲倦。今天早餐过后，她特意煮了一壶我最爱的铁观音，邀我在后院赏茶聊天。她说她不太理解我这样的名校高材生，为什么工作以后，全无功利之心。既不想升职也不在乎加薪，一有空就研究我收藏的那些石头或硬币，以及有关这些藏品的文化和历史。更令她不可思议的是，我的这些研究极具专业性和学术价值。换作她的话，肯定要将这些研究成果发表出来，或者想办法把这些心血之作推给更多的读者，以最大化做研究的价值。可我完全没有这些心思。在我看来，研究这些藏品可以给我带来乐趣，而将研究成果整理成文稿，也只是一种自我学习的过程。我享受这样的过程，却不在乎这些成果究竟会被多少人看到，因为那不是我能控制或者需要控制的事情，更不是我做研究的初衷。

"可是，独乐乐不如众乐乐啊。"简还是不解。

"所以我把这些文章放到我自己的网站上了呀。"我回应道，"对这些资源感兴趣的人，自然可以通过搜索引擎找到它们。"

"你可真是无欲无求，佛系得很啊！"简感叹道"我就做不到。我做每一件事都要有明确的目标和规划。"

"我也有目标、有规划啊。"我笑道，"我最近的目标就是把我收藏的那些普斯科夫硬币[26]整理出来，写一篇有关为何现有文献中，缺乏记录这些硬币确切出处的文章。"

"我说的不是这种目标和规划。"简解释道，"我的意思是，花这么多精力和时间写这么一篇小众的文章，几乎没有任何的收益。"

"所以你所说的目标必须要和所谓的收益相捆绑咯？而你所说的收益也只是特指金钱或名声上的收益，对吗？"我问。

"嗯……好像是的……"经我这么一点明，简好像想到了什么，若有所思起来。

26　普斯科夫硬币（Pskov mint）是俄罗斯历史上的一座古老城市普斯科夫的造币厂所生产的硬币。这些硬币不仅在中世纪时期的地方经济中发挥着重要作用，还承载着当时的政治和文化象征。

"如果你所指的目标和规划都要围绕收益做文章，那我也还是会说，我所做的这些是有收益的。精神上的收益也是一种收益，从某种意义上来说，比功名利禄上的收益更具价值。你这么喜欢看书，难道不也是为了精神上的愉悦吗？"我对这个话题越来越感兴趣。

"嗯，好像是的，又好像不是。"简不太确定地答道，"小时候，我很喜欢读书，所有的中外名著我几乎都看过，且很多书看过不止一遍。不仅如此，我看书的涉猎范围很广，武侠、言情、侦探等小说类自不必说，非小说类的传记、历史、科普、戏剧、散文等我都喜欢。总之，只要不是教科书就行。因为当时的我认为，教科书是为了考试而不得已看的书。但杂书不是，只要一捧起那些书本，我就浑身通畅，感觉自己快活得像是天上的小鸟，自由得好比水中的小鱼。"谈起少年时代读过的那些书，简的眼睛逐渐亮了起来，眼睛里仿佛真的有成群结对的小鱼儿在游泳："但工作以后，我看杂书的频率越来越低，取而代之的是一本又一本像砖块一般厚的专业书和工具书。知识的海洋无边无际，所以我发现学得越多，反倒越意识到自己的无知和浅薄。所以，我必须抓紧每一刻每一秒去学习，去提升自己。不能说我在读这些专业书时不快乐，只不过是知道自己在学习成长中所获得的成就感和安心感，与不带功利心地看杂书所得到的快乐是完全不同的。"

"或许，读专业书能给你带来充实感，而看其他书则是精神上的一种放松和享受。"我能明白简所说的这两种喜悦的不同之处。虽然前者看上去目的性很强，只是为了专业上的精进才读的书；但一步一步求取并获得知识的喜悦，也是一种十分重要的体验。尤其当你在某个瞬间，突然感到一点一点累积起来的知识点，一下子全都连接起来的时候。那种忽然打通大脑回路，点亮大脑知识地图的感受，实在很美妙。用简的话来说，有一种打通任督二脉的感觉。与专业书不同，杂书虽然不能为密集型读者灌输某个特定领域的知识，却可以帮助读者体验不同的人生、不同的心境，又或是拓宽视野、陶冶情操。而且，根据自己的兴趣爱好所读的书，往往可以令人放松，收获身心灵的平衡和满足。这种快乐是纯粹的、自由的，不受任何外在因素的影响和干扰。

想到这里，我建议简考虑给自己放个长假。如果她愿意，我也可以请假陪她出去走走，在天高海阔的大自然中滋养一下自己。"你不是说最大的梦想，就是和我一起背靠背，在阳光下静静地读一整天的书吗？"我一边为她续茶，一边提议。

"嗯……我不知道……"简显得有些犹豫，"过些时候吧，我现在手头有几个比较棘手的案例，等这些来访者有了实质性的进展，我们再规划休假的事情？"

我笑而不答。这样的回答，我不知听简说过多少次。不论处在生命的哪个阶段，她都感觉有许多许多的事等着她去做，许多许多的梦想等着她实现。而背靠背静静读书这种很容易实现，甚至容易到不能算是梦想的梦想，她却迟迟不愿兑现。

或许，可乐是对的。我可能还是不够了解她。

Third Week

第三周

星期一/暗夜斗篷

蒂芙尼

少女维娜有一件神奇的斗篷。披上它,维娜的眼前就会出现一条由月光照出的蜿蜒之路,引领她穿过密林,越过山丘,来到一个遗世独立的地方。在那里,维娜可以远离家人的争吵与暴力,在清澈见底、繁星点缀的湖水中,找到内心的宁静与自由。

周一清晨,风和日丽。我打开窗,和煦的阳光洒在身上,温暖而舒畅。

打开语音信箱,蒂芙尼气若游丝的声音断断续续传入耳畔:"嘿……简……我想问一下……今天下午的预约……能否……改到晚上七点?如果不行……就算了……我们……下周一见。"发送时间:凌晨五点。

心理治疗师的工作时间弹性较大。不用坐班点卯,完全可以按照来访者以及治疗师自己的时间安排作调整。若是来访者需要取消或更改预约,只要提前通知,我都会竭尽所能地满足他们的需要。但像蒂芙尼这样当天才提出更改时间的,让我很为难,因为晚上七点档的时间,已经被新接诊的来访者保罗预约了。然而,事有凑巧,午餐时间,保罗来电,希望把晚上的预约改到周三。我立即通知蒂芙尼,告诉她不用等一周了。

晚上七点,蒂芙尼如约而至。满脸倦怠的她,一进门就请求我将房间里的灯光调到最暗。

"我这几天特别讨厌光亮。"蒂芙尼说,"总觉得白天的光太刺眼。即便到了晚上,我也尽量不开灯,只要一见到光,就会感觉浑身不舒服。"

"这样的感觉,以前有过吗?"我问。

"我不记得了,应该有吧。"蒂芙尼答,"我不喜欢在光亮中醒着的感觉,我喜欢黑暗,喜欢什么都看不见,并且谁也看不见我。"

蒂芙尼描述的这种症状在医学上叫作"畏光症"[27]。临床上,被诊断有焦虑症、恐慌症,或情绪失调症的患者,大多对光的耐受性较低,尤其对明亮的刺激甚是敏感。而长期将自己匿于黑暗的行为,又会导致或加重睡眠问题,以及抑郁、社交障碍等一系列心理问题。鉴于蒂芙尼的临床表现兼具抑郁、焦虑、恐慌、情绪失调、创伤后应激障碍等多种症状,我初步判断她的"畏光症"很有可能由心理问题引发。

"黑暗让你联想到什么?"我问。

"安全。"蒂芙尼说,"夜的寂静,让我平静。"

"那光呢?"我又问。

"恐惧。非常不安全,像是有什么坏事情会随时发生。"蒂芙尼轻声说。

---

[27] 畏光症(photophobia),顾名思义就是对光亮产生恐惧。一般与对光的高敏感与高水平的焦虑有关,但不排除因生理性疾病而引发畏光症状的可能性。

我倒了杯水让蒂芙尼定神。她接过杯子，一饮而尽。"你知道吗？我这一周的作息是完全日夜颠倒的。我没有办法在白天醒着，因为耀眼的光线让我有一种说不出的恐惧。我必须放下所有窗帘，再戴上眼罩和耳塞，把自己塞进被窝，才会稍稍有些安心。而到了晚上，我又不忍睡去。夜的温柔让我贪恋，只有在夜色中我才感觉自己是活着的。"

"所以，你渴望感觉自己是活着的。"我强调。

"嗯，尽管这个世界并不美好，但我还是渴望生存。"蒂芙尼说，"是不是很矛盾？"

"很勇敢。因为活着并不容易。"我鼓励她，"你在夜里都做些什么？"

"我不知道。大部分的时候是什么也不做，只是坐在那里出神。"蒂芙尼答。

"有没有试着把你的所思所想写下来？"我问。

"以前没有。不过这次有。"蒂芙尼说着从背包里取出一个本子，"你之前交代的家庭作业，我带来了。因为是夜里写的，我没开灯，所以写得并不整齐。不过，黑暗中书写的好处是，我不用管写了些什么，有没有拼写或语法错误。这让我的思路流畅了许多。"

蒂芙尼的这一说法带给我不少启示。虽然围绕"我是谁"的主题展开自由联想的方式，我已经在很多来访者身上实践过，但在黑暗中书写的，蒂芙尼是第一人。我请她朗读，她有些不好意思，把本子递给我，希望我代她读。我请她坐到我身边，一人一段，轮流朗读。

我是谁？我不知道。我只知道，我喜欢黑暗，也喜欢斗篷，所以就叫我"暗夜斗篷"好了。

我有许多兄弟姐妹，但我与他们并不亲近。在这个世界上，我最亲近的只有奶奶，虽然她最亲近的人不是我。

我喜欢画画，画花草树木不是我的擅长，因为它们属于阳光。所以我画大海星辰，它们无边无际，自由宽广。

我喜欢清静，却发现自己总是出现在人多的地方。我不明白自己为什么会如此矛盾。但我知道，我不想离开，仅此而已。

"你所说的'不想离开'，具体指什么？"我问蒂芙尼。

"我不清楚。"蒂芙尼摇头。"不想离开人群吧……又或者……不想离开这个世界。"蒂芙尼断断续续地回答。

"不想离开这个世界？"我咀嚼着她的话语，隐约感觉到此话背后的深意。我立即对蒂芙尼做了自杀自残的风险评估。结果证实，我的感觉没有错。蒂芙尼从十三岁起，就曾采用各种方式自残，并在十五岁那年计划跳崖自尽。幸好，她被她奶奶及时发现，这才挽救了她如花一般的生命。

"蒂芙尼，我很感谢你对我的信任。我记得初诊时对你做过风险评估。但当时你守口如瓶，什么也没说。今天你选择如实相告，我想这代表了你对我的信任有所增加，是吗？"我柔声地问。

"嗯。"蒂芙尼轻声说，"以前我担心坦诚相告会对我不利，比如你会把我们的谈话都告诉我的缓刑官。但现在我不这么看了，我知道你是真心为我好，在你这里，我感觉很安全。"

蒂芙尼的话，让我对与她之间的治疗联盟又多了层信心。也许,是时候探索一些敏感话题了。

"如果你感觉安全,我希望多了解一些你的过往。比如,你十三岁那年,发生了些什么,让你开始伤害自己?"我问蒂芙尼。为了帮助她缓解回忆过程中可能出现的痛苦体验,我请蒂芙尼用"暗夜斗篷"代替第一人称。这种请来访者用第三人称的角度讲述生命故事的手法,源于叙事治疗[28]的外化理念。它既可以帮助来访者跳出问题看问题,又能为后续的问题解构打下基础。

"暗夜斗篷?"蒂芙尼笑了,想了想又说:"好吧,我试试。"说着,她闭上双眼,把身子蜷缩在诊疗椅上,跟随着我的引导,做了几个深呼吸,然后缓缓开始了叙述:"暗夜斗篷是个没人疼的孩子。她的妈妈红色麻团在她五岁那年,带着她和妹妹去一座小岛度假。走的时候,麻团只带上了妹妹,却把她一个人抛在了小岛上。斗篷害怕极了,她不明白为什么麻团不要她了。过了好久好久,斗篷的奶奶来到了小岛,找到了她。斗篷这才得知,麻团又给她生了个妹妹。奶奶让斗篷自己选,是继续留在小岛上,还是回到麻团身边,帮麻团照顾刚出生的妹妹。斗篷想也没想,就选了后者。后来,麻团又给斗篷添了一对双胞胎弟弟,绿豆与青豆。斗篷很喜欢这两个豆子弟弟,帮着麻团换尿布喂奶,悉心照料。豆弟弟们的爸爸橡皮先生对斗篷也很好,有段时间,斗篷甚至有种错觉,仿佛橡

---

[28] 叙事治疗(narrative therapy),是澳大利亚社会工作者迈克尔·怀特(Michael White)和新西兰心理治疗师大卫·艾普斯顿(David Epston)所发展的一种后现代主义心理治疗流派。叙事治疗强调人本身不是问题,问题与人是分离的,且由社会所建构。主要特点包括:重构生活故事、外化问题、强调个体的专家地位、关注社会和文化因素,以及强调治疗师与个体间的合作和对话。

皮就是她的爸爸。"说到这，蒂芙尼停了下来。再要开口，却又不知从何说起。

我预感到接下来一定发生了什么让蒂芙尼难以启齿的事情，因为在上周的诊疗中，蒂芙尼也是在说到她母亲当时的丈夫杰夫时卡住的。虽然我很想知道究竟发生了什么，但我不想催她。毕竟，确保来访者感到安全，是我开展治疗工作的首要前提。我柔声询问蒂芙尼此刻的状态，示意她如果感觉太痛苦，可以暂停在那里。

蒂芙尼摇摇头，说自己可以坚持。"我怕现在不说，下次又没勇气说了。"蒂芙尼睁开双眼，望着我说，"如果可以，能否把你的手搭在我的肩膀上？我需要你的力量。"

我为她对我的信任所动容，起身绕到她身后，伸出右手搭在她的右肩，低声重复蒂芙尼停在那里的最后一句："斗篷甚至有种错觉，仿佛橡皮就是她的爸爸。"

"然而，她错了。橡皮对她好，不是因为他想做斗篷的父亲，而是为了占有她……"蒂芙尼的肩膀开始抽动，压抑的呼吸越来越重，终于泣不成声。

原来，蒂芙尼的继父杰夫是个酒鬼。双胞胎儿子刚生下来那会，初为人父的杰夫欣喜万分，发誓戒掉酒瘾，承担起养家的重责。然而，好景不长，三年以后的某个深夜，连续开了几个通宵的长途卡车的杰夫回到家，发现妻子正和她在酒吧打工认识的同事出轨。杰夫气得火冒三丈，当场把妻子打得半死。更可悲的是，没过多久，蒂芙尼的妈妈发现自己又怀孕了。这让本就不堪羞辱的杰夫愈发痛苦，他不仅三天两头地打骂妻子，还把三个继女骂得一无是处。蒂芙尼的大妹妮可性子刚烈，直接离家出走，搬到了她的同学家。小妹莉丽也被奶奶接走，只剩下蒂芙尼一个人被母亲死活挽留在家，希望她帮忙照顾两个弟弟。于是，所有的悲剧都转嫁到了蒂芙尼的身上。十三岁的她，不仅要帮着怀有身孕的母亲照顾弟弟们，还要小心翼翼地看杰夫的脸色，生怕一不小心就成了他的出气筒。然而，蒂芙尼的忍气吞声并没有为她换来片刻的安宁。在她母亲即将分娩的某个夜晚，酒醉的杰夫闯进蒂芙尼的房间，一边咒骂她，一边强行占有了她。事后，蒂芙尼虽几次想报警，但思量再三，还是放弃了。

听完蒂芙尼的陈述，我杵在原地，久久回不过神。想到那个毫无人性的杰夫，至今仍逍遥法外，我怒火中烧。我告诉蒂芙尼，虽然此事已经过去四年多，但蒂芙尼尚不满十八岁。按照之前签订的心理治疗保密协议，此事已超出保密范围，我需要即刻向儿童保护机构和警方报备。

蒂芙尼看着我，沉默良久，然后一字一句地说道："简，我知道你关心我，而且报备是你的职责所在，我不应该阻止你。但请你考虑我的处境，这几年我一直都没向家人提过这件事。就连奶奶，我也没说。如果现在报警，你让我妈和奶奶情何以堪？而且明天，就是我十八岁的生日。我求你等一等，等我过完生日，找个合适的机会自己跟她们说，好让她们有个心理准备。"

我沉默了。根据加州法律的规定，未满十八周岁的来访者，在治疗过程中披露的所有被虐事件，治疗师均须在第一时间向儿童保护机构报备。然而，一旦来访者的年龄超过十八岁，治疗师就没有义务这么做了。故此，虽然从法理上看，蒂芙尼在披露此事时还未成年，我有义务即刻报备；但从情理上讲，我应该尊重再过几个小时就成年的蒂芙尼本人的意愿。若是我一意孤行，非要在她认为时机欠佳的时候，将此事公之于众，那么刚刚建立起来的治疗联盟必将瓦解。而这个时候，让蒂芙尼感受安全才是最重要的。

想到这里，我答应蒂芙尼会暂时为她保密。但我希望她尽早将此事告诉家人，以卸下久藏心中的重负。

星期二/爱的语言

马克和米亚
一

正如沙漠之花顽强地在炙热与寂寞中绽放，爱情在现实的压力与挑战中，往往展现出其脆弱与坚韧并存的两面。每一对伴侣的旅程都是一场对话和探索，一次关于如何在爱的语言中找到共同语调的尝试。

  爱情的经营就像在银行里开了个账户。多巴胺作用下的爱，是开户以后的第一笔存款。以后的账面是正是负，取决于关系双方的经营理念与实践。当爱意用对方所喜欢的方式去表达，那么，账上的存款就会与日俱增。若是只求支取、拒不付出，那么存款就会日益减少，甚至入不敷出。

  在我经手的伴侣治疗案例中，爱情账户的负债大于资产的现象比比皆是。深究其因，多半不是因为不愿存，而是不懂如何存。比如马克和米亚，多年前在云南相识，一见钟情。当时在旅游公司做兼职导游的米亚，歌喉动人、舞姿卓越，一下子就吸引了马克的视线。而金发碧眼、温文尔雅的马克，也在众多游客中显得十分抢眼，一举掳获了米亚的芳心。在饱尝异国恋的相思之苦不到半年，马克便正式向米亚求婚，承诺米亚婚后无须工作，只管将养家的重任交到他的手上。以后的很长一段时间里，马克也的确恪守誓言，不仅对米亚的愿望有求必应，还对妻子呵护有加、温情备至。用米亚自己的话说，丈夫的宠爱让她一度找到了公主的感觉。作为回报，米亚也十分用心地操持家务，不仅把家收拾得井井有条，还变着花样给马克烹饪美食。可以说，婚后的头几年，夫妻俩不仅恩爱不减，更是把爱情账户的额度充到了最高值。

可惜，一切的美好都因两年前马克所遭遇的那场医疗事故而改变。因为失去了工作，没有了稳定的收入来源，马克感到了前所未有的经济压力。于是，他对家庭的日常支出进行了重新规划，不仅中断了米亚每个月的零花钱，还在生活的方方面面过起了精打细算的日子。这让习惯了衣食无忧的米亚有些不适应。在她心目中，女主内、男主外的婚姻模式才是最合理的。如今，丈夫不仅天天窝在家里，无所事事，还婆婆妈妈地管起了家里的账。这让米亚一时难以接受，与丈夫的矛盾也与日俱增，逐渐恶化。也就是说，爱情账户的额度从马克失业开始便走了下坡路。虽然两个人的感情还在，但如胶似膝的浪漫与甜蜜，被柴米油盐等日常琐事所覆盖。即便马克和米亚有时候还是会用自己的方式向对方表达爱意。但两人对爱的理解完全不在一个频道上，以致每个人都觉得自己在这段感情中很憋屈。

作为婚姻与家庭治疗师，我的首要任务就是引导伴侣增进理解，在了解自己通常都用哪些方式表达爱意的同时，也明白对方所偏好的表达方式。

"上周的家庭作业完成得怎么样了？我很好奇你们都为对方做了些什么？又是否感受到了对方的爱意？"诊疗一开始，我便开门见山，直奔主题。

"我不知道他为我做了什么，但我肯定为他做了不少事。不过我对他的好，估计他早就司空见惯，并不会真的留意到我的付出。"米亚的口吻，恼恨之余，夹杂着不少哀怨。

"你看她就是这么武断。"进门时还和颜悦色的马克，听到米亚这么说他，忍不住又来了气，"她这些年为这个家的付出，我会不知道？我只是不说而已，但这并不表示我不知道。"

"马克，把对方的付出看在眼里并记在心里固然重要，但用语言将你的感受表达出来也很重要。请尝试告诉你的妻子，你对她的付出有着怎样的感受。"很多时候，人们以为亲密爱人之间无须言谢，因为整天把感谢挂在嘴边的伴侣会显得很生分。但事实上，肯定的言辞对亲密关系的良性发展至关重要，一句简单的感谢，往往能带来事半功倍的效果，在顷刻之间融化彼此的心。

"米亚，这些年你为我和儿子的付出，我很感激。"马克诚恳地对妻子说。

"很好，马克。能不能举些例子，告诉米亚，你对她的哪些举动尤为感动？"我鼓励马克用具象的言辞，继续温暖妻子的心房。

"我很感激你这些年，对我和儿子无微不至的照顾。不仅费尽心思为我们做可口的饭菜、美味的点心，还把家里收拾得井井有条，一尘不染。无论大小节日，你都会精心准备，为我和儿子带来意想不到的惊喜。每次出门旅行，你也总能把一切安排得妥妥当当，让我感觉很安心。"马克一边说，一边情不自禁地将身子朝着妻子靠拢了些。而米亚的眼里，似乎也泛起了些许温柔，对丈夫肢体上的靠近非但没有躲避，反倒缓缓迎了上去。

"米亚，马克方才的话，给了你怎样的感受？"眼见房间里的暖意冉冉升起，我趁热打铁，希望把爱的炉火烧得更旺些。

"他若果真这么想，我的付出也就值了。"米亚轻声地说。

"看起来能得到马克的肯定，对你来说很重要。"我说，"能否请你看着他的眼睛告诉他，为什么肯定的言辞对你而言如此重要？"

米亚抬头飞扫了丈夫一眼，又很快垂下了眼睑："我就是想知道在你眼里，我究竟是怎样的妻子。是温柔持家的贤妻良母，还是惹人生厌的黄脸婆？"

米亚娇羞的样子，把马克逗笑了。"这个要看情况。你认真做家务的样子很可爱，但发起脾气蛮不讲理的样子又很可恶。"马克半开玩笑半认真地说道。

"米亚，在你眼里，马克有没有为这个家付出些什么呢？"我问。

"当然有。"米亚不假思索地回答。我鼓励她像马克一样，举例说明。

"他曾经对我有求必应，让我和儿子衣食无忧。"米亚说。

"曾经……"我和马克异口同声。

"米亚，我希望你用现在时。"我说。

"现在时？我不知道……"米亚显得有些迷茫。

"马克，上周诊疗结束时，我希望你们在对方不知情的前提下，各自为对方做一件事情。你有做吗？"我问。

"有啊。"马克答,"不过,看起来,米亚并不知道我为她做了什么。"马克有些落寞地看着妻子。

"是什么?我怎么不知道?"米亚显得愈发迷茫。

"你不喜欢我在临睡前把家里的窗户都关上,所以我这一周都忍着不关窗,虽然我还是很担心开窗过夜会引发安全隐患。这难道不是为了你所做的努力吗?"马克问妻子。

"这也算?"米亚看起来很惊讶,"开窗是为了保持通风,不关是天经地义,这怎么能算你为我做的事?"

"米亚,没有什么事是理所当然的。"我说,"每个人的生活习惯都不尽相同,你认为开窗有益身体健康,马克认为关窗更安全,两个人都有自己的道理,谁都没有错。问题是,当我们的生活习惯不一致时,如何在分歧中找到一个平衡点。而这个平衡点的关键,往往在于矛盾双方是否愿意为了对方妥协。马克为了你,暂时放弃了睡前关窗的习惯,这本身就是一种爱的妥协。如果你看到了他的努力,并对他的努力予以及时的肯定,他就会觉得自己的付出是值得的,诸如此类的妥协就会越来越多。而两个人如果都能为了对方做出一定的让步,亲密关系自然也就越来越紧密。"

也许是我的话让米亚若有所思,她沉默良久。再开口时,说话的语气比往日平缓了许多。我引导马克和米亚继续探索各自惯用的爱的表达式,发现两人都是行动派,喜欢通过为对方服务的方式表达爱意。然而,爱的滋养仅靠行动是远远不够的。在探讨各自所向往的爱意接收方式时,米亚表示,爱的五种语言,对她而言,每一样都不可或缺。也就是说,她希望丈夫不仅仅能用行动来表达对她的关爱，还希望他可以经常对她予以肯定和鼓励，并时不时送些小礼物或安排些小惊喜。此外，米亚还表示自己一再拒绝马克所发起的性邀请，并不代表她不渴望与丈夫有身体上的亲密接触。相反，在米亚心中，有关水乳交融的幻想与渴望从未湮灭。只是亲密接触必须以爱为前提，如若她感受不到对方的爱意，那么性所带给她的便不会有欢愉，甚至会让她感到羞耻，认为自己不过是丈夫用来发泄性欲的工具罢了。

米亚的心迹袒露，让马克非常震惊。他坦言自己做梦也不会想到妻子居然会认为她自己是他发泄情欲的工具。他不明白米亚为什么会这么想，他只知道性是两具独立的躯体在爱的指引下所产生的珠联璧合。如果没有爱作前提，那么，再多的性生活也是索然无味的。"我对她现在一点'性趣'都没有，因为我根本感受不到她对我的爱。结婚十余年，她对我赞赏的话加起来不超过十句。自从我失了业，她连碰都不让我碰，更不要说性生活了。"马克哀伤地说。

治疗进行到这里，一切似乎都明朗起来。夫妻俩对爱的诉求可以说是一致的，都渴望得到对方的肯定与鼓励，也都渴望身体的结合以爱为前提。可是，因为缺乏沟通和探索，他们并不知道用言语表达的爱意与用行动展现的爱意同样重要，更不知道两颗同样渴望联结的心会因为误解渐行渐远。诊疗结束的时候，米亚显得有些意犹未尽。她问我是否可以在周末再安排一次会面，说是不希望刚刚收到的一点成效，因为一周的漫长等待而消失。我婉拒了她的请求，告诉她，一周的时间，如果可以用来消化和践行今天所收获的心得，多用对方所渴望的方式去修补这段关系，那么，今天的成效非但不会消失，反而会愈发巩固。米亚似懂非懂地点点头，破天荒地主动牵起了丈夫的手，走出了诊疗室。

　　送走他们，我去诊所附近的一家日本拉面馆就餐，在那里巧遇多年前的一位来访者露丝。眼尖的她，自我一进门便认出了我，并坚持要我与她同坐。因为过了两年的期限[29]，还是她主动和我打的招呼，我也不便推辞，欣然答应了她的请求。饭间，露丝兴奋地告诉我，她和丈夫托尼很快就要有自己的小宝宝了，因为一直很感激当年我对还是情侣的他们所提供的帮助，所以夫妻俩打算用"J"的字母开头，给宝宝起中间名。我听了十分诧异，并不记得自己真的帮过他们什么。见我一头雾水，露丝善解人意地提醒我，我曾经让他们做过一个小练习。开始的时候，他们并不情愿尝试。没想到试过以后便一发不可收拾，不仅突然有所开悟，自此在相处之道上还有了实质性的改善。我恍然大悟，立马想起了刚刚取得了一些小进展的马克和米亚，觉得同样的方法也许可以在他们身上如法炮制。

---

[29] 在美国的心理治疗行业，治疗师与来访者在治疗结束后的两年时间内不能进行个人联系，以保护来访者的最佳利益，并确保治疗联盟的健康和专业性。

星期三/迟到的父爱

艾伦、卡罗斯和莱拉

如同一首承载着重量,又包含着深情的诗,家庭内部的每一次互动、每一个变化,都是生命力量的体现,无论分离还是重聚,都会形塑我们的内心世界及对外界的认知。在家的聚散离别、爱恨交织中,我们学习成长,也学习宽容。

  艾伦和卡罗斯比预约的时间早到了半小时。因为我还在见别的来访者,所以,前台并没有通知我,只是请父子俩坐在大厅等候。待我送完来访者回到大厅时,艾伦满脸笑意地冲我挥手,看得出来他心情很好。我把他们迎进了一间专为家庭治疗而设的房间,暖色调的布置,给人以家的温暖与舒心。艾伦和卡罗斯进屋后并没有直接坐下,而是顺着房间四周绕了个顺时针,一边欣赏着挂在墙上的大小装饰,一边用西班牙语随意地说着玩笑话。当离约定时间还有一分钟的时候,莱拉出现了。刚才还对着父亲嬉皮笑脸的艾伦一见到母亲,立马拘谨起来。我这才注意到父子俩原来一直不愿入坐,是在等莱拉。

  诊疗室的中心由四张沙发围成一个圈,两张单人、一张双人,和一张三人。这样的设计可以方便治疗师通过来访者入座时的具体情形,对家庭成员间的关系动力进行细致观察。比如,关系亲密的家庭成员会自然而然地挤在一张沙发上,而关系疏离的成员则往往会选择坐在单人沙发上,以物理隔离与其他家庭成员划清边界。此外,治疗师还可以通过入座的先后顺序,对家庭成员间的权力动力[30]进行观察。

例如,在艾伦、莱拉和卡罗斯的三人关系中,莱拉有着相对的主动权,因而她首先选了一张单人沙发坐下。而卡罗斯则在莱拉做出选择后,挑了莱拉对面的双人沙发入座。这时留给艾伦的有三个选择,或是选择坐在父亲身边,抑或是像母亲一样也选择坐在单人沙发上,又或者自己一人独占一整张三人沙发。艾伦显得有些犹豫,他看了看母亲,又看了看父亲,思量再三,最终来到三人沙发前,坐在了距离父亲较近的一边。

待大家都入了座,我开门见山,向大家坦承了我的观察,并请他们分别分享为什么会做出这样的选择。

"我猜莱拉是想与我保持距离,为了尊重她,我选择坐到了她的对面。"卡罗斯说。

"我并没有想太多,只是很自然地选了张看起来最舒服的沙发坐。"莱拉说。"但也有可能是我的潜意识在作祟吧。我可能会感觉不舒服,如果和卡罗斯坐在同一张沙发上。"莱拉补充道。

"好吧。我其实倒是很希望我们三个能坐在一起,又或者和爸

30　权力动力(power dynamic)指家庭成员间存在的影响力和控制力的分配和运作方式。这些动态通常反映了家庭成员之间的关系模式,包括谁在家庭中占主导地位,谁更容易受到影响,以及这种影响是如何在家庭成员之间传递的。权力动力由多种因素决定,包括但不仅限于:角色和地位、沟通模式、情感依赖,以及文化和社会因素。

爸一起坐。"艾伦说。

"但你并没有坐到你父亲身边。为什么？"虽然我知道这样的问题可能会让艾伦感到尴尬，但我还是直截了当地向艾伦发问。家庭治疗师的核心任务之一，就是通过观察发现问题，然后把问题抛给来访家庭。尽管这很可能会引发家庭成员的不适，但这就好比房间里的大象，如果出于尴尬、恐惧或其他原因，选择忽视或避免讨论它，那这头大象就会永远存在，问题也始终无法得到解决。

"……"艾伦低下头，沉默了半晌，终于低声地说："我怕我妈不高兴……"

"没有的事。"莱拉立即对儿子的猜测予以否定，"我都同意你和他一起住了，怎么还会介意你是不是和他坐在一起？"

"艾伦，听起来你很在意母亲的感受。对吗？"我问。通常，我们只关注字面上的意思，却很少用心体会话语背后的含义。

"嗯。"艾伦一边轻声作答，一边用眼角的余光扫了母亲一眼。

"莱拉，当你听到艾伦说他很在意你的感受时，你有什么感觉？"我问。

"我当然很欣慰。但是我不确定他真的在意我的感受。如果他在意，为什么他会这么不听话，一次又一次地让我失望。"莱拉伤感地说。

"卡罗斯，你怎么看？"我问。

"我知道艾伦是很在意他母亲的感受的。从少管所出来后，他虽然和我住一起，但三句话不离他的母亲。"卡罗斯说，"说实话，看到儿子和他母亲的感情这么好，我都有些嫉妒莱拉。但想想我也实在没什么好嫉妒的。这么多年来一直悉心照顾儿子、关心儿子的人是莱拉，而不是我这个不负责任的父亲。我无法弥补以前的过错，只希望现在可以尽我所能地去弥补儿子。所以，我很感激莱拉能给我这次机会，允许儿子与我同住。我也很理解莱拉担心儿子会跟着我学坏的想法，毕竟我之前走了不少弯路，很难一下子就赢得她的信任。"

卡罗斯的话让莱拉很是惊讶。自从儿子出生那天和卡罗斯赌气分手以后，她就再也没有见过艾伦的父亲，只是偶尔会从高中时的朋友那里，断断续续地听到有关卡罗斯的消息，且大多消息都是负面的。所以在莱拉心中，卡罗斯就是一个彻头彻尾既自私又自大的家伙。这让她很是担心有朝一日，艾伦会重蹈他父亲的覆辙。没想到事隔多年再次相见，卡罗斯竟能说出如此真挚的话语，这让莱拉感觉既意外又惊喜。

"谢谢你的理解，卡罗斯。"莱拉对曾经的恋人说，"我希望你真的能够珍惜这次机会，给艾伦做出一些好榜样。"

"莱拉，我很好奇，既然你这么担心艾伦会跟着他父亲学坏，为什么这次却选择放手，把儿子交给卡罗斯呢？"我这么问，是想帮艾伦解开心中的谜团。因为在艾伦心中，母亲之所以把他交给父亲，是因为她对自己彻底绝望了。

"我承认，起初给卡罗斯打电话，让他去少管所接艾伦，是因为我的一时冲动。当我听到艾伦再次被捕的消息，我实在是对他太失望了。我心想既然他这么喜欢走他父亲的老路，索性就让他们在一起，破罐子破摔吧，我眼不见为净。"莱拉显得有些激动，仿佛当时接到艾伦的缓刑官电话，通知她艾伦再次被捕时的画面又浮现在眼前。我提醒莱拉喝口水，等她缓过神后再继续说："但马上我就后悔了，觉得不该为了自己一时的气愤，把艾伦往火坑里推。刚巧我高中时的闺蜜瑞卡秋给我打电话，告诉我她前两天在旧金山的一家车行遇到了在那里做汽车修理工的卡罗斯。我这才知道卡罗斯自从六年前从州监狱放出来以后，就再也没有回过牢房，而是踏踏实实地在修车行做事，还养了三个孩子。这让我暂时安下心来，觉得让艾伦跟着他爸住几天，应该也坏不到哪里去。毕竟，艾伦的成长环境中，一直缺少父亲的形象。我在想这可能就是为什么艾伦会一而再、再而三地犯错吧。"

"谢谢你对我的信任。"卡罗斯真诚地对莱拉说。

"卡罗斯，我记得你曾告诉我，第一次见儿子是在艾伦十岁那年。我想知道你当时是刚从州监狱放出来吗？"我问。

"是的，我那年二十七岁。除了艾伦以外，我还有两个孩子。可悲的是，我直到那时，连一个孩子的面都没见过。"卡罗斯苦笑道，"那次和艾伦见面以后，我很受触动。觉得自己不能再这么浑浑噩噩地走下去了。我自己丢脸是小事，但我不能影响我的孩子们，不能让他们因为我而感到羞愧。于是，我下定决心痛改前非。因为在监狱的时候学过汽车修理，所以我就想干这一行。但现实总是很残酷，许多车行雇主一听到我坐过牢，就用各种借口将我拒之门外。后来我不得已，就干起了建筑工人的活。虽然每天都累得筋疲力尽，但一想到家里还有两个孩子在等着我，我就浑身上下又充满了动力。好多次，我陪着孩子们玩的时候，都会想到艾伦。我知道莱拉是个好母亲，一直把艾伦照顾得很好。从这个角度讲，艾伦比他同父异母的弟弟妹妹要幸福很多。那两个孩子一生下就被他们的母亲毫不犹豫地扔在了我妈家，这么多年都没来看过他们一眼。想想这些年，这几个孩子因为我曾经的荒唐所受的罪，我就感到无比愧疚，也不知道我现在为他们所做的这些还能不能弥补一些我的过失。"卡罗斯说到这里，失声痛哭。我注意到艾伦的眼眶里也满是泪水，他情不自禁地起身走到卡罗斯身边，伸出双手温柔地环抱着父亲的头颅。而坐在父子俩对面的莱拉，此刻的脸上也交杂着一种难以名状的表情，有些动容，有些伤感，还有些释怀。

我坐在那里，默默地陪着这血缘上的一家人，心中也是感慨万千。总体而言，这次家庭治疗非常成功。不仅让艾伦与他的父母终于聚到了一起，还让过去十几年里形同陌路的莱拉与卡罗斯，消除了一些误会，并有了一些情感上的联结。而这对于艾伦来说，将是一笔无比珍贵的财富。为了具象化这样的联结，我等卡罗斯平复下来后，请三人起身，走到诊疗室门口，再请他们重新入座。这一次，艾伦抢先一步，坐到了三人沙发上，并向莱拉和卡罗斯挥舞双臂，示意他们坐到他的身边。而卡罗斯也欣然接受了儿子的提议，勾着艾伦的臂膀，亲热地坐在了儿子的身旁。我观察到莱拉还是有些犹豫，杵在原地，一直没有动身。艾伦见状，索性起身来到莱拉身边，把母亲拽到了三人沙发上，然后一屁股坐在爸妈的中间，用双手环拥着莱拉和卡罗斯。

眼前的温馨场面，让我既欣慰又感动。但想到这样的相聚其实并非生活的全部真相，走出诊疗室的莱拉和卡罗斯并不会就此破镜重圆，艾伦也不可能就此和父母幸福地生活在一起，我不禁担忧起来，生怕三人相拥而坐的那一幕，会引发艾伦不切实际的幻想。

星期四/闪电与乌云

程乐和杨柳

一

乌云拖着沉重的步子,不辞辛劳地在空中布防。她肩负使命,既要保护大地,为其遮风挡雨;又要防止闪电的突袭,担心他在划破天际时,用力过猛,灼伤他自己。然而,渴望自由、痛恨束缚的闪电哪里就此罢休。乌云的布防越猛烈,他就越渴望穿透乌云,照亮天际。哪怕那划破天际的亮光转瞬即逝,也好过被乌云笼罩,不见了自己。

  程乐和杨柳来时比约定的时间晚了五分钟。这让杨柳惴惴不安,一个劲地向我致歉,自责不该一时心软,迁就了程乐的无理取闹。出人意料的是,程乐既没有争辩,也没有对母亲的言辞予以反击,而是冷冷地窝在诊疗室的一角,一言不发。从程乐的脸部表情判断,此刻的他应该心绪不佳、不愿交谈。因而我将注意力暂时集中在杨柳身上,问她为什么迟到五分钟会让她如此自责。她惊讶地看着我说:"难道不正常、不应该吗?你是医生,我们是病人。病人怎么能让医生等?"

  杨柳的回答让我有些惶恐。一直致力于建立平等治疗联盟的我,竟然在来访者的心中变成了不容轻慢的权威方。这让我不由想起了跨越种族、阶层、文化的社会规则,那就是只要关系中的一方较之另一方处于权威地位,双方的关系就会变得很微妙。一方面,弱势方对权威方存有依赖,会自觉或不自觉地顺从甚至是讨好对方;另一方面,权威方的压迫又会给弱势方带来憋屈、苦恼、沮丧等负面情绪。这种既忌惮又倚仗的矛盾情绪,可以在子女对父母、学生对老师、患者对医生、下属对上司、公民对政府官员等各种社会关系中找到印证。我决定从治疗联盟着手,与程乐母子探讨一下这种在许多关系中普遍存在的矛盾情绪。

"杨柳,首先我想再次重申,你们和我之间的关系,并非医生和患者。我是婚姻与家庭治疗师,你们是我的来访者,我们之间是基于服务的平等关系,因而不存在谁该等、谁不应该等的问题。其次,我很好奇你对权威形象有着怎样的理解。比如医生、老师这样的知识型权威,又比方说家长、上司这样的权力型权威。"我问。

"医生,你说得有些复杂,我不是太懂。我只知道你说的这些长辈啊、老板啊、老师啊、医生啊,都是不容置疑的,他们说什么我们照做就行了。"杨柳答。

"为什么不容置疑?"我接着问。

"因为他们肯定有道理呀,且多半是为了我们好啊。"杨柳不假思索地回答。

"医生你看,我妈就是那种常年被洗脑的典型。人云亦云,没有自己的主张和判断。"程乐突然插话,口吻中充满着对母亲的鄙夷,"出嫁前听外公外婆的,嫁给我爸后就听我爸的,也不知道她自己究竟有没有脑子。"

"乐乐,你怎么把自己给忘了?你妈除了听你爸的,还听你的呀。"对儿子的不敬,杨柳非但没有驳斥,反而嬉皮笑脸地自我调侃起来,"医生,你看出来了吧,我们家谁地位最低。我听他爸的,他爸听他爸妈的,他爸妈则听程乐的。所以说到底,我也是听程乐的。"

"听我的?你不要太搞笑好吗?是谁天天对我指手画脚,不肯放手的?"程乐气急败坏地质问母亲,"上周医生建议我自己制订学习计划,实现自我管理。结果呢?你把我辛辛苦苦制订的计划改得面目全非,完全就是个控制狂好吗?"

听得出来,程乐对母亲无所不在的管制非常不满,而杨柳的话虽带着几分调侃,但玩笑背后透露着不少无奈与委屈。我希望母子俩都能意识到对方的困境和需要,于是请他们各自作画一幅,体现当下的母子关系。杨柳听闻连连摆手,说自己不擅作画。我鼓励她随心即可,不一定要画出什么具体的形象。但杨柳还是顾虑重重,怕画得太丑被儿子和我笑话。我告诉她可以和儿子分开作画,并在画作完成后,保有与对方分享或不分享的自由裁量权。这让杨柳终于安下心来,选了个与儿子对角的位置坐下。

二十分钟后,程乐表示自己画完了,不过如果母亲选择不分享她的画作,他也不会向她展示自己的,但可以给我看。我知道程乐这么说是想将他母亲一军,便告诉他若选择不分享,索性也不要展示给我看,只用语言表达自己作画过程中的感受即可。程乐听我这么说,先是一愣,然后笑了笑说行。这时候杨柳也表示画完了,说如果儿子保证不笑她的话,可以向我们展示她的画作。于是,在程乐的再三承诺下,杨柳终于在我们面前摊开了她的作品。只见一棵参天大树居中而现,树底下一只白乎乎、肉团团的小动物正在树荫下休息。或许是怕我们不清楚她画的是什么,杨柳特意在小动物的右上角位置,端端正正地标了"小白兔"三个字。我请杨柳分享她的创意和创作中的体会,杨柳不好意思地说自己没想太多,就是随意地画了棵树。但画完后,觉得自己就是那棵大树,尽己所能地为程乐遮风避雨。

"所以你就画了只兔子来代表我,表示我只能在你的庇护下才能存活了?"程乐问母亲。

杨柳不好意思地笑了笑,没有作答,反而请儿子亮出他的作品。程乐毫不扭怩地展开他的画,与杨柳的彩色具象画不同,程乐的画十分抽象。白色画纸上,只有黑色的墨汁渲染出一个又一个交织重叠的线条和块面。传统国画一直保有"知白守黑"的哲思,不曾想初中就来美国留学的程乐,骨子里的东方美学竟扎根如此之深。我请程乐分享他的构思和创意,他用不紧不慢的语速解释道:"我和我妈的交集就像这些线条和块面。她对我的管束就像乌云布满天空,压得我透不过气。我想化身一道闪电,穿破乌云,冲出天际,可我还太弱小,根本无法与黑压压一片的乌云相抗衡。"

程乐的话让杨柳惊得半晌说不出话来。她直愣愣地盯着儿子的画,仿佛看得久了就能把画看穿一般。但无论她怎么努力,都是徒劳。此刻的她与儿子虽同处一室,却好似来自两个星球。

"所以,你妈的存在,对你而言就只是乌云?"杨柳困惑地问儿子。

"也不完全是……"可能是自觉刚才的话有些过分,伤到了母亲的心，程乐犹豫了一下，思量着自己接下来的措辞。"你给我做好吃的时候，乌云就不存在了。你可以把那些圆圈啊、线条啊什么的，理解成你给我做的一道道美食。"程乐尴尬地笑了笑。

"难道我做的美食都是黑色的？"杨柳仍是不解。

"是啊，这些黑色线条，是你给我做的乌贼面。那些一坨坨的圆圈，是你这阵子新学的网红脏脏包。"程乐安慰母亲道。

我和杨柳都笑了，看得出来，程乐虽然嘴里不停地埋怨，但心里还是很爱自己的母亲的。

"我想知道你此刻的感受。"我问杨柳。

"我不知道……"杨柳说，"说实话，我很难过。我以为我是阳光、是雨露、是大树，可以为儿子提供最大程度的支持与保护。不曾想，在他心目中，我就只是压得他透不过气的乌云。真是这样，我这些年为这个家的辛苦付出究竟是为了什么？为了他爸的事业，我辞去了自己喜欢的工作，在家带孩子、照顾老人。可是程乐他爷爷奶奶并不待见我，他爸又忙得终日不见人影，能陪在我身边给我带来温暖的就只有儿子。但为了能让程乐接受最好的教育，我又不得不狠下心把他送来美国。我想陪在儿子身边，可美国这边又不允许我常年留在这里。而且就算我能够留在他身边照顾他，他也不领情，只觉得我像乌云一样惹他厌烦。"说到这里，杨柳有些哽咽。累积多年的艰辛与委屈如潮水一般向她袭来，她忍不住掩面而泣。

"程乐，你母亲的话让你有怎样的感受？"我问。

"我想我理解她的心情。"看到母亲如此难过，程乐的心里也很不好受。他一改先前的跷二郎腿坐姿，正襟危坐，一双手不停地在腿上来回揉搓,"但我也希望她可以理解我的心情。我是她的儿子,不是她的下属,更不是她的犯人。我知道她管我是为了我好,但她并不了解我,也不知道我需要什么,只是按照自己的喜好行事。这样的爱,只会让我窒息。"

程乐的话让我百感交集。入行以来,我接触最多的就是来自原生家庭的心理创伤。许多父母以爱之名,对子女或专制或溺爱(从某种意义上说,溺爱是专制的变体),企图以极度专横的控制及干预把孩子变成他们理想中的模样。可惜事与愿违,一旦孩子的自我意识逐渐觉醒,就会发现这种不顾及子女感受、不尊重孩子意愿的爱,既盲目又自私,活生生地把爱变成了施行专制却又免于责难的托词。于是,子女开始为觉醒的自我而抗争,却往往因为沟通不畅而导致自己与父母两败俱伤。子女因为得不到父母的理解与尊重而感到痛苦压抑,而父母却因为拼尽全力付出的爱得不到子女的肯定与接纳而感到不甘与委屈。

治疗临近尾声的时候,我送给母子俩一本 6 英寸相册大小的留言本,建议他们随时用简单的速画或文字把自己的想法和需求表达在留言本上,并通过留言、点评等方式与对方进行及时沟通。

"写什么都行吗?一句话、一个词也行?"程乐笑着问。在得到我肯定的回答后,他转向母亲,郑重其事地说:"我希望这会是我们真正意义上的沟通的开始。"

杨柳的眼里瞬间泛出泪光。她迅速从包里取出墨镜戴上,以防自己再度情绪失控。

星期五/傻瓜

密斯顿监狱
一

傻瓜不想说谎，尤其不想对他所爱的人说谎。可是不对他人说谎很难，不对自己说谎，更是难上加难。

作为全美榜上有名的"堵城"，旧金山的堵车"享誉"西海岸，令无数上班族抓狂。尤其到了周五下午，各大交通干道早早就排起了长龙，时常堵得水泄不通。而我却偏偏要在这个时间段穿过中心城区，跨过金门大桥，再开上几十公里，才能赶到三面环海的密斯顿监狱。

为了避免迟到，我通常会提前一个小时出门。可即便如此，也无法确保万无一失。因而当我的车又一次被卡在金门大桥上动弹不得时，我又气又急，甚至有一瞬间感受到了弗洛伊德所描述的那种死亡驱力，幻想大桥突然坍塌，而地处大桥中心的我，也陷入了生死存亡的险境。这种突如其来的毁灭性幻想，既强烈又逼真，虽然只是滑过脑海的一个闪念，却令我汗毛耸立，惊出一身冷汗。

好在惊吓过后，方才因堵车而引起的焦躁不安反倒平复了许多。我开始幻想自己生出一双翅膀，带我越过大桥、跨过海洋，在蓝天中自由翱翔。正当我一边做着美梦一边欣赏窗外的海景时，监狱的行为矫治官乔治给我打来电话,问我是不是堵车了。我这才从幻想中彻底回到现实,一看表,早已过了预定的开场时间。

原以为自己的迟到,会让团体乱成一锅粥。不料,当我急冲冲地通过重重门禁,步入排练厅时,大家正围着比利有说有笑,完全没有留意到我的出现。

"比利,为什么每次探监都有这么多女人来看你?你都给她们灌了什么迷魂汤?让她们对你如此死心塌地?"汤姆挤眉弄眼地调侃着比利。

"你这是什么话?我是谁?人见人爱、花见花开的比利大神好吗?我还需要迷魂汤?!"比利得意洋洋地回应汤姆,眼中闪烁着机智而狡黠的光芒。

"哈哈,是,你这么魅力四射,确实没有女人能够抵挡得住。"汤姆见比利如此油嘴滑舌,索性愈发调侃起来,"你有什么泡妞的秘诀,也教我们几招呗。"

"不好意思,这种魅力是天生的,我可教不了。"比利耸耸肩,一幅天生我才、爱莫能助的模样,把众人逗得笑作一团。

"不过,我教不了,不代表别人也教不了。"眼尖的比利一瞧见我,连忙向我挥手示意,众人这才注意到我的到来。

我笑称如何提升自身魅力的话题太过宽泛,且没有标准答案,但我们可以通过练习来探索自我,更好地了解自己。接着,我朝着排练厅的东角落指了指,请自信十足的团体成员站到那边去;而对自己信心不足,认为自己不够好的成员,则站到房间的西角落。话音未落,所有人都齐刷刷地挤向了西角落,就连刚刚还夸夸其谈的比利，也毫不犹豫地随着大部队西移。然后，我请大家将东西间的对角线视为一道光谱，西角落代表光谱一端的零分，东角落则代表光谱另一端的满分。大家需要跳出非黑即白的思维局限，重新对自己进行评估。也就是说，每个人都该站到他们认为能体现自身魅力值的点上，而非将自己局限于东西两角的极端位置。

这回团体内出现了不小的骚动。汤姆大声嚷嚷着说，什么光谱不光谱，他已经在牢里待了十几年，之后还有近十年的刑期在等着他。这样的生活，哪有什么自信可言，不过是过一天算一天，做个行尸走肉罢了。我请他安静，也请正在小声议论的其他成员保持安静，仔细回想自己的生命历程中，可曾有过一个或多个瞬间，觉得自己充满了价值和意义，感到自己被需要、被欣赏；又或者正视当下，会对自己有所支持和肯定；又或者展望未来，会对生活有所期待和向往。我鼓励大家尽可能地沉下心来，花一些时间与那些美好的瞬间相联结，看那些闪光时刻，是否会给他们的自身认知带来些许改变。

渐渐地，团体安静下来，纷纷一边暗自思量，一边沿着光谱线来回走动，寻找最适合自己的位置。几分钟后，大家纷纷在光谱线上散落开来：有人从西角落慢慢向中间移动，最终留在了偏东或偏西的位置；也有人从西角落径直向东前行，却又在走到极点之后，后退回几步；只有汤姆自始至终伫立在西角落，纹丝不动；而比利则犹疑不定，直到我叫停，也不确定自己究竟该站在哪里。

我没有立即请大家分享，而是请团体观察彼此所在的位置，然后按照刚才的方法，继续探索自身在不同情境下的光谱位置，并在每次选定位置后,观察自己与同伴间的距离。例如:在成长过程中感受被爱的程度,冲突情境中的行为倾向等。

在接连做了好几轮不同维度的自我探索以后,我向团体引入了一个新的元素:"现在,我希望每个人都能找到一个搭档,这个人可以是在某一轮的探索过程中,与你距离相近或相距甚远的伙伴,你好奇对方为什么会选择那个位置,也很想谈谈究竟是什么因素,让你站到了你所在的地方。"

几轮配对分享之后,我请所有人围成一个圈,做团体分享。

"我说过了,牢里的生活是没有光的,就算出去了也不会有什么希望。所以,虽然我知道自己这么想很消极,却还是无法欺骗自己,假装一切都会好起来。"汤姆第一个开口,语气中充斥着蹉跎的苦涩。"然而,随着主题的不断切换,我发现自己并不想也无法永远缩在西角落。"说着,汤姆缓缓抬头,目光穿过团体,落在置于东角落的一株绿植上。

"我知道我们的分享应该立足自身,不对他人做出评价……"爱德蒙挠着头轻声说,"但我实在很想对汤姆说,兄弟,当我看到你在'冲突情境中的行为倾向'环节,大步走向象征直面冲突的东角落时,我的内心是无比羡慕的。反观自己,一路走来,无论遭遇怎样的困难与挑战,我都会选择逃避,逃避矛盾、逃避责任,甚至逃避自己……"爱德蒙的声音越来越轻,双手紧抓着橙色囚服的边角,仿佛囚服是他所有软弱与逃避的象征,又好像囚服可以为他带来勇气和力量。

"谢谢你!兄弟!"听到爱德蒙对他的肯定,汤姆有些动容,起身走到爱德蒙身边，拍了拍他的肩膀，目光里充满了理解与支持。"我只知道你是块读书的料，却不知道你竟有如此坦诚的气魄和勇气，我为自己有你这样的兄弟而骄傲。"

"我也为你骄傲，兄弟！"费费冲着汤姆拍了拍胸膛，然后若有所思地加入了分享："我发现自己在很多问题上，都很难找到最恰当的那个位置。比如，在简让我们探索成长道路上感受被爱的程度时，我的第一反应是自己是幸运的，因为一路走来，都有感受到家人的爱。但细细想来，事实又不全然如此。从小到大，我因为自己的肤色，没少遭受他人的白眼、蔑视和不公正对待，这让我不得不怀疑这个世界是否真的有爱……"说到这里，费费有些哽咽起来，他的声音异常微弱，夹杂着一种沉重的情绪。

"我也深有同感。"比利开口道，"小时候，教堂是我唯一的避难所，每次去那里，我都能找到一些安宁与慰藉。但渐渐地我开始质疑它、逃避它，甚至是憎恨它，因为我发现所谓的信仰并不能真的帮到需要它的人，所以我不确定上帝是否真的存在，即便存在，又是否真的爱他的信徒。于是，我想摆脱它，却发现自己越想挣脱它的束缚，就越痛苦越无助。"比利一改往日那嬉笑人间的姿态，满目哀愁地垂下双目，仿佛陷入了一种自我放逐的深渊。这令我不禁想起了他以自己的人生故事为蓝本的自启剧[31]《傻瓜》。

---

[31] 自启剧（self-revelatory performance），是美国戏剧治疗大师蕾妮·伊姆娜（Renée Emunah）博士发展的一种涉及个人情感和经历探索的戏剧表演形式，表演者以当前生活中需要疗愈的问题为中心进行戏剧创作和表演，以寻求某种形式的心理疗愈或解决。

在戏的开场，比利化名"傻瓜"，是一位在圈内小有名气，且风流成性的流行歌手。几位爱慕他的女粉丝因争风吃醋大打出手，而他却在一旁坐观虎斗。

渐渐地，粉丝们的争斗声开始变得模糊不清，而纸醉金迷的欢场也逐渐变幻成比利幼年时常随母亲前往的那家天主教堂。幼小的比利正拉扯着母亲的衣角，一遍又一遍地哭喊着求母亲带他逃离酗酒成性的父亲。在年幼的比利看来，那个终日对母亲拳打脚踢的父亲，根本不是他的亲人，而是来自地狱的恶魔。比利不明白为何母亲要如此逆来顺受，固执地留在父亲的身边。望着哭成泪人的小比利，母亲没有说话，只是对着圣母玛利亚的雕像，不停地划着十字。

此时，舞台的灯光逐渐黯淡，只剩下一束聚光灯照亮圣母雕像的头顶，而跪在雕像前的母亲则化作一道昏暗的剪影。

一片死寂过后，母亲低沉的祈祷声渐行渐远，幽暗的舞台再度被五彩的灯光所照亮，衣着光鲜的比利重新登场，在电子感十足的音乐中，开始了一段似唱非唱的独白，以倾诉和表达这些年来的心路历程。

在教堂的长凳上，小男孩噙着泪水，
在无尽黑暗中，无声哭泣。
"带我们走吧"，他祈祷，
从那个撒旦手中逃离。

谁是傻瓜？是他吗？
想要保护妈妈，却根本无能为力。

妈妈的眼睛，在沉默中说话，
被誓言束缚，她无法打破，
"带他走吧"，她祈祷，
把痛苦留给我，把光明带给他。

谁是傻瓜？是她吗？
想要保护儿子，却也无能为力。

在璀璨的灯光下，
我用霓虹之夜掩饰我的伤疤。
"傻瓜，傻瓜"，我破口大骂，
想什么过去，真是傻瓜。

谁是傻瓜？谁是傻瓜？
是异想天开的小男孩，
还是墨守成规的妈妈？

谁能分辨，谁是傻瓜，
在这场可悲可笑的游戏中，
我们都是，
可笑的傻瓜。

暖身分享结束，进入戏剧排练环节时，我建议比利在他的戏中，再加入一段有关未来的场景。比利表示时间不够，不一定能加得好。我提醒他也许可以从其自创的那些曲目中找到灵感。颇具艺术天分的比利,这几年在狱中创作了不少广为传唱的歌曲。犀利的歌词,配上独特的嗓音,令比利的作品散发出一种天然的吸引力,能够直击人心,引发共鸣。比利想了想说可以,也许他的新作会帮他找到适合的灵感。

驱车回家的路上,我循环播放了比利的新作《我知道我要做什么》,其中的几句歌词深深地打动着我,令我心绪难平:

我们虽然来自同一个世界,
却有着不同的人生体验。
没有所谓绝对的真理,
每个人都有选择自己人生的权利。

如果有一天,你发现自己的想法和真理相悖,
请不要慌张,不要害怕,
接受自己,爱自己。
停止对自己说谎,
真真正正地做自己……

想到几个小时前,因为堵车而生出万物尽毁之心的自己,以及之后那个渴望生出一双翅膀,远离困境的自己,我忽然鼻头一酸,泪如雨下。

原来,生命与生命之间竟然可以产生如此强大的共鸣。虽然比利与我的人生轨迹截然不同,但我们如同这世上的每一个灵魂,都会经历无数的卡壳与不确定性。在这些困境中,是颓然接受命运的

安排，还是鼓足勇气，用心探索、理解、接受自己的每一个部分，将是我们能否抵达坚强与自由彼岸的一道选择题。

在这样的人生选择题中，比利通过艺术找到了自我表达的方式，这不仅是其个人的成长，更是整个社会进步的一个缩影。在探索的历程中，比利不再是那个在命运枷锁中困顿迷茫的囚徒，而是一位有着独特身份和声音的艺术家。而他的这段旅程，也是我个人成长的一种镜像。那些堵车时的焦躁不安、那份想要挣开束缚的渴望，以及此时此刻的这份感动，都是我探索自我的历程中一块重要的磨石。

再次穿行于金门大桥，我已不再是那个焦躁不安的自己。我学会了像比利在其歌中所唱的那样，勇敢面对自己的每一面，真实地做自己。而这座桥，也不再只是一张城市名片，它成了我个人成长历程中的一个象征——从迷茫到觉醒，从束缚到释放。

星期六/边界

瑞贝卡和简

小沙弥跟着师傅来到寺庙的后山砍柴。他看见山脚下有一条小溪,紧挨着小溪的是一眼望不到边际的农田。小沙弥问师傅,为何农田和小溪离得这么近,却不用担心被溪水淹没?师傅不语,让徒弟自己去山脚寻找答案。小沙弥飞奔下山,来到小溪旁,这才发现看上去亲密无间的田地和小溪当中,隔着一排排竹子组成的隐形界限。竹根深深扎入土中,令田地和小溪各得其所、相映成趣。

  自从上周六在沙盘中意识到自己的固执和倔强以后,我一直在思索这些特质给我的工作和生活所带来的实际影响,以及如何消除其中可能对来访者和我个人成长产生阻碍的负面影响。然而,我发现无论自己如何努力探索,都始终不得要领。于是,带着议题,我再次步入瑞贝卡的诊疗室,开门见山地抛出了想要探讨的议题。

  "听上去,你谈到的这些困扰,似乎都与边界[32]有关。"瑞贝卡说,"以我对你多年来的了解,我想你应该很了解边界对于心理健

---

[32] 边界(boundary),指任何用来设置限制的事物。在心理学范畴中,边界指个体在关系中为自己设定的限制和规则,是个体划分、衡量、明晰自身与关系对象之间界限的标尺。

康的重要性，也相信你在自己的执业中帮助过不少来访者处理他们的边界问题。但你有没有尝试过处理自身的边界问题？"

"没有。"我摇头，"我与家人的边界一直处理得不错。"

"那你有没有观察过自己，对于不同的人、物、事，在不同的场合，是否会采用相同的模式去处理与他者甚至是自身的边界？"瑞贝卡问。

"我不太清楚你所指的'与自身的边界'具体是什么。但理论上，我知道与他者边界的处理模式大致有三类：严格型、多孔型、健康型。大多情况下，我相信自己的处理模式是健康的。但我不否认，在某些场合，对于特定的人和事，我的模式可能是多孔的，也可能是严格的。"

"能具体谈谈吗？"

"这个说起来有点复杂。"我捧起茶杯，闻了闻茶的清香，接着说："比如在工作中，我不太喜欢请求他人的帮助，有什么问题或难处，我都喜欢自己想办法解决，尽可能不麻烦别人。但在爱情中，我却非常依赖我的爱人，碰到困难首先企盼的是他能帮我解决。假如他没有注意到我的需求，甚至是拒绝了我的请求，我会感觉很受伤，有一种不被关心的落寞感。"

"那与亲友间的边界呢？你会像在工作中一样与他们保持严格的边界，还是用你在爱情中所采取的多孔模式去处理？"瑞贝卡问。

"都不是，我相信自己与家人间的相处模式是健康的。我尊重他们和自己的选择，也不会为了满足他们的心愿而违背自己的价值观。不到万不得已,我一般很少麻烦我的家人。但一旦我开口,他们必定会尽其所能地来帮助我。而假如我的请求遭到了拒绝,我也能理解他们的难处,不会感觉很挫败。"我说。

"所以,在你的心中,有一个光谱。家人在中间,同事和爱人在两边。"瑞贝卡总结道。

"可以这么说。从另一个角度看,我与关系中的他者之间的心理距离决定了我的边界处理模式。"我补充道,"当心理距离较远时,我的边界会趋于严格。当距离近时,我在边界上的设置则会比较健康。而与爱人间的心理距离,对我来说,始终是道费解的谜题。大多的时候,我感觉与爱人的心靠得很近。但偶尔,我会对他产生有一种疏离感,尤其在感觉被忽视或拒绝的时候。"

"当你的请求被忽视或拒绝的时候,你会怎样定义与爱人间的关系?"瑞贝卡问。

"我会感觉不安全。"我答。

"所以可不可以这样理解?一段关系所带给你的安全感是高是低,决定了你与关系中的他者之间的心理距离?"瑞贝卡问。

"好像是这样。"我觉得心头一紧,"在工作场合,我对他人是存有戒心的,很少有人能让我感觉绝对安全。但对于家人,我是毫不设防的。因为我坚信无论如何,他们都会无条件地爱我、支持我。至于与爱人间的关系则较为复杂。我爱他,他也爱我。但不知为何,我没有办法完全安心。"

"你刚才说假如你的家人拒绝了你的请求,你会理解他们的难处。但如果你的爱人这么做,你会感觉很受伤。能告诉我为什么吗？"瑞贝卡接着问。

"我不知道。从依恋理论[33]的角度出发，我在父母面前是安全型。但在爱情中，我属于焦虑型。我需要我的爱人给予我足够的关心和呵护，否则我就会感觉焦虑，担心他并不是真心爱我，或并不是真心想和我在一起。"

"你说的这种情况，应该就是多重依恋。或许，你的父母给予了你足够的关心和照顾，让你从小就很有安全感。但你在学校里、工作中、感情上，所遭遇的挫折，会导致你在某些人际关系的处理上产生焦虑感，没有办法完全信任对方。"瑞贝卡说。

"没错。在学校的时候，我曾经非常信任的老师却失信于我。在工作上，我最信任的同事却背叛了我。至于感情，一路走来，也是一波三折，十分不顺。"我叹息道。

"嗯，这些遭遇都在一定程度上造成了心理创伤，让你没有办法在工作上、感情中完全信任他人。而一旦你对他人产生了感情，你就会患得患失，产生焦虑。这些不安全感和焦虑感又造成了你在某些人际关系处理中的边界问题，或者过于疏远，或者过于亲密。"瑞贝卡说。

"是的。这些边界问题，甚至还会影响我在临床执业中，与来访者的边界设置。导致我对某些感情联结特别深的来访者，无法保

---

33 依恋理论（attachment theory），是关于人际关系的心理学理论，最早由心理学家约翰·鲍尔比（John Bowlby）提出。婴儿回应照顾者的行为模式，可分为安全、回避、矛盾和混乱四种类型。以菲利普·夏弗（Phillip Shaver）和辛西娅·哈森（Cynthia Hazan）为代表的研究者在此基础上，将成人在亲密关系中的依恋模式分为安全、焦虑、回避和恐惧回避四种类型。

持绝对清晰的边界,失去应有的专业判断。"我感叹,"对了,你刚才提到了与自身的边界处理问题,我想知道你具体指什么?"

"说到边界,我们通常联想到的是与他人的边界。然而,在我看来,我们每个人与自身的边界设置,也应得到重视。"瑞贝卡说,"一般而言,边界问题有六个方面:物理边界、理智边界、情感边界、性边界、物质边界,以及时间边界。每一个方面,都应该有与他人的边界设置和与自身的边界设置两个维度。举例而言,在物理边界方面,与他人的边界设置体现在,识别对方的行为是否合适。例如,对方可不可以触碰你、拥抱你、亲吻你,或者对方可不可以进入你的私人空间。然而,从与自身的边界设置维度看,则体现在不同面的你,如何与彼此和谐相处。例如,事业心重的你和渴望被呵护的你,如何合理设置与对方的边界,以确保每一面的你,都能有机会享用你的身体资源。"

"有意思。"我接口道,"又比如,时间边界指一个人如何运用好他们的时间。也就是说,个体必须为其生活的方方面面都预留出足够的时间。当他人向其索求过多的时间时,就会越过其时间边界。同样,从与自身的边界设置维度看,当某一面的自己占用了另一面的时间,那么这一面的自己就越界了。"

"就是这个意思。"瑞贝卡微笑着说。

"所以,我对于时间的把控,有着一种难以言喻的执着,其实是为了给每一面的自己设置健康的时间边界。"我延伸道。

"我不反对你这样理解。"瑞贝卡继续微笑道,"或许,我们下次可以尝试探索不同面的你,让她们相互交谈,了解彼此的需求,明确彼此的边界。只有理清了与自身的边界,才能去有效设置与他人的边界。"

"我喜欢这个主意。"我赞同道。

回家的路上,我不断回想着和瑞贝卡之间的对话,为人类心灵的奥妙与智慧所着迷。想到新的一周即将开始,我不禁好奇,接下来会与我的来访者们浇灌出怎样的心灵之花。

星期日／生命的意义

可乐
一

松鼠奇奇在密林里发现了一颗散发着微弱光芒的果实。奇奇感到新奇，忍不住咬了一口果实。霎那间，天旋地转，一只九尾狐来到了奇奇身边，告诉他那颗果实能让奇奇的心灵与整个世界产生共鸣。自此，奇奇开始了一场没有终点的旅行，并在与各种生命的交谈过程中，悟出了一个道理：每一种生命都有它存在的意义和价值，并在细微处显露无遗。

  在美国，爱狗人士比养猫一族要多很多。究其原因，本认为空间因素占了主导。美国有效土地面积全球第一，空间的宽敞是美国成为养犬大国的最重要原因。纵观全球，美洲、大洋洲和非洲等有效土地面积大的国家，通常都是养狗家庭居多；而我们猫咪的大本营则相对集中在人均居住面积相对较小的欧洲和亚洲。对于本的空间论，简并不认可。在她看来，空间因素固然重要，但养猫还是养狗的问题说到底和主人的时间与精力密切相关。一般而言，养狗最大的挑战在于精力和时间成本的消耗，几乎所有的狗都需要主人花大量的时间和精力去照顾和陪伴。相较之下，我们猫咪就没有那么黏人。虽然我们总是被人类贴上高傲、冷漠、甚至无情的标签，但恰恰是我们这种遗世独立的性格，给主人们节省了不少的时间和精力。所以，精力充沛、时间宽裕的北美人喜欢养狗，而工作压力相对较大的东亚人则更喜欢省心省时的我们。此外，狗狗们大多热情忠厚，终日围在主人身边，给足了主人安全感。而我们猫咪则边界感清晰，总是摆出一副生人莫近的姿态，令人望而生畏，难以亲近。所以，简认为爱犬人士大多渴望被爱，而猫主人们则更喜欢征服和被依赖。

在本和简的论述之间，我更倾向于简的说辞。虽然她有些以偏概全，把自己的经验当作普世经验来推断。但以我对她的了解，她的这些想法的确是当初决定收养我的主要原因。像简这么一个大忙人，是没有多余的时间和精力来照料缠人的狗的。况且，简好胜心强，喜欢挑战他人，更喜欢挑战自己。所以，像狗这种没有原则，整天只知道缠着主人摇尾乞怜的货色，简是看不上的。她喜欢高难度赢得的爱。我越是对她忽远忽近、边界分明，就越能激发起她的斗志，梦想有朝一日能把我彻底收服。

此外，简喜欢猫远甚于狗的另一个主要原因在于，她有着比我们猫咪还要强烈百倍的好奇心。尤其对那些明知得不到答案的问题，她总是有着一股近乎狂热的执着，不揭开谜底，誓不罢休。比如，她会经常冲着闭目养神的我发问："可乐，你的生命本质是什么？"又或者，在我乐此不疲地试图抓住一只她看不见的小飞虫时，认真地问我这样做的意义在哪里；再或者，在我无所事事、发呆出神的时候，问我是不是在思考猫生，探究我的生命意义。

对于这些无聊至极的问题，我从来不予正面回答。因为在我看来，寻找生命意义这件事本身，就是没有意义的。所谓意义，说穿了就是人类为了实现自我和寻求归属感的一种心理需求。简是人类，自然不能免俗。但我是猫咪，完全不需要为了这种毫无意义的问题绞尽脑汁。此外，意义是多样的，也是主观的。所以就算我真的闲得发慌，想为我的生命赋予意义，也一定不会是简所能理解的。对我来说，生命的本质就是接受：接受我生来就被母亲所抛弃，接受简成为我的家人，接受美味的食物，接受所有能给我的生活带来乐趣的一切事物。简单来说，就是随遇而安，生活给予我什么，我就接受什么。尽情体验和享受活着的每一个瞬间，就是生命最大的意义。

当然，我说过了，我这样的生命哲学并不会得到简的理解和认同。倘若让她知道了我的这些想法，她必定会对我强加教诲，要我不要太过听天由命，要把主动权掌握在自己的手上。所以，我选择不给她说教的机会，而是在她发问的时候，睁大眼睛，一脸无辜地望着她。这样一来，不用我说什么，她就会被我的萌态逗得合不拢嘴，笑自己明知故问，我存在的意义不就是陪在她身边，当她的开心果嘛。尽管我认为她的这种想法可笑至极，还无比自恋，但我并不想去反驳。因为比起孰对孰错，我更关心她开不开心、快不快乐。只要她心满意足，她爱怎么想我都没意见。反正，我存在的意义并不会因为她的想法而改变。

可惜，简并不会因为得出了一个答案，就放弃思考。前一秒还沾沾自喜地认为我的存在就是为了她开心，后一秒就开始自我否定，认识到自己的肤浅与自以为是，决意继续探索真正有意义的答案了。这种自问自答、自悖自否的过程，就像是在反反复复提醒她肩负的使命——假如无法为我的存在赋予实质性的意义，那我的生命就无法得以完整。这让我很不舒服，有一种被绑架赋能的感觉。为了尽快摆脱这种无意义的探索，我决定勉为其难，按照简的逻辑思维，为她答疑释惑。

其实，我的生命有着丰富的意义。如果非要用一句话来概括的话，那就是我通过自己的选择和行动创造了我的生命本质。虽然我是个弃儿，但我用自己敏锐的直觉和超强的行动力，在领养大会上成功吸引了简的注意，并自此有了自己的家和家人。虽然我看上去无所事事，但实际上我无时无刻不在默默贡献自己的光和热：当简感觉无聊时，我用各种萌态逗她开怀大笑；当她伤心难过时，我用规律的呼噜声带领她调整呼吸、回到当下；当她一时冲动，想要对我强吻强抱时，我用恰当的肢体语言提醒她注意边界；当她想要和本沟通一些敏感的话题，却不知如何开口时，我充当她的媒介，允许她以我的口吻来与本交流，使严肃的话题轻松了许多，避免了尴尬，缓和了气氛。

甚至，我还在简的工作中，化身她的活教材，允许她以我为例，向她的来访者解释各种与心理相关的专用术语。比如，她会告诉来访者，我清晰的边界感是如何时刻提醒她保持边界的重要性的。又比如，在解释依恋障碍时，她会告诉人家，我一方面寻求亲密，另一方面又拒绝亲密的表现，是混乱 - 矛盾型依恋障碍的典型。而我之所以会有这样的心理障碍，基本上是因为我在婴儿期所遭受的那些创伤所致。这种借助我的可爱来开展心理教育的招数，不仅生动形象地帮她的来访者深入理解了那些重要的心理概念，还为她在业界赢得了幽默睿智的良好口碑。

可以说,身兼欢乐添加剂、情绪调节器、气氛润滑油和工作神助攻的我,简直就是简生命中不可或缺的存在。如此身体力行、积极创造生命意义的我,实在不明白简为什么至今还参不透这其中的深意。或许,在简看来,我所说的这些意义是为她而生的,也就是说那是一种关系上的意义。而我的生命本身,应该还有独立于他人的本质意义。

关于这个问题,简和本提起过。她说自己有不少来访者在治疗过程中提到过这种困惑。他们从生下来的第一天起,就被社会和家庭赋予了各式各样的意义,曾经有很长一段时间,没有自己的思想,只是为了那些被强加在他们身上的意义而活。直到肩负的意义越来越多、越来越重,才发现原来自己的生命本质毫无意义,一切都是为了他人的存在而存在。这让他们困惑、抑郁、焦躁、恐慌,想要为自己的生命找到价值,却发现越拼命追寻,就越感到迷失,不知道自己因何存在,为了什么而活。简说每当她的来访者提起这些时,她都会产生很强的共鸣。越努力达到想要的成就,就越迷失,越不知道自己的努力到头来是为了什么。

"可是为什么要把自己困在这种无限循环的思维中呢?"本问出了我想问的问题,"为什么要把这些意义分得那么清楚,什么是相对他人的意义,什么又是独立于自身的意义?为什么一定要追寻和赋予自己的生命这样或那样的意义?为什么不能跳出'意义'创造的困局,只关心自己快不快乐呢?要我说,生命的意义并不需要我们去寻找和赋予,因为再怎样挣扎,也跳不开被社会、文化、历史、宗教等内化和束缚的思维模式。但假如我们能暂时放下这些思想上的条条框框，只用心地去生活，那么，感受生命本身就是最本质的意义。"

"有道理……"简似懂非懂地点了点头，表示她赞同本的观点。但要让她真正摆脱那种凡事都要赋予意义的习惯性思维，并非易事，她需要花很长的时间去思考和练习。

Fourth Week

第四周

星期一/平行世界

蒂芙尼
一

在每个人的心中,都隐藏着一个平行世界。在这个世界里,生活的色彩更加鲜明,未曾实现的梦想充满了无限可能。于是,我们时常在现实与想象的边缘徘徊,寻找那个能够慰藉、理解、接纳、滋养我们的另一个自己。

周一上午去诊所前,我特意去了趟礼品店,为刚刚过了成年礼的蒂芙尼挑选贺卡。可来来回回挑了半日,也找不到一张合适的。总觉得那些琳琅满目的卡片,不是太浮夸就是太普通,衬不出蒂芙尼独有的气质。可仔细想来,蒂芙尼的气质究竟是什么,好像一时半会儿也答不上来。首先,蒂芙尼是忧郁的,或者说从精神诊断的角度讲,她有严重的抑郁症,需要服用抗抑郁药物,来改善其自身感受,减缓焦虑。然而,从美学的角度而言,蒂芙尼的忧郁气质,却为其本就娇好的容颜添了几分婉约。这令她既似白玉一般美好得让人心生向往,又似翡翠般易碎得惹人疼惜。加上与生俱来的艺术天分,蒂芙尼的身上总是透着一种不可名状的美。以致每每想起这个精灵般的女子,我就会禁不住想象生活在平行空间中的另一个她——一个有着父母疼、家人爱的蒂芙尼。没有了原生家庭的痛,平行空间中的蒂芙尼应该会活得更精彩吧。想到这里,我忽然心血来潮，决定为蒂芙尼手工制作一张特别的卡片。

下午三点，蒂芙尼准时出现在诊疗室。当我递上精心准备的贺卡并祝她成年快乐时，蒂芙尼惊讶得瞪大了眼睛："真的吗？这是你特地为我做的吗？"我微笑着点点头，望着蒂芙尼满怀期待地打开卡片。不曾想一眨眼的工夫，蒂芙尼又长又密的睫毛上便挂满了泪珠，顺着脸颊簌簌滑落。这让我有些惶恐，不知自己是否无意间在卡片中写错了什么，触到了她的伤心处。

"你还好吗？"等蒂芙尼的情绪慢慢平复下来，我向她递上了纸巾盒。

"很好。谢谢你，简。你是第一个送我自制卡片的人。我会一直把这张珍贵的卡片留在身边的。"蒂芙尼诚挚地说，"对我来说，这不仅仅是一张卡片，还是我在成年以后一切回到新起点的象征。谢谢你代我问候平行世界中的那个我，并把她对我的祝福送到我身边。"

"我很高兴你喜欢这张卡片。如果可以，能否请你告诉我，刚刚你为什么会哭？"我小心翼翼地问。

"因为我感觉自己终于被理解了。"蒂芙尼动情地说，"虽然我们相识不久，但你比我身边的任何一位家人、朋友还要懂我。我时常幻想那个平行世界中的我，会是怎样的一副模样，有着怎样的一种生活。而你就好像懂读心术，请来了那个我一直想见却无缘得见的平行世界的我，为我加油鼓气。我真的很感动，也很感恩自己可以遇见你。"

"谢谢你的肯定与分享，蒂芙尼。如果你愿意，我们可以把那个平行世界中的你请来，和你一起庆祝你的成年礼。毕竟，你们都是十八岁，又有着相同的容貌与智慧。应该会成为好朋友的吧？"我试探性地问。

蒂芙尼没有犹豫，爽快地接纳了我的提议。我请她移步窗前，坐在面对面摆放的其中一张椅子上。"欢迎你，平行世界里的蒂芙尼，能否简单地介绍一下你自己？"我问。

"我叫蒂芙尼，因为我喜欢吃桃子，嘴又甜，大家都叫我水蜜桃。"来自平行世界的蒂芙尼（由蒂芙尼扮演，下同）说。

"谢谢水蜜桃姑娘，请问你是否知道我为什么会把你请到这里来吗？"我问。

"因为你们这个世界的蒂芙尼说她想见我，想和我聊聊我们的过去，也聊聊成年以后的计划。"来自平行世界的蒂芙尼说。

"那么，水蜜桃姑娘，就请你说说你在十八岁以前都过着怎样的一种生活吧！"我说。

"我是水蜜桃，顾名思义，我从小到大基本上是在蜜罐里泡大的。我和爸爸妈妈还有两个妹妹一起住，虽然我是三姐妹中最大的一个，但我爸妈很疼我，我奶奶更是把我视为掌上明珠，从来见不得我受一丁点委屈。我有很多好朋友，我们经常聚在一起唱歌、画画、跳舞、写诗。可以说，十八岁以前我并不知道什么是忧愁，我总是很开心，感觉每一天都充满活力。"来自平行世界的蒂芙尼越说越高兴，眼睛里透着异样的神采，仿佛有千万条小鱼儿在欢快地嬉戏。

"谢谢你水蜜桃，你真是个可爱又快乐的好姑娘。在你的想象中，我们这个世界的蒂芙尼该是位怎样的姑娘呢？"我问。

"我没见过她，但我似乎与她有心灵感应，因为我有的时候会莫名感觉胸口疼，我想这可能是她在向我发送信号，希望我能帮助她。"说着，来自平行世界的蒂芙尼突然神色黯淡下来。

我请蒂芙尼角色交换，移动到对面的一张椅子上。

"水蜜桃姑娘说她和你有心灵感应，能感受到你发给她的信号，是这样的吗？"我问蒂芙尼。

"是。虽然我没见过她，但我知道她在那里，过着与我完全不同的生活。或者说，是我求而不得的生活。说实话，我妒忌她，为什么她就能有爸爸疼、妈妈爱、奶奶疼、妹妹亲，而我却什么也没有？为什么她不用帮妈妈带孩子，有着属于自己的欢乐童年？为什么我也喜欢唱歌、画画、跳舞、写诗，却没有朋友陪在我身边？为什么她不知愁滋味，我却天天以泪洗面？这不公平！"

蒂芙尼的一连串发问，令我的心一阵又一阵发紧。我察觉到自己有些共情过深了，便邀请情绪激动的蒂芙尼和我一起做几个深呼吸，平缓一下心绪。"蒂芙尼，你今天把水蜜桃邀请过来，是想把你承受的所有委屈统统向她倾诉，对吗？"我希望通过这样的问话，可以让蒂芙尼从痛苦的情绪中抽离出来，步入她真正想要的主题。

"不是，那些委屈说与不说，其实都不重要。"果然，蒂芙尼止住了愤怒，回归理性，"我就是想问问水蜜桃，她觉得我有希望在成年以后过上不同以往的生活吗？"

我让蒂芙尼立即转换角色，移到水蜜桃姑娘的椅子上。

"我想，这很难。"平行世界中的蒂芙尼说，"既然十七年来，你一直都过得不快乐，那么我想你是不太可能一到十八岁，就奇迹般地过上与以往截然不同的生活吧……"说到这里，水蜜桃姑娘停了下来,显得有些不知所措。

"那你有没有什么建议可以给她呢?你过得那么快乐,应该也希望平行世界中的另一个你可以和你一样幸福吧?"我问平行世界中的蒂芙尼。

"当然。可我不知道怎么帮她。"水蜜桃姑娘说,"虽然我们长得一模一样,兴趣爱好也一样,但我们的个性大不相同。我自信,她自卑;我爱笑,她爱哭;我有家人和朋友宠爱,她孤苦伶仃一个人。我不知道我应该怎么帮她……"

"也许你可以告诉她,只要她需要,你会随时来看她,随时出现在她身边,支持她、鼓励她,做她最亲密的知己。"我提议。

"当然,我可以。"水蜜桃姑娘双眼直视前方,仿佛正在凝视把她邀请到这个世界来的蒂芙尼。"当你需要我的时候,可以给我发信息。无论我有多忙,我都会第一时间出现在你身边,支持你、鼓励你,和你肩并肩手挽手,共同应对所有的艰辛与困苦。十八岁以前,你没有我,所以你不快乐。但从今天起,一切会有所不同,因为我会一直陪着你。"

"谢谢你,水蜜桃。能否给我们一点点小提示,蒂芙尼要怎样给你发信息,你才能感应到她,来到她身边呢?"通常,在水蜜桃姑娘这类支持性角色与来访者达成支持性契约时,我都会请支持性角色给来访者一点提示,把契约具象化,使之更具操作性。

"你可以双手交叉抱肩,轻轻拍自己三下,说'蒂芙尼需要水蜜桃'。这样,我就会出现啦。"水蜜桃姑娘边说,边做轻拍自己的肩膀为蒂芙尼做示范。

我让蒂芙尼再次角色交换，回到她自己的角色。

"谢谢你，谢谢你的承诺。我希望有你陪伴的日子，我的生活会有所不同。"蒂芙尼一边学着方才水蜜桃姑娘轻拍肩膀的动作，一边对着平行世界中的她说。

"你还有什么想对水蜜桃姑娘说的吗？"我问蒂芙尼。

"我想我们可以停在这里。"蒂芙尼答。

我请蒂芙尼离开窗前，回到诊疗椅，请她谈谈自己的感受。

"虽然我时常幻想那个平行世界的我，但从来没有机会和她促膝长谈。感谢你给我创造了这么一个机会，让我可以了解她。"蒂芙尼真挚地向我致谢，"我知道在我伤心难过的时候，不会真的有这么一个平行世界中的我出现，安慰我、鼓励我，给我支持，给我温暖。但刚刚的练习，还是给了我很大的慰藉与希望。那种被聆听、被关爱的感觉真好。"

我告诉蒂芙尼，其实我们每一个人都有不同面的自己。那个平行世界中的水蜜桃姑娘，其实正是那个积极正向、渴望欢乐的自己。所以当她感觉孤单痛苦，或是面对困难与挫折时，她完全可以请出水蜜桃姑娘来陪伴她、安慰她，听她诉说心事，为她排忧解难。在心理学上，这种请一个面的自己来肯定和鼓励另一个面的自己的方式，叫自我同情[34]。它是孤单的解药，也是羞耻的灵药，帮助

---

34 自我同情（self-compassion）是一种有益的心理资源，它指的是对自己持有一种温柔、理解和接纳的态度，尤其是在面对个人的失败、挑战或不完美的时刻。自我同情包括但不仅限于自我善意（self-kindness）、共同人性（common humanity）和静观（mindfulness）。

我们提升自信，增强自我复原[35]能力。

"所以，我经常想象和梦见平行世界中的自己，其实是在自我同情、自我关爱？"蒂芙尼被自己无师自通的治愈能力震惊到了。

治疗结束后，我没有像往常一样迅速整理治疗笔记，而是迈出诊所，去附近的社区公园逛了逛。不知怎的，蒂芙尼与平行世界中的她的对话，时不时地蹦进我的脑海，怎样都挥之不去。是自己对蒂芙尼的共情越来越深了吗？我不禁陷入沉思。

---

[35] 自我复原（self-resilience），意指个人面对逆境、压力、困境或创伤时的应对和恢复能力。自我复原能力强的人能够有效地处理困境或从逆境中恢复过来。

星期二/爱的输赢

马克和米亚
一

爱情,有时候会陷入一场没有硝烟的战争。批评和蔑视是刺伤爱人的武器,心墙和自我防御被用来当作护身的盾牌。殊不知,意图伤害对方的武器很可能成为自伤的利器,而自以为坚固的盾牌到头来也只不过是自欺欺人的把戏。重要的从来不是赢得战争,而是如何在这过程中守住尊重和爱护。把理解当作双赢的武器,让妥协成为守护彼此的金盾。

经过几周的督导和反思,我逐渐意识到,自己在边界问题上,仍有诸多地方需要改进。无论是生活还是工作,边界的设立和维护都直接关系到身心的健康、人际的协调,甚至是工作效率的提升。一旦跨界而不自知,或无力维护好该守的边界,所造成的伤害将是难以估量的。想到这里,我从文件柜中取出马克和米亚在初诊时与我协商制定的治疗规则和沟通准则,并复印了两份,准备在他们来访时对这些边界予以重申和完善。

上午十点整,马克和米亚准时出现在诊疗室门口。如往常一样,简单的寒暄过后,我请他们入座。不同寻常的是,两人竟不约而同地走到了并不宽敞的双人沙发前,同时坐了下来。从他们的面部表情和肢体动作判断,夫妻俩最近一周应该相处得不错。我微笑着问他们这一周过得怎么样,米亚回以微笑,算是作答。而马克则一本正经地向我致谢,表示上周的诊疗结束至今,两人度过了一段难以想象的休战期。甚至在周五的晚上,夫妻俩还不谋而合地想到了一块儿,把路卡斯送到了马克的父母家,自己过起了久违的二人世界。不仅如此,马克还和妻子促膝谈心了很久。米亚把自己的种种不安全感一股脑儿地向马克和盘托出,而马克也郑重地向妻子承诺,只要米亚能够对他多一点信心,他会竭尽全力地设法改变现状,让日子过回原来的样子。马克的承诺,像是一剂强心针,让米亚感受到了些许希望。她表示自己虽然并不知道马克要怎样才能让他们过回从前的日子,但能从丈夫的口中听到这些话,还是让她非常感动。

"太棒了!我真为你们感到高兴!"我喜出望外,那种徘徊在十字路口,不知何去何从,却突然看见曙光的感受,简直是治疗师最好的职业回报之一。然而,在欣喜的同时,我也暗自提醒自己,切莫过于乐观。虽然此刻的他们看起来正在向好的方向发展,但高冲突伴侣间通常有许多问题需要处理,短暂的曙光并不代表黎明已经到来。我觉得有必要适当地给他们泼点冷水,帮助夫妻俩做好合理的心理预期,以免在重新遭遇冲突时,因对治疗效果的期望过高而产生失望。

"可能,你们现在看到了改善这段关系的可能性,会对接下来的治疗结果抱有更大的期待。但心理治疗从来不是一个线性前进的过程,治疗过程往往会因诸多因素而出现反复。我希望你们都能明白这一点,对日后可能出现的反复有一定的心理准备。同时,我也希望我们能在接下来的治疗中共同守好边界。这一点很重要，可以说是确保治疗效果得以加强和稳固的前提。"说着，我把事先准备好的材料发给马克和米亚，请他们看看是否还有什么地方需要修改或补充。夫妻俩纷纷表示，既然已经看到成效，他们一定会严格遵守这些规则，因为他们真的不想再过那种天天怒目相对的生活了。

"很好！"见马克和米亚如此盛意拳拳，我发自内心地为他们高兴，也为自己这些日子以来的坚持不放弃感到暗自庆幸。是时候开展一些实质性的工作了，我想。

根据三个月来的临床观察，我发现马克和米亚的婚姻关系存在着一个核心问题。身为家庭主妇，米亚在经济上完全仰仗于她的丈夫。此外，只身一人远嫁重洋的她，在这里除了丈夫和儿子以外，再无其他家人的支持。这使得马克在她的生活中占到了举足轻重的位置。一旦失去这段婚姻，米亚所需承受的不仅是经济上的落差，还有情感上的无所依托。这样的双重打击，是她不到万不得已，绝对不想面对的。然而，对爱情充满幻想的米亚，又不想在丈夫面前放低身段。她认为自己虽然在经济上依赖马克，却可以在情感上与丈夫制衡。所以，她在美食上费尽心思，以为只要拴住男人的胃，就可以抓住他的心。同样受传统思想的影响，她相信自己的身体也是驾驭马克的资本之一。所谓"食色，性也"，既然她有丈夫想要的东西，就能以此拿捏住对方。在沟通模式上，她所采取的策略也是以打压贬低为主，只在偶尔的时候给马克一点小小的鼓励，以为这样就能在气势上压倒对方。殊不知，这些深受父权思想影响的观念和想法，恰恰是她和丈夫渐行渐远的症结所在。生性浪漫的马克真正渴望的，并非妻子对他在生活上的照顾或所谓身体上的"给予"，他想要的是那个曾令他怦然心动的女子的真心以待。在他顺风顺水时，相伴左右；在他身处困境时，无条件支持。因而当马克以为妻子虽可有福同享，却不能有难同当时，心里的落差可想而知。此外，医疗事故的发生，也给马克带来了巨大的打击。原本薪资丰厚、正值壮年的他，做梦也没想到自己有朝一日，会没有了稳定的收入，仅仅靠着保险和存款艰难度日。这种经济上的落差，不仅令其在财务上失去了安全感，还致使他在妻子面前失尽颜面，再也没有了"爱你就养你一辈子"的天真和霸道。可以说，权力关系的不断变化和明争暗斗，是这段婚姻关系中始终存在却从未被触碰过的一个死结。要从真正意义上改善他们的亲密关系，这些权力关系问题就不能被忽视。然而，权力关系之所以很少在伴侣间被提及、被处理，很大程度上在于它的隐蔽性和敏感性。若是单刀直入地去讨论这些问题，不仅会引发夫妻俩的不适感，更有可能动摇他们刚刚建立起来的信心和希望。为此，我计划采取迂回战术，用即兴戏剧作为引子，让他们自己发现问题、提出问题，而后再对这些问题加以分析和解决。

我请马克和米亚起身，来到临窗的一块相对宽敞的区域。我告诉他们接下来将要进行一次"拔河"比赛[36]。不同于常规的赛制，在这里胜负已定，马克将成为比赛的胜利者。但他们谁也不能因为知

---

36 拔河比赛（tug of war）是美国戏剧治疗大师丹尼尔·维纳博士所创立的成长预演疗法中的一项即兴戏剧技术，用来评估和干预来访者的心理状态和人际关系状态。

道比赛的结果，而放弃比赛过程中的博弈。每个人都要使出浑身解数，设法赢得比赛。此外，这个比赛还有一个不同寻常之处，那就是双方用来较量的绳索并非实体，而是由他们想象而来。未等我说完所有游戏规则，米亚已经笑得差点岔了气。

"这也太无聊了吧。没有绳子，仅凭想象'拔河'？还输赢已定？"米亚边笑边质疑道，"这对我们婚姻关系的提升有何帮助？"

"试试就知道了。"我故作神秘地说。

再看马克，已经在一边摩拳擦掌，准备好战斗了。

随着我的一声号令，双方开始了你争我夺的较量。遗憾的是，不到十秒，米亚就放弃了。

"没意思，胜负都已经剧透了，还怎么玩？"米亚为她这么快就弃甲投降的行为解释道。

我笑了笑，故意对她的评论不予置评，然后问马克："准备好下一轮了吗？"

"还有下一轮？"米亚瞬间提起了精神，"这回还是胜负既定吗？是的话，这回该轮到我赢了吧？"

我看着米亚近乎孩童式的好胜心，突然觉得她像极了自己。我不也是只要一玩游戏，就想着怎么赢本吗？我微笑着向她点了点头。这下，米亚的热情瞬间燃起，佯装发狠地冲着马克吆喝，让他"放马过来"。因为说的是英文，而米亚在下战书时用的是直译，因而马克完全无法领会妻子真正的含义，一个劲问我，这个游戏和马之间有什么联系。我笑而不答，只让他们专心听我号令，开始另一场厮杀。这一回，米亚比第一轮认真了许多。全副武装的模样，令人真的以为她正在与对手进行一场殊死较量。而马克也相当入戏，两人你争我夺了整整一分钟，直到我提醒马克该松手了才作罢。

"接下来，我们再来最后一轮。这一次，不定输赢，全靠你们自己的本事。"我向夫妻俩再次发出游戏指令。

如我所料，第三场厮杀比先前两次激烈许多。马克和米亚互不相让，谁也不愿先松手。为了赢得胜利，米亚甚至不惜打破游戏规则，威胁马克再不妥协，晚上就不给他做饭。马克则回应，这场输赢关系到他在家里的地位，自己说什么也不能认输。通常情况下，我都会要求来访者在比赛中禁言，只用面部表情和肢体语言来表现他们的全情投入。但见到夫妻俩你一句我一句地打起了口仗，我临时改变了主意，任由他们针锋相对。又过了一分钟，我提示他们必须在接下来的三十秒内决出胜负。

"算了，游戏而已。就算让你赢了，也不代表什么。"马克在我倒计时三秒的时候，突然松手，宣告失败。

接下来，我请两人入座，邀请他们谈谈游戏中的感受。马克表示，米亚在三局比赛中的表现，像极了她生活中的做派——爱占上风、从不服输。米亚一听就急了眼，提醒我马克违反了约定的沟通规则：只谈自身感受，不对他人做出评价。我肯定了米亚对边界的尊重，并请马克注意自己的言辞。马克显得有些不好意思，先向我和米亚致歉，然后重新措辞。他说自己在比赛中感受到了压迫和挣扎。一方面，他知道这只是游戏，没有必要当真，既然米亚这么喜欢赢，为何不顺应她的心意？但另一方面，他又感到不甘心，觉得自己处处受米亚的压迫，即便在游戏中仍然要遭受压迫，只能输不能赢。这种感觉令他很憋屈。尤其当米亚用不做饭来威胁他时，他觉得自己绝对不能放弃。不然，这种压迫就会一如往常地无所不在。

"但最后你还选择了放手。"我说。

"是的，因为她是我的妻子，假如只有赢得比赛才能让她开心，那我就只能自我牺牲了。"马克无奈地说。

"你这么说，好像自己是个受害者一样！"米亚有些气急败坏，"不过是游戏罢了，有必要把自己包装成一个受气包那样吗？"

我不作声，只是轻轻敲了敲手头的沟通规则，以示提醒。米亚瞬间心领神会，克制地降低了音量，向我致歉。我请她也向马克致歉，她照做了。

"我没有想太多。第一局比赛时，我觉得胜负既定的游戏，完成没有意义，所以就没什么心思玩。到了第二局，我觉得即便已经知道我会赢，我也想让马克知道，自己的胜利并不仅仅是既定的结果，还有我自己的不懈努力。最后一轮，我经过前两轮的热身，已经越来越入戏，所以就显得特别认真。"米亚一口气对刚才的言行作了细致的心理剖析，"不过，我没有想过要给马克带来压迫，我也不想他感到压迫。"说着，米亚握起马克的左手，并轻轻地拍了拍，然后低着头看着她与丈夫交织在一起的手说："如果我的言行令你感到不快或委屈，我很抱歉。我希望我们能当着简的面，把这些年来的所有不开心都说出来。"看得出来，米亚说这些话的时候，是充满诚意的，而这样的诚意往往是改善亲密关系过程中必不可少的要素之一。

"谢谢你能这么说。"见妻子如此坦诚以待,马克有些动容,敞开心扉聊了许多这些年来在婚姻中的感受。说到自己的压抑与困顿时,马克几次违反了沟通规则,去评判米亚过去的种种言行;而米亚虽然一再提醒丈夫注意说话时的边界,却在自己表达内心感受时也不可避免地几次越界。治疗快结束时,我一如往常,给他们布置了回家作业,请他们在日常的沟通中,也严格遵照治疗中用的边界,只陈述客观事实,表达自身感受,严禁从自己的角度去评价甚至是审判对方。两人均表示,会尽力一试。

星期三/我有一个梦想

艾伦和卡罗斯

生长于岩石缝隙中的小树球球,从小就羡慕长在泥土中的小草妹妹。大地妈妈对小草的关爱,让球球心生落寞,埋怨岩石对他漠不关心,全然不在乎他的死活。有一天,一场暴风雪突然来袭,令球球的内心充满畏惧,怕岩石的缝隙不够坚固,尚未长成大树的自己会在狂风中尽断根系。然而,看似冷漠的岩石却在生死存亡之际出手,用自己的坚硬身躯构筑起一道最坚固的屏障,保护球球免受风雨的侵袭。

　　上周的家庭治疗首战告捷,令艾伦一家都对接下来的治疗充满期待。艾伦更是主动要求加大治疗力度,在一周一次的个案治疗基础上,再增加一次家庭治疗。由于艾伦是由他的缓刑官罗伯特转介的,治疗费用也均由缓刑部所在的郡政府承担,所以我把艾伦的要求向罗伯特做了转述,征询他的意见。在听闻了我对艾伦治疗进展及后续治疗计划的大致介绍后,罗伯特表示,只要对艾伦的心理康复有利,他全力支持。于是,我和艾伦一家商量,把他的个体治疗挪到每周五上午,而每周三的下午四点则用作家庭治疗。对我的这一安排,艾伦和卡罗斯均欣然同意,只有莱拉有点犹豫。一方面,她的工作性质决定了她在工作的安排上鲜有灵活度,因此要确保每周一次的家庭治疗，难度不小；另一方面，她认为自己和艾伦才是一家，所以要在家庭治疗中加上一个卡罗斯，会令她多少感到有些奇怪。

"但艾伦并不这么想。"莱拉的顾虑，让我想到了上周治疗结束时自己对艾伦可能抱有的不切实际的愿望所产生的担忧。"莱拉你有没有想过，你认为只有你和艾伦是一家，但在艾伦心里，他既是你的家人，也是卡罗斯的家人。请你和卡罗斯共同参加家庭治疗，并不代表你们仨是一家人。恰恰相反，你应该开诚布公地把你的顾虑告诉他们父子。这样才能尽早杜绝艾伦对其父母复合的幻想。"我耐心地向莱拉解释，并在其承诺自己会尽量抽时间参加后，安慰她不需要有心理压力。如果偶尔因为工作原因，参加不了我们的家庭治疗也无妨。我同样可以和父子俩工作，帮助他们处理一些存在于他们之间的问题。莱拉对我的体谅深表感激，并许诺本周三她正好休息，一定会出席这一周的家庭会议。

不料，莱拉却在下午三点致电前台，告诉我她所在的康复中心出了点事，需要她临时取消休假，回去处理相关事务。这样一来，今天的三人家庭会议只剩下父子俩。在得知莱拉无法出席后，艾伦明显不太高兴，埋怨母亲是故意找借口逃避和他们相见。倒是卡罗斯摆出一副通情达理的样子，教导儿子不要随意揣测自己的母亲。

"假如有一种魔法，能让你和家人之间的关系有所不同，你希望这是一种怎样的魔法？"待艾伦的心绪平静下来，我向父子俩发出提问。

"我希望有一种记忆消除剂，能让我的母亲忘记过往的种种，相信我是她最值得引以为傲的儿子,相信我的父亲是值得她依靠的人。这样,我们一家三口就能幸福地在一起了。"艾伦几乎想都没想,便将自己的心愿脱口而出。果然如我所担忧的那样,艾伦对他父母能和好如初,抱有不小的希望。

"卡罗斯,你对艾伦的愿望有何感受?"我问面露惊讶之色的卡罗斯。

"我不知道该说些什么……"卡罗斯显得有些为难。几度想开口,却在话到嘴边时又咽了回去。

"为什么你不知道说什么?"见父亲欲言又止的模样,艾伦有些尴尬又有些伤感,问父亲自己的愿望难道不美好吗?

"卡罗斯,艾伦已经长大了,有他自己的主张和判断。我邀请你和儿子坐在一起,就是希望你们能有机会平等对话,增进沟通和了解。"我能理解卡罗斯内心的挣扎,希望我的鼓励能助他抛却顾虑,向儿子坦诚相告内心的想法。

"艾伦,你的愿望让我在心怀感恩的同时又愧疚万分。"卡罗斯终于鼓足勇气,向儿子开口道:"怎么说呢,一方面在你生命中最重要的前十年里,我始终缺席,没有尽过一分做父亲应当担负的责任,所以,我对你非常愧疚。但即便如此,你还是心无芥蒂地接受了我,这又让我非常感恩,希望能用余生来弥补自己的过失。可是,我希望你能明白,我和你母亲已经是过去式了。她有她自己的事业和未来的家庭生活,而我也有了女友阿曼达的陪伴。加上你母亲除了你还有一个儿子,而我除了你也有两个孩子,因此,你、我、莱拉一家三口重新团聚、共同生活的日子应该不会到来。我知道这么说很残忍,但我不希望你活在不切实际的幻想中。当然,如果你有除了这个愿望以外的其他梦想,爸爸一定尽力帮你实现。"说到这,卡罗斯失声痛哭起来。这已经是他第二次在治疗中情绪失控了,这个前半生犯错无数,表面看来壮实粗犷的男人,内心竟是如此柔软。我有些心疼卡罗斯,但更令人心生怜爱的是一心渴求父爱母疼的艾伦。这个生下来就没有父亲陪伴身边的少年,是多么希望可以像其他同龄的小伙伴那样,拥有一个完整的家庭啊!可惜常人眼中司空见惯的家庭结构,在他这里却永远难以实现。

"没事,我不过是说说而已……"艾伦一边懂事地拍拍父亲的肩膀,一边怅然若失地叹了口气。

"要不怎么说是魔法呢?"我半开玩笑地说,希望以此调节一下现场的气氛。我告诉艾伦假如他愿意,可以再想一个魔法。然后,转向卡罗斯,问他想要怎样的魔法。

"我希望能有一面魔镜,让我看到未来的模样。"卡罗斯整理了一下心境,回答道。为了掩盖因自己情绪失控而造成的尴尬气氛,他还故意佯装从身后变戏法般取出一面"魔镜",一本正经地对着"镜子"发问:"魔镜魔镜告诉我,十年后的艾伦会是什么样子?那时候的我又过得如何?"

我和艾伦都被他矫揉造作的样子逗得啼笑皆非,气氛果然如卡罗斯想要的那样轻松了不少。何不乘势请父子俩来段即兴表演?想到这里,我即刻向艾伦发起邀约:"艾伦,要不要试着扮演卡罗斯所说的那面魔镜,帮你的父亲实现他的愿望?"

"啊?"艾伦被我突然的提议整得有点发蒙,"我的专长是打篮球，不是演戏……"

"没事，那这面魔镜，就由我来当。"见艾伦有些为难，我自告奋勇地扮起了魔镜的角色。"卡罗斯，虽然我是你的魔镜，但我可不是随时随地都愿意为你服务的。"我故作高傲地扬了扬头。

"啊，那你要怎样才能告诉我答案？"卡罗斯十分配合地自然入戏。

"我需要你分别说出你儿子和你自己的三个优点。"我即兴说道。

"这个容易。"卡罗斯呵呵地笑了起来，"艾伦心地善良、高大帅气、心灵手巧，而且投篮技巧出众，十投九中！"

"是三个优点！你说多了！"听父亲这么夸他，艾伦有些不好意思。

"哈哈，没事。多多益善，魔镜不会怪我超额完成任务。"卡罗斯笑着回应儿子。

"那你自己呢？"我问。

"我？"一说到自己，卡罗斯立即卡了壳。"我知错能改。这个算不算优点？"卡罗斯边说边摸了摸自己的脑袋，比儿子看上去更显得不好意思。

"你有担当、有情义，还幽默风趣，修得一手好车！"艾伦不假思索地提示父亲。

"你真的这么看我吗？儿子？你真的觉得你老爸有情义、有担当？"卡罗斯听起来像是不敢相信自己的耳朵。

"当然！"艾伦肯定地向父亲点了点头。"不相信的话，自己看魔镜！魔镜可不会说谎！"说着，艾伦走到我身后，将自己的身子躲了起来。然后又缓缓走到我的身前，仿佛自己是从魔镜中走出来一般。

"我是十年后的艾伦，我正在一家牛排店等着我的父亲和我的弟弟妹妹们。今天是卡罗斯的生日，我要用自己在篮球比赛中赢得的资金，请他和弟弟妹妹们好好吃一顿。卡罗斯最喜欢吃牛排了，但为了养我们仨，他一直省吃俭用不舍得吃。今天说什么都要请他吃顿好的！"艾伦自然逼真的表演，令我惊喜不已，更令他的父亲喜极而泣。

在接下来的分享中，艾伦谈到虽然自己的第一个愿望实现无望，但他相信不需要任何魔法，就能实现他的第二个愿望。那就是，好好陪在卡罗斯和莱拉的身边，做他们引以为傲的好儿子。望着艾伦对未来充满信心的样子，卡罗斯说自己心潮起伏、难以平静。他不知道自己究竟是积了什么善缘，才能有艾伦这么贴心又懂事的儿子。

"爸爸一定不辜负你的期望，做一个有情有义有担当的好爸爸。"卡罗斯动情地对儿子承诺。

"我信你！"艾伦一把搂住父亲的脖子，亲热地把头靠在了卡罗斯的肩头。

星期四/双人镜

程乐和杨柳

一

少年维多在一座古老的城堡中,发现两面相对而设的铜镜。维多在一面镜子中,发现自己愁容满面、痛不欲生。而对面铜镜中的自己,则笑容满面、春风得意。忽然,两面铜镜相互辉映,把两个截然不同的自我融成了一个全新的形象。维多这才发现,原来真正的自我从来不是单一的样貌,正如其生命本身,充满了复杂而多变的惊喜与挑战。

在有问题的亲子关系中,原生家庭带给孩子的痛往往不外乎以下四种:缺失型父爱、妈宝式溺爱、为你好教育、打压法激励。而在程乐眼中,父母带给他的伤痛几乎囊括了以上所有类型。

在周一与程乐的一对一会谈中,他坦言自己并不确定父母是否真的爱他。记忆中,父亲因为忙于生意,很少有时间陪他。即便难得阖家出游,父亲也总是一路电话短信不停,无暇感受亲子之乐。而母亲作为一名全职太太,生活的重心完全围绕着程乐转。那种全方位无死角的关爱,在程乐年幼时尚可接受,甚至在某种程度上缓解了父亲不在身边所造成的缺失感。但随着自我独立意识的不断成长,母亲那无微不至的关怀越来越让程乐感觉透不过气来。更糟糕的是,为了给程乐提供最好的教育环境,母亲效仿孟母三迁,把程乐的学籍一路从乡镇学校转到了县城学校，又从国内的普通公立学校转到了美国的高端私立学校。在不断的转学过程中，程乐经历了一次又一次适应新环境所带来的挑战，也承受着与同龄小伙伴一再离别所带来的伤痛。他不明白为何母亲如此狠心，一次又一次地不顾他的感受，迫使他和朋友们分离，只为了她所谓的"为你好"教育。他更不懂为何父亲可以仗着自己"能攒几个臭钱"，就心安理得地做起甩手掌柜，认为金钱可以替代陪伴。

最让程乐难以忍受的是，从小到大父母对他唯一的激励方式就是威胁打压。只要他不听话，母亲就会吓唬他说要再给他生个弟弟，这样她就可以不管程乐，而把希望都寄托在弟弟身上。而父亲对他的爱，则完全与他的学习表现挂钩。成绩往下掉了，父亲就会对他拳脚相加，并抱怨为何虎父生犬子。成绩提升了，父亲又一本正经地警告他戒骄戒躁、再攀高峰。种种情境让程乐对父母的爱产生了置疑，他不理解父母究竟是爱他，还是爱一个由他具身化的实现愿望的工具。在倾诉久藏心中的困惑与委屈时，程乐情不自禁落下泪来。但很快他便急忙用手背擦掉眼泪，并勉强挤出一丝笑容，解释说眼里进灰了。我明白他并不想在我面前失态，也理解他五味杂陈的心绪，便问他是否允许我将他所谈及的议题带到周四的家庭治疗中去讨论。程乐踌躇良久，告诉我可以提出议题，但不保证他是否会参与讨论。

"前两次的家庭会议带给我最直观的感受就是，你们母子之间，或许存在着许多的误会需要澄清，我想知道你们是怎么看的？"再见到程乐母子，我就开门见山、直奔主题。

"医生你说得对，我以前可能真的不太了解自己的儿子。"杨柳一边说，一边从包里取出我上周送给他们的留言本，递到我手上。翻开本子，杨柳娟秀的字体密密麻麻映入我的眼帘。字与字的狭小缝隙中，时不时会出现各式彩笔做出的标记。有些是下划线，有些是圈圈点点，更多的是不同的表情符号。不用说，这些应该是程乐的杰作。

"每次家庭会议结束后，我都会做认真的总结与回顾，并把自己的感悟记到本子上。说实话，我并没有真的指望程乐会来看我写的这些心得。但就在今天上午，当我打开本子想再写些什么的时候，却发现本子上突然冒出了许多标记。虽然他并没有具体说些什么，但仅这些标记就足够让我热泪盈眶了。"杨柳动情地说。

"至于吗？"程乐显出一副不以为然的样子，"我只不过是想到今天要见医生，怕交不了差，所以昨晚临时抱佛脚，胡乱画了一通而已。"

我微笑，问程乐为何他胡乱画一通，就能让他母亲如此激动。程乐若有所思，想说些什么，可话到嘴边又咽了回去。

我提议杨柳找一段程乐做过标记的句子朗读出来。这让杨柳感觉有些为难，扭捏了好一会儿，终于还是鼓足勇气接过留言本，小声朗读起来：

我以为儿子是我身上掉下的肉，所以必定是这个世界上最懂我的人。但在家庭会议的练习中，我发现他并不懂我，当然我也不太懂他。这让我既惊讶又惭愧。

读到这里，杨柳停了下来，把目光投向程乐："我看到你在这段话下标了下划线，又在句末画了个微笑的表情符号，能告诉我这是什么意思吗？"

"代表'已阅'！"程乐抖着腿说。

"除了已阅，那个表情符号有什么特殊的含义吗？"我问。

"没什么特别的意思。就是觉得她总算意识到了这一点，很不容易。朕心甚慰！"程乐半调侃半认真地说。

"也就是说，你认为她不懂你，也同意你不够了解她？"我又问。

"算吧。"程乐继续抖着腿，但抖腿的频速有所减缓，像在思索些什么。过了半响，又开口道："我想知道我们这样的母子关系算正常吗？又或者说我妈不了解我是因为她天性愚钝，没有能力了解我；还是她并不真的爱我，所以不想了解我？"说完，程乐低下头，再次加速抖腿的频率，仿佛由他抛出的问题所带来的尴尬气氛可以通过提升抖腿的频率加以化解。

"以我的临床经验而言，你们这样的母子关系并非个案。至于你母亲究竟为何不了解你，我想更适合回答这个问题的人是你母亲自己。"我一边说，一边把目光从程乐的身上移向杨柳。

"他说出这样的话，让我很难过。"杨柳把头低得很低，看上去像是在拼命控制自己的泪腺，不让泪水夺眶而出。

我请杨柳试着把头抬起来，对着程乐把刚才的话重复一遍。又请程乐抬起头，试着看母亲的眼睛，听她说下去。这让母子俩显得十分不自然，不知如何才能四目相对。我知道在谈论敏感话题时，要当事人对视很不容易。但语言所传递的信息准确性是有限的，而眼睛则是心灵的窗口，因词不达意所造成的歧义，往往可以通过肢体语言的交流而得到纠正或弥补。我请程乐和杨柳暂且把想说的话搁置一边，先做一段镜子练习[37]。由程乐扮演行动者，杨柳扮演行动者的镜子。当程乐对着杨柳化身的镜子做出各种面部表情时，身为镜子的杨柳需要依样画葫芦，模仿程乐的每一种表情变化。当两人的配合越来越默契后，我请程乐加上一些细微的肢体动作，并请杨柳继续模仿。因为可以随心所欲地支配母亲做任何他想要的表情和动作，程乐显得非常兴奋，不时发出咯咯的笑声。而杨柳虽然在开始的时候，面部表情和肢体动作都有些僵硬，但看到儿子笑个不停，杨柳也渐渐放松下来，模仿的表情和动作也越来越流畅。正在母子俩对彼此所扮演的角色驾轻就熟时，我请母子俩互换，由杨柳扮演行动者，程乐扮演母亲的镜子。这让两人一时都显得有些难以适应，但很快程乐便调整过来，一丝不苟地当起了镜子。当母子俩再度适应自己的新角色以后，我请他们再次放弃原来的角色，只要有任意一方发现对方的动作发生变化，就立即把自己当作对方的镜子，做出模仿动作。也就是说，两人的互动失去了行动者和镜子的边界，谁都可以是行动者，谁都可能是镜子。

　　练习结束，我请母子俩谈谈方才在练习中的感受。程乐表示这个活动让他突然与母亲有了一种久违的联结感，这让他有些意外，也让他有些担忧，生怕这种奇妙的感觉很快就会消失。望着儿子眼中透出的真诚，杨柳又热泪盈眶起来。她伸出双臂把儿子紧紧搂入

---

[37] 镜子技术（mirror technique），是戏剧治疗以及舞蹈（形体）治疗常用的一种技术。练习者通过模仿彼此的面部表情和肢体动作，来提升同理心，达到与人联结的目的。

怀中,带着哭腔告诉儿子她会尽其所能,让母子间的联结感永远延续下去。等杨柳的情绪逐渐平复下来,我请他们相视而坐,并请杨柳把练习前搁置的话题继续下去。

"乐乐,你说你不知道妈妈是否真的爱你,是否真心想要了解你,这让我很难过。妈妈怎么可能不爱你,不真心想要了解你?只是妈妈以前没有医生的指导,不知道应该怎么去和你交流,怎么才能让你了解妈妈的心意。妈妈希望你永远记住,你是妈妈生命中最重要的人。对妈妈来说,这个世界上没有任何一件事比让你快乐更重要了。"杨柳一边说,一边又忍不住眼眶湿润起来。

"我能相信你吗?如果你真的爱我,就不会不顾我的感受,几次三番把我送到陌生的地方学习,也不会因为嫌弃我而想生个弟弟。我不是不知道你对我好,可我不知道你对我好是因为爱我,还是因为你想用养了个会读书的好儿子来把我爸拴在你身边!"程乐越说越激动,以至说到最后一句的时候,几乎冲着母亲吼叫起来。

杨柳呆若木鸡,怔怔地看着儿子,久久说不出话来。她不懂儿子对她的误解何以如此之深,更不懂母子间的关系缘何走到了今天这样的局面。

"那么程乐,你爱你妈吗?"见母子俩一个愤怒,一个难过,我认为自己有必要出场缓和一下气氛。程乐咬着嘴唇低头不语,一遍遍地抠着指甲,仿佛此刻的指甲就是他最深恶痛绝的敌人。"如果不爱,为什么刚刚练习结束的时候,你会对突然找到的与母亲的联结感如此留恋?"我进一步向程乐发问。

"因为我想要好好爱她……"程乐终于忍不住失声痛哭起来。

时针一分一秒地逼近治疗尾声，我请母子俩平复一下心境，然后握住对方的手，把对彼此的爱再次表达一遍。

"老妈，我知道你很辛苦，又要照顾我和我爸，又要照顾爷爷奶奶。你知道我有多想陪在你身边，好好陪陪你，好好陪陪爷爷奶奶吗？"程乐动情地说。

"谢谢儿子……妈妈真的……很爱……很爱……你……"杨柳语不成句，再次泣不成声。

夜里，我做了个荒诞的梦。先是突然意识到自己把可乐带到一个空教室玩，然后因为某种不明的原因，把它忘在了那里。等我回去找它时，可乐的身子已经僵硬，我这才意识到自己把它扔在那里不管不顾已经有数日了。正在我悔恨交加、悲痛万分时，忽然有几十只猫咪蜂拥而至。我惊喜地发现，被我抱在怀里缅怀的可乐已经消失不见，但那群一拥而入的猫咪中，却有好几只和可乐长得一模一样的虎斑猫。我疯狂地冲到它们面前一一辨识，却发现可乐并不在它们中间。我难过到无法呼吸，终于从梦中惊醒。惊魂未定的我，连忙冲到楼下，查看可乐是否安然无恙，却在洒满月光的客厅里一眼看见可乐正透着玻璃移门，冲着后院出神。听闻我下楼，可乐转过身，飞快地奔跑到我的身边，亲热地用它的脑袋蹭我的双腿。我一把抱起它，听着它响亮且有规律的咕噜声。刹那间，一种失而复得的情绪涌上心头。我百感交集，滚下两行热泪。

星期五/醒梦剧场

密斯顿监狱
一

这是一个面对和解构内心的舞台。在这里，梦境与现实交织，时间与空间失去了常规的意义。每一个进入这里的灵魂，都有机会穿越漫无边际的无意识沼泽，探索那些被压抑的恐惧和被遗忘的梦想。

    昨夜的梦境，不时在我脑海中闪回，令我久久难以释怀。根据弗洛伊德[38]的理论，梦境是无意识欲望和冲突的表达，尤其是性和攻击的冲动。而他的学生荣格[39]却认为梦境不仅仅是对无意识愿望的满足，更是个体和集体无意识[40]的一种表达。作为一名行

38　西格蒙德·弗洛伊德（Sigmund Freud）是奥地利的神经学家，也是精神分析学的创始人。他的主要贡献在于他关于潜意识的理论，以及梦的解析、性欲作为人类行为的推动力、和防御机制的概念。
39　卡尔·古斯塔夫·荣格（Carl Gustav Jung）是瑞士的精神科医生和心理学家，是弗洛伊德精神分析学派的早期支持者，后因理论分歧与弗洛伊德分道扬镳。荣格发展了自己的理论体系，称为分析心理学，强调个人潜意识和集体潜意识的概念。
40　集体无意识（collective unconscious）是荣格提出的一个概念，意指个体所属于的种族或社会所共有的无意识心理模式。这些模式并非由个体通过个人经验获得，而是所有人类共享的心理遗传结构。荣格认为，集体无意识包含了原型，即普遍存在于人类文化故事、宗教、梦境和神话中的符号和模式。这些原型是一种先验的、通用的、非个人化的，是心智的一部分，影响着个体的行为和反应。

动取向[41]的治疗师，我认为荣格的解释更具立体性，可以帮助人们通过具身化[42]的形式，理解和处理梦境，实现自我发现与接纳。

比如，梦中可乐的突然离世，或许正是荣格所说的那种集体无意识的表达。从这个角度理解，可乐代表的可能是那些在望子成龙的父母压迫下丧失生命动力的孩子，而我则代表了那些直到悲剧发生才意识到自身过失的父母，想要拼命挽回，却发现一切都为时已晚。之所以会做这样的梦，应该是因为我在这些年的临床工作中，接触过太多因父母施压而身心疲惫，不得不以自杀、自残等极端方式表达无力和绝望的青少年来访者。程乐的案例只是沧海一粟，那种拯救了一个家庭，还有千千万万家庭有待拯救的使命感，令我既无奈又疲惫。虽然这些感受并不在我的意识中聚集，但它们却假借形式荒诞的梦境得以展现。

当然，从个人无意识的角度去解读，也可以把此梦当作我对生命无常的无意识恐惧的揭示。自记事以来，我一直试图以独立坚强、积极乐观的形象示人。即便有负面情绪出现，我也会有意或无意地去压制它们，告诉自己凡事应从好的方面想，无论生命再怎样无常，只要我足够强大，就没有战胜不了的困难。然而，长久的压制并不代表心中的那些恐惧就此消亡。相反，它们会想方设法寻找出口，而梦境恰好就是这样的出口。因此，与其说梦境中的可乐

41　行动取向疗法（action-based therapy，或 experiential therapy），意指用积极的、体验式过程疗法取代传统的谈话式治疗。这些疗法包括戏剧治疗、心理剧、游戏疗法、表达性艺术疗法、舞动疗法、音乐疗法和躯体疗法等。

42　具身化（embodiment），意指通过身体或肢体化的表演来具化和传达个体的情感、认知、人际关系和社会互动。

是可乐本身，倒不如说它更像是一面映射我内心的铜镜，提醒我正视和接纳对于生命无常的无可奈何与恐惧。至于我究竟在惧怕些什么，怎样的不确定性对我而言是最难以承受的，则需要我花上更多的时间去探索、去发现。

有关梦境的释义，可以从多种角度去探索，没有绝对的对与错，全凭自我感知去判断哪些解读更符合梦者当下的心境和状态。总体来说，多年的临床经验和自我探索历程，让我对梦境有了一个新的发现。那就是，假如对梦境处理得当，重复的梦境便会消失。原因很简单，梦境的功能一般有两种。一种是欲望的表达和满足，这里的欲望可以是有意识的、潜意识的和无意识的。其中，有意识和潜意识的欲望表达很容易被理解，就是我们通常所说的"日有所思，夜有所梦"，就是用梦境来对这些欲望予以满足。而无意识欲望的表达则如同弗洛伊德所说的那样，因道德和社会规范被压抑，因而在梦中出现时，往往经过一系列的变形和伪装，未经专业解读，是很难识破其庐山真面目的。梦境的第二种功能则是荣格所说的无意识表达。这里的无意识可能是个体的无意识，也可能是集体的无意识，甚至有可能是两者的结合。从临床的角度看，这些无意识的表达，很大程度上可以视作大脑在向它的主人发出警告，希望主人可以通过梦境这一媒介，将这些无意识化为潜意识，甚至是有意识。一旦成功，那么梦境的使命便达成了，相同的梦境便不会再出现。这种假设对经常噩梦缠身，尤其是重复做同一种噩梦的来访者而言，具有重大的临床意义。根据我的经验，只要来访者可以在我的帮助下，成功揭开这些无意识的层层面纱，并以恰当的方式对它们进行及时处理，重复性的噩梦就会消失。

想到这里，我突发奇想，打算将今天工作坊的暖身活动与无意识的探索相关联。一方面，公演迫在眉睫，对梦境这一无意识表达之媒介的探索，可以帮助团体成员更好地理解这次公演的主题——有关过去、现在与未来的梦境三部曲；另一方面，我也略微带着一点私心，好奇自己是否能从团体的探索过程中得到些许启发，以帮助我进一步了解自己。

于是，工作坊一开场，我便邀请团体成员离开他们的座椅，在排练厅中自由走动，放空大脑、放松身体。见大家渐入佳境，我告诉大家，他们即将踏入一片荆棘满布的原始森林。在那里，他们可能会发现埋藏金银珠宝的山洞，也可能发现自己被各种猛兽所包围，又或者什么都没有，只有新鲜的空气和赏心悦目的花草树木。我让大家张开想象的翅膀，看看自己接下来会遇见怎样的场景。

"我看到了流淌的小溪和高耸入云的红杉树。"爱德蒙欣喜地俯下身，佯装用双手掬起一捧清水，一饮而尽。

"我找到了宝藏的入口，马上就要发财了！"约翰得意洋洋地一阵坏笑。

"发财也不带上你兄弟？不够意思！"乔纳森立马不失时机地调侃道。

大家一边勘探着森林，一边有说有笑、相互抬杠。暖身结束后，我把大家聚拢在一起，请他们分享各自在活动中的感受。

"现实中得不到的东西，能通过幻想去实现，这对我们这些身陷囹圄的囚犯来说，也算是一种慰藉。"爱德蒙感慨道。

"是啊，发财梦就是开心！明知是在白日做梦，也还是很开心。"约翰呵呵地咧着嘴，似乎还沉浸在发现宝藏的巨大惊喜中。

"我不喜欢这片森林，它像一座迷宫，不论我怎么努力都走不出去。而且森林里全是猛兽，我和小伙伴们只能蜷缩在岩石的夹缝中，哪里都不敢去。"费费看上去有些委屈。

"你小子不至于吧！这么怂？"乔纳森冲着费费嚷道。

"是啊，费费，你不是最乐观、最喜欢开玩笑的吗？什么时候变得这么严肃？"比利疑惑地看着费费。两人是上下铺的兄弟，平日里十分亲近。

"这个练习让我想到了自己经常会做的一个噩梦。"费费解释道，"梦中的场景和我在刚才的练习中看到的场景一模一样。每次夜里从这样的梦中惊醒，我都没办法再入睡。"

"这样的梦，多久会出现一次？每次都是同样的场景吗？"我问。

"嗯，这样的梦都大同小异。就是发现自己身处一片迷雾森林，我和我的几个兄弟想要找到出口，从那里走出去，却一直没能成功。然后我们发现森林里有许多凶猛的野兽，时不时地冒出来把我们吓得半死。最后，我们就只能躲在两块巨大的岩石夹缝中，不敢出声，生怕被那些野兽发现。"费费一五一十地描述着那个反复出现在他梦中的场景。"至于频率，不算多吧，一年也就几回。"费费答道，"但不知为什么，最近这两个月老是重复这个噩梦，超级烦人！"

费费有关其梦境的描述，使我不禁将之与他的人生经历联系起来。年方三十出头的他，是家中第一位获得学士学位的孩子，肩负着整个家族的荣光与希望。而费费也不负所望，凭着超乎常人的韧劲和努力，在职场一路拼杀，用不到五年的时间，让自己从初创公司的实习生升级到了上市公司的产品经理，前景可谓一片光明。然而，职场中顺风顺水的他，在情感的道路上却很受挫。交往过的几个女朋友，皆因各种原因弃他而去，在他的心里扎下一根又一根难以拔除的刺。后来因为工作的缘故，费费认识了与他同年的女友丽莎，并在交往两年后与丽莎订婚。欢天喜地筹备婚事的费费做梦也没想到，素未谋面的未来岳父乔治竟然在大婚前夜突然出现在他的面前。乔治要求费费立即离开他的女儿，因为他绝不容许一个非裔混淆家族世代相传的高加索血脉。当时的费费简直不敢相信自己的耳朵，在文化包容高速发展的今天，竟仍会遭遇如此荒唐的种族歧视。他请乔治离开，说自己说什么都不会离开丽莎。不料，恼羞成怒的乔治竟从裤兜中掏出一把手枪，恐吓费费再固执己见的话，他不能保证自己不会做出什么极端的事情来。费费见事情越闹越大，已无商谈下去的必要，便想打电话报警。岂料乔治见状，竟扑上前去，试图从费费手中夺下电话。推搡之中，手枪意外走火，击中了乔治的腿部。慌乱之中的费费不及多想，便从乔治手中夺过那把肇事的手枪，以免枪支再度走火。没想到这一出于好意的举动，却给费费带来了牢狱之灾。在事后的调查中，乔治一口向警方咬定是费费开枪伤了他。而费费则百口莫辩，现场没有任何目击证人可以证明他的清白，费费在枪支上留下的指纹更是成为警方指控他的铁证。最终，这一祸从天降的无妄之灾，令费费失去了工作，失去了未婚妻，并因过失伤害罪被判监禁29个月。

在我看来，费费的这段人生经历与那个反复出现的噩梦有着千丝万缕的联系。然而，要想抽丝剥茧，理清两者间的联系，并对梦境做更深层的处理，则需要我成为他的治疗师。而我目前所能做的则极为有限，只能通过戏剧所创造的虚拟情景，帮他做一些间接性的探索。工作坊结束后，我去邀请我来监狱开工作坊的矫治官威廉姆的办公室坐了坐，想看看是否有可能和监狱达成某种合作协议，为囚犯们提供一些特定的梦境处理服务。

星期六 / 看不见的伤痛

瑞贝卡和简

工匠莫安有一门绝技。只要在他制作的"心影碗"中盛一些水,观者的所思所感就会浮现水中,形成一幅幅流动的画面。有一天,一位成功的商人找到莫安,花重金购置了一只纯金打造的心影碗,然后迫不及待地将清水注入碗中。然而,商人所预期的金银满钵的画面却并未出现,取而代之的是一个栖身于枯树下的孤独背影。商人泪流满面,这才明白莫安做的金碗并非能映射当下,而是会呈现灵魂深处不敢触碰的情感和记忆。

瑞贝卡的诊所设在距离旧金山 50 公里的硅谷小镇帕罗奥托。在这片人口不到七万,房产均价却动辄数百万美金的富人区,前来问诊的来访者大多出自家境优渥的中上层阶级。这让曾在底层社区服务多年,如今又在富人区执业的瑞贝卡有机会对心理健康与家庭经济条件的联系作近距离的观察与对比。她发现在其经手的上百例个案中,大多来自贫困家庭的来访者,童年不幸经历[43]的分值均处于高位,这说明来访者在成年后的心理问题与其在成年前所经历的

---

[43] 童年不幸经历(adverse childhood experience,ACE)是用来测量童年不幸经历(含身体、心理、性虐待,忽视,以及其他童年不幸)的量表。得分越高,健康风险也越高。

童年不幸（例如：目睹或遭受身体、心理、性虐待，身体或心理上的被忽略，原生家庭功能严重失调等）有着密切的联系。而家境较好的来访者，童年不幸经历的分值则相对较低。不过，这并不意味着经济上的充裕就一定能确保心理上的健康发展。研究表明[44]，财力居中或居上的家庭，父母对孩子的期望值普遍较高，这就给孩子在心理上造成了不小的成就压力[45]。这种压力长期得不到舒缓，就会引发抑郁、焦虑等一系列心理问题。此外，许多家境好的孩子反映与父母在心理上有一定的疏离感。有些父母因忙于事业没有时间陪伴孩子，有些孩子则因为被父母安排参加各种课外培训班，以致很少有机会与父母相处。可以说不论是童年不幸，还是童年缺爱，对孩子所造成的心理创伤都是难以衡量的。而创伤一旦形成，未经专业的心理干预，是很难痊愈的。不幸的是，不论是瑞贝卡还是我，又或者许许多多像我们一样的心理治疗师，都会在临床工作中一次又一次地发现他们所接待的成年来访者并不明白其心理困扰与其童年经历有关。所以，当治疗师希望了解他们的早年经历时，他们就会开始发起阻抗，认为当前的议题仅与当下有关，没有必要回到过去，旧事重提。

44　Luthar, S. S. (2003). The culture of affluence: Psychological costs of material wealth. Child development, 74(6), 1581-1593.
45　成就压力（achievement pressure）指的是个体为了达到生活各个领域中某些成功标准所感受到的压力和紧张。这种压力可以来自多个来源，包括父母、老师、同龄人、社会甚至自我。成就压力的后果可以是正向激励，以可以造成负面影响，如抑郁、焦虑、职业倦怠、兴趣爱好减退等。成就压力的影响很大程度上取决于个人如何感知和管理这种压力，以及为应对高期望挑战而建立的支持系统。

当我询问瑞贝卡如何处理这样的阻抗时,瑞贝卡意味深长地看着我说:"简,这个问题你在做实习生的时候就已经问过我了。"

"是吗?"我不好意思地笑了笑,说自己完全不记得了。

"嗯,我记得当时你有个成年男性的个案,因为应付不了职场上复杂的人际关系而身患心境障碍[46]。你希望从他的幼年经历入手,帮助他找到人际关系不顺的根源。这令他对你十分反感,认为你在浪费他的时间。"

"确有其事。"瑞贝卡的话把我的思绪瞬间拉回到了十年前。当时的我,在社区的一家心理机构做毕业实习,瑞贝卡是我的实习督导。理论成绩优异的我,怎么也不会想到自己竟然在实习课程中翻了船,被来访者投诉并要求换人。这对初入心理治疗领域的我,是个不小的打击。好在瑞贝卡给了我极大的鼓励与支持,并陪着我一起和来访者做了沟通。不知怎的,瑞贝卡的三言两语就让来访者改变了心意,认同了我提出的治疗方案。当时的我有些不服气,认为瑞贝卡是因为其督导身份在与来访者的有效沟通中起到了关键作用。也就是说,如果我不是实习生而是督导,可能来访者就不会质疑我的方案。当我把自己当年的想法分享给瑞贝卡听时,她笑问:"那么,现在的你,作为一名入行十年,已经成为督导的过来人,是怎么看待十年前的你的?"

"好问题。"我说,"首先,当时的我比较自负。没有从自己的

---

46 心境障碍(mood disorder),是一组以显著的情绪状态或心情改变为特征的精神疾病。这些改变可以影响个人的日常生活和功能,包括思维方式、感觉、行为以及与他人的互动。

方式方法上找问题，而是把问题的症结一律归于外因。其次，虽然童年经历影响心理健康在行内是共识，但外行人并不一定了解。我当时的沟通方式一定在哪里出了问题，给来访者一种强加于人的印象。"

"我同意也不同意你的观点。"瑞贝卡正色道，"你对身份影响专业性权威的推断并非全无道理。督导的身份，确实会给来访者带来一种专业权威的印象，这为我与他的沟通打开了方便之门。而你的实习生身份，也确有可能让来访者不信任你的临床实践能力，连带对你的治疗方案产生质疑。另外，当时的你刚来美国没两年，英文的口语表达能力没现在这么好，所以，可能在措辞上有些不恰当，以致让对方对你的表达产生了一些误解。"

"也许吧……"时间久远，许多细枝末节我已经记不太清楚了。"如你所说，现在的我虽然在这一行还不算特别资深，却也算是小有所成了。我的英文表达能力也提升了不少，可为什么有些来访者在我提出想要了解其早年经历时，还是会产生强烈的阻抗呢？"我把周三保罗在诊所冲着我大呼小叫的经过原原本本地告诉了瑞贝卡。说着说着，我哭了，积压心底的委屈瞬间如潮水般汹涌袭来。

瑞贝卡并没有为泣不成声的我递上纸巾，只是将纸巾盒稍稍朝我坐的方向推了推，然后调整身姿，望向窗外。我知道她是在给我足够的时间宣泄情绪。等我的心情渐渐平复，瑞贝卡为我递上了一杯热茶。

"我知道你觉得很委屈，不明白为什么你这么费尽心力去帮保罗，到头来却还是被他误会和责备，对吗？"瑞贝卡问。见我点头不语，又继续说："试想一下，假如你是保罗，你的治疗师当着你妻子的面,问你是否想谈谈你的童年、你的原生家庭,而你却因为某种隐情,从未和你的妻子聊过这些,你会怎么想?"

"我会觉得很尴尬。"我脱口而出。"我可能会因为自己避而远之的话题突然被人提起而感到恼羞成怒。可是这怎么可能?保罗和他的妻子结婚十几年了,怎么可能没有向妻子提起过他的童年?"我觉得匪夷所思,但转念又似乎什么都明白了。是的,保罗的童年一定不快乐,甚至很痛苦。所以他不想回忆,更不愿提及。而我的突然发问,让他猝不及防,一下子就崩溃了。

"所以,我不该当着他妻子的面问他,对吗?"我问。

"伴侣治疗的原则之一是治疗师与伴侣双方间没有任何秘密。如果你想了解他的童年,你确实应该当着他妻子的面问,这没错。但除了直接发问,还有没有更恰当的方式去触及这个议题呢?"瑞贝卡问。

我知道瑞贝卡指的是表达性艺术治疗。的确,假如那天我换种方式,请他们用拼贴画等艺术形式,表达各自对家的理解,再循序渐进地自然触及原生家庭的议题,可能就会带给保罗一些心理缓冲,他或许也不至于在刹那间情绪崩塌。只是为何当时的我完全没有想到这一层呢?

瑞贝卡给出的答案是,我可能有些急功近利了。半年多的时间里,我使出了浑身解数去调和保罗和他妻子的婚姻关系,收效甚微,但夫妻俩的关系还是十分紧张。这让我有些气馁,也有些不甘,以至于一到他们的来访时间就如临大敌,盘算着如何把九十分钟的治疗时间发挥到极致。由于戏剧、绘画、沙盘等表达性艺术的治疗手法多借助隐喻来探索来访者的内心世界，疗效宛如中药，一般是个细水长流的过程，所以，我在潜意识里就排除了这些手法，希望尽可能地用谈话这种直截了当的方式直切要害，迅速找到问题症结。但欲速则不达，再稳固的治疗联盟，只要干预方法有失偏颇，就会引发难以预料的后果。

　　此外，瑞贝卡还指出，我必须明悉自己在临床中的每一个想法、每一个举动，是基于来访者的需求，还是为了满足自身的渴求。这一点，她在上周的督导中就已经提过，如今再度提及，我知道她是担心我对米亚的反移情正在走向不可控的趋势。从情感层面而言，我对瑞贝卡的担忧有些反感，觉得自己对马克和米亚的不放弃，完全是基于来访者的需求，因为我知道两个人是有很深的感情基础的。如果相爱的人因为并非不可调和的矛盾而分开，我会觉得很可惜，更会觉得自己很无能。从这个角度来看，我又是的确存有私心的。更深层的原因在于，我在马克和米亚的身上，看到了自己和本的影子。因而假如他们的婚姻最终因为我的无能而走向终点，我难免会兔死狐悲，这种挫败感可能是我始终不想面对，也无法面对的。所以从理智层面来说，瑞贝卡的担忧是对的。好在最近两周的诊疗进展顺利，我相信自己不轻言放弃的性子有好有坏，不能仅从一个方面来判断。我把马克和米亚的最新进展向瑞贝卡做了更新，她对我告诫自己不要盲目乐观并给夫妻俩浇冷水的做法十分赞同，鼓励我在再接再厉的同时，守好边界。

星期日/我们这一对儿

本
一

高山在云雾缭绕中，沉醉于自身的威严与气势，很少注意在自己身上纵横交错的小溪。直到有一天，积蓄已久的小溪终于汇聚成流，从山的巅峰奔涌而下。高山这才发现，原来小溪并不孱弱。温柔的背后，是不争的气度和包容万物的力量。看似轻柔，却能形塑山石，与高山的俊朗相映成趣、相得益彰。

  这几天，简看起来心情不错。哪怕前两天做了噩梦，也还是有说有笑的，称自己离苦苦追寻的真相又近了一步。看到她开心，我的心情也轻松了不少。我这个人不像简那样有那么多的梦想要追逐。我要的很简单，开开心心过好每一天就好。对我来说，功成名就远不如简单的快乐来得重要。而平凡的快乐可以通过很多方式来实现：读一本书、看一部电影、听一段音乐、吃一顿简餐、品一壶香茶、走一段旅程。所有这些在生活中随处可见、随手可得的事物，都能成为快乐的源泉，前提是有一份稳定的工作、两三个交心的好友，和一个我爱的家。

  简说在中国，像我这样的人叫作"躺平的佛系青年"，是一种很潮的活法。我笑问，既然这么潮，你为什么不和我一起潮一把？

她咯咯地大笑，说我和她是两种人。我佛系是我的本心所向，她要是也佛系了，那肯定是装的，没有意思。这个我承认，各人生来不同，佛系是一种潮流的活法，风风火火去追梦又何尝不是一种入世的洒脱。

自从跟简走在了一起，我对中国文化的了解有了突飞猛进的提升。我发现这个有着五千年历史的文明古国，在很多方面与我们犹太民族十分相似。比方说教育，在两种文化的价值体系中，均占有举足轻重的分量；又例如，无论是犹太人还是中国人，都极其注重家族和社区的联结。小到尊敬长辈，大到维护家族荣誉，均与个人的身份和归属感密切相关。此外，两者在道德伦理、适应生存、历史传统等诸多方面均有着惊人的相似之处。不过，最让我津津乐道的，还是两种文化有关对话和讨论的传统。儒家学说讲究辩证和思辨，倡导理越辩越明；而我们犹太教的拉比希勒尔[47]所创造的七条解经规则[48]，用的也是这种思辨的论证方式，鼓励我们在学习中提问和探索。更有意思的是，虽然希勒尔和孔子生活的年代相隔五百年，两者的文化圈又相对独立、交流有限，但他们的伦理观极为相似。《论语》中的"己所不欲，勿施于人"，与希勒尔的黄金法

---

47 希勒尔（Hillel the Elder）是犹太教历史上著名的拉比（犹太社区的精神领袖），因其智慧的教导而闻名。他提出的多条法则和解释，至今仍在犹太文化和宗教实践中占有重要位置。

48 七条解经规则（Midotshe'Hillel）是希勒尔长老所制定的一套圣经解释原则。它提供了一种方法论，用于犹太经典的学习和法律的推导。这种方法强调了对经文内容的深度分析，以及在不同情况下应用这些原则的能力，从而对犹太法（Halakhah）的理解和实践产生了深远的影响。

则"那些你不愿意的事,不要施加给你的朋友"[49]简直如出一辙。我想,正是因为两者的文化之间有着如此之多的共通之处,才为我和简这对来自不同文化背景的人生伴侣,奠定了共同生活的价值基础。

当然,不同的文化背景对我们这对异国情侣的挑战也是显而易见的。我们之间的文化参照[50],隔阂大过交融。虽然简的英语程度已经相当不错,但在我们交流政治、历史、宗教、艺术等话题时,所涉及的诸多专有名词还是令简感到力不从心。而我的中文水平又极为有限,以至于当简对着鬼斧神工的大自然大发诗兴时,我只能从她简略的翻译中,大概理解诗作的内容,却对诗中的神韵望尘莫及。再比如,我在看欧美电影时,常会因为某个角色的某句台词或影片中的某段配乐发出会心的微笑。每当此时,简就会倍感煎熬。求知欲极强的她,既想了解影片中每一个让我产生共鸣的梗,又担心不断要求我暂停并解释这些文化参照会影响我们的观影兴致。同样,当我陪她看一些亚洲题材的影片时,也会产生类似的感受。这种因文化参照上的缺失而导致的理解上的隔阂,虽然可以让我们跨越时空界限,增进对彼此文化的学习和了解,却也让我们因无法在艺术的欣赏中心意相通,而深感遗憾。

---

49 这话句在希伯来语中的原文是:"מה ששנוא לך, לחברך לא תעביד"(Ma she-sanualecha, lechavercha lo ta'avid)。
50 文化参照(cultural reference)意指提及或引用某个特定文化中的人物、地点、事件、作品、习俗、语言表达等,以便在交流、创作或演绎中产生共鸣或加深理解。这些引用可以来自文学、电影、音乐、历史、艺术等多个领域,帮助形成特定的文化身份和共同记忆。

不过，比起文化背景所造成的隔阂，给我们的关系带来更大挑战的是彼此截然不同的性格。我性子慢，凡事喜欢三思而后行。而简则恰恰相反，做起事来雷厉风行，刚刚还只是一个突发奇想的念头，转眼间就已落地生根并开出理想之花了。这让我多少会有些不适应，甚至感觉她的快节奏有些咄咄逼人，打乱了我习以为常的节拍。当我请她慢下来，给我一点时间和空间时，她会显得特别困惑，说不理解为什么有人会像我这样不愿意坐享其成。在她看来，假如有人能像她一样，帮她把一切都打理得井井有条，她定会感恩戴德、乐享其成。可我对她的这种说法却不以为然。根据我对简的观察和了解，事实可能和她想象的正好相反。作为一个想要把所有事物全都掌握在自己手中的人，倘若真的有人自作主张地帮她把一切都安排妥当，她多半会发狂。因为那不是她想要的坐享其成，而是"失控"，一种她最惧怕、最不想发生的状况。

当我毫无保留地把自己的想法分享给简时，她表现得又惊又喜。惊的是连她自己都没有意识到的问题，我竟能一针见血地指出来；喜的是她相信我对她的了解已经到达了一个新的境界。

对于简的反应，我只能说她过于乐观了。虽然我很想接受她对我的这种肯定和赞赏，也很想真的成为那个对她的一切都如数家珍的人，但我实在没信心标榜自己对她了如指掌。因为我知道即便自己穷尽一生，大概也无法做到这一点。

如果把人生比作一本书，那我的生命之书应该是那种表面看来平淡无奇，细读之下却能拾得佳句的类型。而简的生命之书，则跌宕起伏，精彩万分。快意时，能令人心潮澎湃；伤心时，又教人黯然神伤。

我问简："你如此爱憎分明、言行激昂，怎么会选择做一名心理治疗师？"在我的印象中，心理工作者大多为人内敛、行事耐心，说起话来更是和风细雨，让人不知不觉就放下心来，一诉衷肠。而简的为人处事风格，则与这样的群体形象大相径庭。很难想象她是如何处理自己和同行间的这种反差的。简没有对我的问题做出正面回答，反倒笑着问我记不记得刚刚认识她那会儿，我是如何评价她的。我摇了摇头，说自己记不太清了。于是，她又问我如果只能用一个词来形容她，那个词会是什么。

"充满活力的[51]。"我脱口而出。

"哈哈，和当初的评价一模一样！"简大笑。

我有点惊讶自己事隔多年，竟然用了同一个词语去形容她，但很快又释然了。是啊，还有什么词比这个词，更适合简呢？她在三十多岁时，决定离开先前的工作领域，投身热爱已久的心理学事业，这样的积极能动性与适应变化的能力，令我既欣赏又折服；无论她走到哪里，周边的人总能感受到她身上所散发出的那股满满的能量，也正是这股能量深深打动着我，让我想要一直陪在她的身边；更难能可贵的是，她遇到任何的困难，似乎都有办法去解决；而她别出心裁的创意和缜密的思维能力，又总能令问题迎刃而解，激励着大家与她并肩而行。这样的简，可能会在诊疗之初，因为她

---

51 这里的"充满活力的"，在英文中对应的是"dynamic"一词。该词在形容一个人时，往往意味着有活力、积极主动、能够适应变化，且在面对新的挑战和环境时，能够灵活变通和积极应对。

的快节奏和鲜明的个性，令来访者感到有些不适应。但只要和她接触过一两次，就很难不被她的魅力所吸引，并在与她的相处过程中，重拾信心和希望。

"你说的这些我都赞同，但你只看到了果，却没有抓住因。"在我难得一口气说出一大堆溢美之词后，简高兴地简直合不拢嘴。笑称如果我能天天这么夸她，她至少能多活三十年。接着，她又兴致勃勃地和我分享她赢得来访者信任的终极法宝——自信。简告诉我，许多来访者都表示他们在遇见她之前，从未见过哪位治疗师能像她那样由内到外散发着自信的光芒。这种自信不仅能促进来访者对她的信任和对治疗效果的信心，还能对来访者起到积极的模范作用，潜移默化地帮助他们提升对自身的信心。

"有道理，你的自信的确有一种强大的气场，能让你周围的人都情不自禁地想要跟随你的脚步，与你共同前行，包括我在内。"我半打趣半认真地说。"不过，为什么你在自信的同时，又会对生命的不确定性如此惧怕呢？"我突然想起她这两天跟我分享的有关可乐猝死的梦境，以及该梦可能表达的无意识恐惧。

简摇了摇头，说自己也不太清楚，需要多一点儿时间去探索。

Fifth Week

星期一 / 一朵莲花

蒂芙尼

无垠的荒漠中,生长着一朵奇异的生命之花。她的美丽令许多途经的旅人停下脚步,与之分享自己的人生故事,并从她身上获得启示和力量。一天,荒漠迎来了一场接连数日的风暴。许多生命在灾难中灰飞烟灭,就连荒漠本身的面貌也发生了翻天覆地的变化。只有那朵生命之花,依然纹丝不动地站在那里。她虽然显得有些疲惫,却仍然散发出异彩与活力。

"我又酗酒了……"刚入座,蒂芙尼就冷不丁地对我说。

"什么时候的事?"虽然我有些哀其不幸、怒其不争,但我深知蒂芙尼的坦白代表着她对我的极度信任。如果我在这个时候像她的缓刑官一样对她进行说教,那么,刚刚建立起来的治疗联盟便会在顷刻间瓦解。作为一名心理治疗师,我更关注的是其行为背后的心理因素。

"好几天了……我整日整夜地睡不着觉,只能靠酒精助眠。"蒂芙尼的脸上写满疲惫。

"那精神科医生给你开的抗抑郁药还在吃吗?"我有些纳闷。通常抗抑郁药都有一些助眠效果,如果蒂芙尼遵照医嘱按时服药,应该不至连续几天都失眠。

蒂芙尼摇摇头，告诉我刚开始服用药物的时候，感觉还不错。但没过多久，药效便淡化了。"可能是我酗酒多年，对药物的耐受性太高了吧。"蒂芙尼喃喃自语道。

"那酒精就有效？"我问。

"我不知道，可能对入睡有点帮助吧。但我睡不深，时常做噩梦。"

"那这些噩梦都相同吗？"我问。

"有些相同，有些则不同。具体我也记不清了……"蒂芙尼答。

我请蒂芙尼仔细回想，希望可以从她的梦境中挖出一些蛛丝马迹。这让蒂芙尼有些为难，她不确定要不要还原那个反反复复侵扰她的噩梦，因为仅仅是回想就会让她很痛苦，并且有些情节过于荒诞，令她难以启齿。我提议她请出暗夜斗篷，这样可能会帮助她在叙述梦境时为自己创建一些安全距离。蒂芙尼想了想，微微点头，开始讲述那个缠绕她多年的噩梦。

"月朗星疏的夜晚，斗篷独自一人在房间里画画。突然，一声巨响，窗外的大树轰然倒下，窗上的玻璃裂成了碎片。奇怪的是，玻璃碎片并未四处飞溅，而是耐心地守在原地，仿佛在等待一个历史性时刻的到来。斗篷有些惊讶，又有些好奇。她放下画笔，走向窗前，想知道究竟是什么力量支撑着这些玻璃碎片坚守阵地。然而，从书桌到窗台寥寥数步的距离，斗篷却怎么也走不到终点。脚后跟似乎有股无名的力量在拼命地牵绊着她，致使她无论怎样发力，都寸步难行。正当斗篷百思不得其解时，一个似曾相识的身影出现在窗前。斗篷看不清那人的容貌，只知道此人和自己有着某种意义上的联结。斗篷想问他是谁,却发现自己怎么也开不了口。这让斗篷惊恐万分,她睁大双眼,试图看清来人的模样,却发现那人的整张脸都陷在阴影中,恍若可以吞噬万物的黑洞。斗篷想,可能她就快要死了,那个样貌不清的人,或许就是来收走她的死神。她有些难过,也有些愤怒。感觉自己的生命才刚开始就要凋零,很不公平。她想呐喊,向死神述说心中的种种委屈与不甘。可是她喊不出声来,只能任由身体里的那头愤怒的野兽横冲直撞,折腾得她遍体鳞伤。深深的无力感让斗篷陷入绝望,泪水夺眶而出,打湿了斗篷的脸庞,顺着双颊滑过颈部又流向胸部。斗篷感到一阵心悸,放眼窗外,皎洁的月光不知何时从死神的后方绕到了他的侧面。斗篷这才发现,原来死神的脸庞并非深不见底的黑洞,而是由万千枯藤织就的巢穴。巢穴的上半部分有一对猩红色的眼睛,上面密密麻麻插满了银针。斗篷再也无法承受心中的恐惧,她拼尽全力想要逃脱死神的魔爪,却发现自己依然浑身疲软,四肢乏力……"

"蒂芙尼,让我们先停在这里。"我借机插话。看得出来,虽然斗篷的代入,为蒂芙尼在心理上设置了一道安全屏障,使她在讲述梦境之初,显得较为平静;但随着剧情的逐步推进,蒂芙尼的呼吸变得越来越急促,甚至到后来有些窒息的感觉。这让我有些担心梦境所带给她的痛苦过于强烈,导致她入戏过深,被排山倒海般的情绪所吞没。于是,我请蒂芙尼暂停一下,喝口水润润嗓,然后,用稳步技术[52]帮她从痛楚的情绪中抽离,回到当下。待蒂芙尼的呼吸

---

[52] 稳步技术(grounding technique),指用五感或可以触碰的有形客体,帮助来访者将注意力从内在情绪中转移到外在世界的技术。

逐渐趋于平稳,我问她状态如何。她点点头,感谢我及时把她从极端恐惧中拉回现实,感觉好多了,可以继续。我赞叹她的勇气,毕竟蒂芙尼的描述既详尽又逼真,就连我这个局外人都很难做到完全不带情绪地去聆听。

"斗篷想要逃,可她发现自己周身疲软,完全使不出力。"我把蒂芙尼暂停前的话重复了一遍,以帮助她回到刚才的位置。

"斗篷绝望极了。恍惚中,她见到了奶奶、母亲和弟弟妹妹。"蒂芙尼接话,回到了梦境的叙述。"斗篷想,她可能真的要死了。不然为什么所有人都齐刷刷地出现在她面前?她想对家人说些什么,算是临终遗言。可是她依然开不了口。算了吧,斗篷想,其实也没什么好说的,无非是'我爱你们'之类无关紧要的话。但她还是好想说些什么……事实上,斗篷有好多好多的话想对奶奶说,想问奶奶为什么爱她的两个妹妹比爱斗篷更多?为什么她不能早点来菲律宾接斗篷?为什么她和斗篷妈妈之间的争吵要永远这样无休无止?可是她问不出来,不仅仅因为她发不出声,更因为她不知道该从何问起。是的,斗篷实在太爱奶奶了。即便她不是快要死了,即便她突然又可以说话了,她也不可能这样直接去问奶奶。她怕奶奶伤心,更怕得到自己并不想要的答案。斗篷痛苦极了,眼泪不停地往下掉,一颗一颗终于在她的脚下汇成了一片池塘。当清冽的池水漫过斗篷的脚踝,及过她的腰部,又没过她的头顶时,斗篷的身体开始发生变化。她感觉自己越来越轻,越来越小,渐渐变成了一朵莲花。斗篷又惊又喜,她一直很喜欢莲花。如今,她自己终于变成了一朵莲花。可就在斗篷欢天喜地地适应她的新角色时,一声巨响传来,窗上的玻璃碎片终于还是支撑不住,集体倒地阵亡。而死神也终于从窗外走了进来,一步一步逼近斗篷。'请不要把我带走。'斗篷在心里请求死神,'就让我做一朵安静的莲花。'但是死神听不见斗篷的话,他面无表情地伸出左手,想把斗篷从荷叶中折下来……"说到这里,蒂芙尼停了下来,平静地看着我说:"然后我就醒了。这样的梦反反复复出现过很多次,每次的情节都一模一样。"

"记得这样的梦是从什么时候开始出现的吗?"我问。

"不记得了。"蒂芙尼摇摇头,然后又沉思了一会,用不确定的语气说:"应该有好几年了吧……"

"所以,每次当那个看上去像死神的人伸手想要摘那朵莲花时,你就醒了?"蒂芙尼的梦看似离奇恐怖,但最后是留有希望的开放式结局。我想通过这样的问话,提醒她注意到这一点。

"嗯,是的。这说明什么?"蒂芙尼好奇地问。

"你觉得这说明什么?"我反问。虽然来访者通常都希望治疗师能对他们的梦境做出分析和解释,但事实上,尽管神经科学的不断进步为梦的理论发展奠定了一定的实证研究基础,但人类对梦的认知依然极为有限。因此,任何基于理论预设的释梦,都是主观且无效的。但这并不代表心理工作者不可以运用梦的素材,辅助来访者通过个人联想对自我的无意识或潜意识进行探索。

"我不知道……也许,这说明我并不想被死神带走?但梦中的我又太弱小,完全没有能力反抗。于是只好拼命让自己醒过来,这样他就无法伤害我?"蒂芙尼想了想说。

"我喜欢这个解释!"蒂芙尼对自己梦境的释意,令人备受鼓舞。看得出来，尽管生活带给她太多磨难，但她积极向生的心从未泯灭。接下来的时间，我把刚刚在其梦境中出现过的元素一一写在了白板上：大树、窗、玻璃、碎片、死神、黑洞、巢穴、银针、眼泪、池塘、荷花。

"如果可以，我想请你把这些词汇对你的意义写下来。"我说。

蒂芙尼沉思了一会，然后移步白板前，对应每个词汇写下了她的释义：

大树：家庭、生命、养育

窗：希望、联结、机遇

玻璃：冰冷、透明、隔离

碎片：紊乱、残缺、无用

死神：死亡、黑暗、恐惧

巢穴：归属、稳定、成长

银针：刺、伤害、疼痛

眼泪：无力、软弱、哀伤

池塘：无常、泥沙、折射

荷花：美丽、宁静、重生

蒂芙尼的注解大多与我个人对这些元素的理解大同小异。但由于我和她在文化背景以及个人经历方面相差甚远，因而在对有些元素的诠释上还是有着不小的差异。例如，深受中国文化影响的我，会很自然地将荷花与纯洁、脱俗、坚贞、自爱等词汇联系在一起，但对于美国环境下生长，且因其奶奶的缘故而笃信佛教的蒂芙尼而言，荷花的象征意义变成了美丽、宁静和重生。这些治疗师与来访者在对梦境元素理解上的异同点，正是为什么释梦工作必须以梦者为主、治疗师为辅的主要原因。

离诊疗结束只剩下不到五分钟的时间了。我建议蒂芙尼有空的时候，试着将这些有关梦境元素的联想性词汇填充到梦境之中，并记录下来。下次治疗的时候，我们将围绕这一梦境作更进一步的探索。

星期二/爱的姿态

马克和米亚

一

狐狸爸爸尼克和狐狸妈妈莉莉曾是森林里出了名的恩爱夫妇。然而,随着时间的推移,尼克总是试图彰显自己的捕猎能力,当上一家之主。而莉莉则觉得自己的付出并不比尼克少,不该被尼克强压一头。乌龟爷爷听闻,给夫妇俩带来了林中神物"灵犀草"。只要尼克和莉莉一争吵,灵犀草就会发出淡淡的草香,提醒他们问题的关键不在于谁来当这个一家之主,而是夫妇俩是否能够相互理解,为彼此放下姿态,支持对方做自己。

存在主义大师欧文·亚隆[53]认为,人类大部分的心理问题都来源于人际关系的失调。因而,有关人际冲突、关系创伤的探索与处理,通常是心理治疗的重中之重,尤其是在伴侣、家庭和团体治疗中。然而,要帮助来访者学会用有效沟通的方式来处理人际冲突却并非易事。临床中通用的做法之一,是教导并要求来访者在与他人交流时,采用以我为表达主体的陈述方式。这一旨在提升来访者冲

---

[53] 欧文·亚隆(Irvin D. Yalom),美国精神科医生、斯坦福大学精神科名誉教授,在存在主义疗法和团体治疗领域贡献卓著。同时,亚隆也是一位产出颇丰的知名作家,代表作包括《存在主义心理治疗》(*Existential Psychotherapy*)、《团体心理治疗的理论与实践》(*The Theory and Practice of Group Psychotherapy*)、《当尼采哭泣》(*When Nietzsche Wept*)和《爱的刽子手》(*Love's Executioner and Other Tales of Psychotherapy*)等。

突处置能力的沟通策略主要由三个部分组成：首先，用"当我看到（听到）……"的句式尽可能客观地陈述自己的所见所闻（不带主观意见的数据）；再用"我感到……"的句式表达自己的情绪感受（主观感受）以及触发这种情绪的原因（主观想法）；最后用"我希望……"的句式来表达自己对对方行为的期望（主观愿望）。这种三段式的主体性表述[54]沟通策略在冲突情境下尤为有效，既可以减少因指责而带来的误解和防御性反应，又可以帮助沟通者之间加深相互理解，建立更深层次的情感联结和信任。

然而在实际操作中，主体性表述的执行难度却很大，尤其是在伴侣之间。比如在与马克和米亚工作的时候，虽然我一再提醒他们采用主体性表述来表述自己的主观感受和需求，避免把焦点放在对方身上；奈何多年的婚姻生活，使两人早就建立起一套固有的沟通模式，习惯于用批评、蔑视、防御和石化等非建设性方法来避免将自身的脆弱性[55]暴露给对方。因此，即便夫妻俩在认知上理解建设性沟通[56]的重要性，主观上也很愿意在沟通时严格遵行主体性表述

---

54 主体性表述（I statement）指沟通中表达个体感受和需求的一种方式，强调使用第一人称来直接表达自己的情感、想法、观点或经历，而非指责或假设他人的意图。
55 脆弱性（vulnerability）在心理学语境中，通常指个体在面对压力、挑战或负面事件时容易受到心理伤害的特质。这种脆弱性可能源于个人的经历、性格特点、心理状态或社会环境等因素。承认自身的脆弱性被视为自我认识和情感发展的重要步骤，也是建立深层次人际关系的基础，尤其是在亲密关系、家庭关系中。
56 建设性沟通（constructive communication）是一种旨在促进理解、合作和解决问题的沟通方式。这种沟通方式强调积极、明确和尊重的交流，避免误解、冲突和负面情绪的升级。建设性沟通的核心在于促进有效的信息交换，增强关系，并共同寻求解决方案。

的规则,但实践中还是会无可避免地回归他们原有的沟通模式。尤其当冲突产生时,双方更是很难不受愤怒、失望、受伤等强烈情绪的影响,平心静气地表达自己的感受和需求。用米亚自己的话来说,就是"哀己不幸,怒己不争"。越是不想"犯错误",就越是情不自禁地"走老路"。故而,我在上周治疗接近尾声时,再三叮嘱两人务必勤加练习,争取通过不懈的努力培养出新的沟通习惯,并以此来取代旧有的非建设性沟通模式。

时隔一周,我对他们的"家庭作业"完成度很是好奇,因为这不仅可以从侧面反映出他俩对改善这段关系的积极性有多高,还可以为接下来的诊疗方向提供有价值的参考。于是,我在诊疗一开始,便开门见山地向他们发出提问。令我喜出望外的是,马克和米亚不仅表示他们在过去一周的沟通交流中,严格遵行主体性表述的公式,更是在冲突发生后,总结自己打破规则的自身原因。甚至在意识到自己的不当言行后,当场向对方致歉。此外,俩人还和路卡斯一起玩了好多次"拔河"比赛,一家三口也因为这个游戏,找回了久违的欢笑声和亲密感。

"简,看来即兴游戏很适合我们,你今天要不要让我们再试试什么新的游戏?"马克微笑着问我。

"当然。"我笑答,"作为一名戏剧治疗师,每当有来访者分享他们对戏剧游戏的热爱时,我就特别地高兴。不过,在介绍新的练习以前,我很想知道你们在玩了这么多次'拔河'以后,是否有了些新的感悟?"

"有的。"米亚不假思索地答道,"在你这里玩时,只有我们两个人。所以即便明知是游戏，我也始终有种想要赢马克的感觉。但在家里和路卡斯一起玩时，这种想赢的感觉竟然完全消失了。相反，我还想方设法地让儿子胜出。而当马克说他也想加入我们时，我的第一个念头就是想和儿子组队，因为只有母子合心，才能扳倒马克。事后，我对我的这些下意识反应很好奇，不明白自己为什么就一定要赢过马克，又为什么在儿子面前却完全没有好胜心。"

"很好！"我对米亚的反思表示肯定，然后把目光投向马克，请他谈谈他自己的想法和感受。

"我和米亚一样，也想和儿子组一队。不过我这么想并不是因为我想赢米亚，而是感觉只有儿子和我一个阵营，我才能不计较得失，尽情享受全家一起玩乐的过程。"马克分享道。

"有意思"。我感叹道，脑海中飞速闪过戏剧治疗大师丹尼尔·维纳有关姿态[57]的论述。维纳认为，个体的姿态不是固定不变的，而是根据当下的环境和与之互动的他人而不断调整的。当米亚和马克单独相处时，她想用高姿态来压过丈夫。这样的愿望可能源自一种心理慰藉的需求，希望通过心理气势上的辗压来弥补其在财务方面的弱势地位；也可能是她在原生家庭中所持有的主导性姿态立场[58]的延续。然而，当米亚与路卡斯相处时，这种针对丈夫所采用的高姿态却似乎自然调整为了一种低姿态，以满足儿子的需求，即便那些需求仅仅是她自己假设的，并未经过路卡斯本人的验

---

57 根据维纳的定义，姿态（status）指个体相对于他人或他事被感知的重要性。
58 姿态立场（status position）是维纳博士提出的一个有关姿态的概念，指的是个体在社交互动中所扮演的角色，以及如何通过角色扮演来与他人互动并影响他人。

证。反观自述在与妻子的互动中时常感到压力的马克，多少在意识层面或至少潜意识层面感受到了米亚对他所采取的高姿态。然而，他并不想总是生活在妻子的高压之下，而是希望自己能和米亚平起平坐。这就造成了一种姿态冲突[59]，而路卡斯的存在则在无形之中成了调和这种冲突的"利器"——谁能和路卡斯结成联盟，谁就能掌握更多的主动权来对抗另一方。这与家庭系统理论中所提出的三角化[60]的概念有些相似。不同的是，三角化更多强调的是显性的行为，即在双方关系紧张时，将第三人拉入两者间的互动，以减轻和避免直接冲突。而姿态冲突则更多表现在隐性的心理造势，用与第三人结盟的方式，降低对方的姿态。当然，我的这些想法只是理论上的推测，并不能以此定论马克和米亚以及他们的儿子之间的姿态关系。于是，我打算用姿态游戏来向夫妻俩介绍有关姿态的这些概念，帮助他们加深对双方互动中所产生的关系动力的理解。

我请马克扮演一个为了完成业绩而低三下四地求顾客买单的鞋店销售员肖恩，而米亚则扮演一位自我优越感爆棚，认为有钱就能高高在上的顾客萝丝。米亚很满意我分配给她的角色，未等我发出"开始"的指令，便兴冲冲地开始了她的即兴表演。只见她所扮

---

[59] 姿态冲突（status conflict）是维纳博士提出的另一个有关姿态的概念，指个体与他人的社交互动时，给予或接收到的姿态与对方所想要接收或给予的姿态之间存在矛盾。

[60] 三角化（triangulation）是家庭系统理论（family systems theory）的创立者默里·鲍文（Murray Bowen）提出的一个核心概念，通常指家庭成员之间的一种情感配置。关系紧张的双方将第三人拉入他们的互动中，以减轻紧张和避免直接冲突。这种三角化过程可以稳定家庭系统，也可能导致新的问题和情感压力，尤其是当第三人（通常是孩子）被用作调节父母关系紧张的工具时。

演的萝丝一边跷起二郎腿,一边用手不停地指向想象中的"货架",要求马克扮演的销售员肖恩为她取鞋和试鞋。为了将自己的高姿态发挥到极致,萝丝还要求肖恩采用跪式服务,告诉他只要他服务到位,帮他完成多少业绩都不成问题。而肖恩则满脸堆笑,极尽所能地讨好萝丝,希望满足她的一切要求。见俩人入戏已深,我忽然发出"暂停"指令,要求他们的角色在接下来的表演中反转姿态的方向,并为这种反转找到合理的托词。没等米亚反应过来,马克便迫不及待地拉下了脸,以肖恩的身份指责起萝丝,说她过于挑剔,害他忙前忙后好几个小时,也没见她下一张单。萝丝刚想说点什么,肖恩又冷笑着嘲讽起萝丝,让她没钱别老摆出一副富太太的谱,看着令人作呕。肖恩尖酸的语言和极尽嘲讽的表情似乎刺痛了萝丝,令刚才还盛气凌人的她僵在了那里,一言不发。

我知道此刻的米亚很可能已经打破角色[61],很难再继续下去了。于是我叫停了两人的表演,请他们分享各自在练习中的感受。

"简,你看到了吧,米亚平日里就是这个样子,一定要人捧着,不然就生气。"马克评论道。

"马克,我希望你用'主体性表述'来重新分享你的感受。"我提醒马克注意自己的言辞。

"对不起……"马克为自己又一次的言行失当致歉,然后表示当他看到米亚在他反转姿态后即刻就不作声时,他感觉有些气恼,因为这让他想到了过往的种种,以及那个永远在忍气吞声的自己。

---

[61] 打破角色(break character)是一种戏剧术语,通常指演员在表演过程中因为某些原因失去了对所扮角色的控制,跳出了角色本身。

他希望有朝一日，这样的模式可以有所改变。

我对马克的坦诚分享表示肯定，然后问米亚是否有什么想说的，但她却摇了摇头，表示自己也不知道刚才是怎么了，就是突然觉得很难过。

"是因为肖恩讽刺罗丝，说她没钱装有钱吗？"我试图用这样的问句，来拉开米亚与其所扮演的萝丝这个角色之间的距离。

"嗯，应该是的……"米亚若有所思地点了点头，又犹豫了片刻，鼓起勇气向我和马克坦承，自己的虚荣心经常驱使她去高档的百货商店闲逛，又因为担心别人看不起她，总是在店员面前装出一副不差钱的样子，再用各种托词离开。所以，刚刚马克的讽刺令她感到非常羞愧和尴尬，一时不知如何接戏。

显然，我创造的这一买鞋的虚拟场景，无意间与米亚的真实生活重叠，故而令她出戏了。我为自己的无心之失向米亚表示歉意，马克也为自己方才的武断猜测而向妻子致歉，并表示虽然他们目前经济并不富裕，但买一两双鞋的底气还是有的，承诺治疗一结束，就带妻子买鞋去。这么一来，米亚转悲为喜，感谢马克的体贴，并表示自己也要做一个体贴的妻子，只要马克等会给她买一个抹茶冰淇淋就行了。

看见米亚开心的模样，我的心情也轻松了不少。治疗接近尾声时，我照常给夫妻俩布置了"家庭作业"，让他们继续练习主体性表述，有兴趣的话，也可以尝试自己设计一些即兴场景，练习姿态冲突间的不断反转。

星期三/危险游戏

艾伦

一

少年蒙蒙想要离开小镇,去外面的世界闯荡。家人听闻,纷纷反对,警告他小镇外充满了陷阱,非常危险。但年轻气盛的蒙蒙哪里听得进家人的劝告。他认为只有经历了危险,才能证明自己的勇气和智慧。在出门历练的日子里,蒙蒙的生活险象环生,经历了许多的磨难和挑战。他这才意识到家人的忠告不无道理。平静安宁的生活固然有些单调,其背后却蕴含着生命的智慧和平衡。

原定下午四点的家庭治疗,未能如期进行。先是莱拉一早发来电邮,称工作太忙不得不再次请假。然后又接到卡罗斯的电话,说是汽车修理部那里出了些状况需要他紧急处理。虽然两人言辞恳切,对无法参加家庭会议表示遗憾,可我却总觉得哪里不对劲,感到他们似乎在有意回避什么。为了尽可能不打破一周一次的治疗频率,我提议把家庭治疗和个案治疗的时间对调,这样我也能充分利用周三空出来的这个时间段,和艾伦单独聊聊。"没问题!"艾伦在电话中爽快地接受了我的提议。不一会儿,莱拉和卡罗斯也分别发来简短的回复,表示会竭尽所能,参加周五的会议。

和在家庭治疗中所表现出来的专注不同,艾伦在一对一的治疗中总是显得有些心不在焉，时常顾左右而言他。起初，我对他的分心并未放在心上。一方面，青春期少年在治疗初期往往对心理治疗有些排斥，不配合是情理之中的事。另一方面，艾伦曾被学校的心理学家诊断为多动症[62]，很难保持精力的集中。然而，前两周的家庭治疗却让我对艾伦有了新的认识：长达九十分钟的治疗时间，他可以自始至终全神贯注，毫不分心地倾听、表达和参与。

这让我对他的多动症产生了好奇。因此，我在治疗一开始，就邀请艾伦和我一起玩一个静观游戏。沙盘室中有许多迷你的人物和物体造型，我请艾伦随手挑七件出来，在茶几上放成一排。然后，我请他花一分钟时间，仔细观察这些迷你物件的特征。接着，我请他闭上眼睛，并在他闭眼时随机调整了几件物品的顺序，再请他睁眼，指出哪些物件的顺序被移动过。因为艾伦在我让他观察物品特征时并未真的上心，所以他给出的答案自然也不尽人意。他有些尴尬，要求再来一局，声称这次必定能确保所有顺序都准确无误。果然，因为集中了精力，第二回的测试效果十分理想，即便我把所有物件的顺序全部打乱，他也能完整无缺地把它们归位到原来的位置。这一下艾伦兴致高涨起来，接二连三地要求再玩几轮，并在每一轮开始前都主动要求增加物件的数量来增加游戏的难度。

几局下来，我对艾伦惊人的记忆力和专注力留下了深刻的印象，感叹自己是绝对达不到他所挑战的高度的。艾伦有些沾沾自喜，告诉我只要是他感兴趣的事，就可以连续数小时不吃不喝，专

---

62 多动症是注意缺陷多动障碍（attention-deficit/hyperactivity disorder，ADHD）的简称，是一种常见的神经发育障碍，特征包括注意力不集中、冲动和过度活跃。

注其中，打电动如此，打篮球亦是如此。这种对感兴趣或喜欢的事物表现出超强专注度的现象，在临床上被称为超级聚焦[63]，与多动症相关联的注意力缺陷症状有着鲜明的对比。因此，要治疗艾伦的多动症，不仅关乎注意力的提升，还要涉及注意力的分配和自我调节能力，以确保他能在不同的任务和活动之间有效地切换注意力。这显然已超出我的专业能力范围，需要有擅长处理这些综合症状的专家对他进行专项治疗。不过，除了注意力的问题，多动症的另一个主要特征是冲动，而这正是艾伦的缓刑官和家人希望我能帮到艾伦的地方。事实上，冲动行为是大多数在司法机构备案的青少年的普遍特征之一。但行为只不过是表象，要想阻止这种行为，就必须了解造成表象的心理成因。有时候，诱发冲动的可能只是一种心理因素，但更多时候则是由多种因素盘根错节而导致。比如艾伦，他的冲动行为既有可能是多动症的一个特征表现，也有可能是情绪不稳定、认知功能障碍、寻求刺激和即时满足等多种因素混杂的结果。我要做的就是抽丝剥茧，把这些根源一个个挖出来，再逐一处理。

考虑到我和艾伦的治疗联盟已基本稳固，我认为是时候直面问题、切入主题了。

"艾伦，我们在一起工作已经有三个多月了，但至今为止，仍然没有详细聊过你被捕的原因。检察官对你的指控是故意伤害，但你一直没有认罪。我想知道这是为什么？当然，如果你不方便说，

---

[63] 超级聚焦（hyper-focus），指个体对于感兴趣的事会表现出异乎寻常的专注度，甚至可以长时间忽略其他事物，包括时间的流逝。这种现象既可以发生在多动症患者身上，也可发生在普通群体中。

我也能理解，所以请千万不要勉强自己。"我试探性地问道。

"哈哈！我妈不让我对任何人说，但事实上就连她也不知道这其中的真正缘由。"艾伦看似轻松地回应道，"不过，你这段时间在我身上花的心思，我是看在眼里的。可以说，我对你的依赖和信任从某种角度上来说，甚至超过了对我妈的信任，因为你不会像我妈一样随意地给我下定论。只不过，如果我真的把真相告诉你，你能保证为我保密吗？也就是说，我希望这是你我之间才有的秘密。"

根据我和缓刑部签的协定，虽然我有义务向罗伯特定期更新治疗进展，却没有规定我要事无巨细地将治疗涉及的所有谈话内容全都记录下来并报告给缓刑官。唯一的例外是法庭传唤，假如法庭让我提供治疗记录，而我又在记录中详细描述了我和艾伦的所有谈话内容，那么我是无法为他保密的。但通常情况下，为了保护案主的隐私，我并不会把所有谈话细节都记录在案，尤其是这种敏感的内容。我把这些解释给艾伦听，请他自行决定是否要继续往下讲。他想了想表示没问题，说只有我知道了全部的真相，才能知道怎样更好地帮助他。

于是，我期待已久的真相终于浮出了水面。只是，这个真相让我有些始料未及，甚至感觉毛骨悚然。艾伦告诉我，案卷上所记载的掐女同学脖子的事是真的，且类似事件并非只发生过一次，而是在他们这些同龄人之间时有发生。所谓的掐脖子也并非我们这些成年人想象的那样暴力，而是一种名叫"窒息"的游戏。通过自掐脖颈或由他人代劳的方式，致使脑部缺氧并借此达到短暂的兴奋状态。事发当日，艾伦和一群玩伴约在学校内的一个偏僻之处，轮流玩这种游戏。大多数人是自掐，所以坚持不了几秒就松了手。轮到一位名叫琳达的女生上场时，琳达指定艾伦代劳，说她想玩把大的，艾伦看上去高大威猛，肯定能帮她获得最极致的感受。遇事冲动、不计后果的艾伦未及多想，就在众人的起哄下上了场。没想到越玩越兴奋，手里渐渐失了轻重，直到有同伴发现琳达的脸色出现异常后惊叫，才让艾伦意识到事情的严重性。虽然他立即松了手，但琳达的脸色还是十分苍白。大家怕惹祸上身，一溜烟呈鸟兽散，留下艾伦一人一边忙着帮琳达缓气，一边拨打急救电话求助。事后，琳达向所有人谎称自己因拒绝艾伦的求爱而被恼羞成怒的艾伦伤害窒息。而艾伦则一口咬定自己并没有伤害琳达，至于其他则一概三缄其口，一问三不知。我问他为何不能将真相公诸于众，艾伦故作轻松地耸了耸肩，表示他和玩伴们有口头约定，谁都不能向外透露半个字，不然就是叛徒，会被人看不起的。我又问他事后有没有人还在玩这种游戏，艾伦坚定地摇了摇头，表示此事闹得太大，没人敢继续了。

我被艾伦讲述的真相惊得目瞪口呆，久久不知自己接下来该如何应对。如此骇人听闻、仿若影视剧般的情节，竟然就这样真实地发生在我的周围。我不知道这样的事件一旦公之于众，艾伦的学校会对自己的全然不知情作何感想？警察、检察官、法官们会不会因为这样的真相撤销或更改对艾伦的控诉？这些孩子的家长以及周遭的社区甚至是整座城市又会不会发起联动，预防和干预如此危险的"游戏"？

还有我自己，虽然向艾伦承诺过只要不触及保密协议的例外条款，我就会为他保密；但得知这样的真相之后，我很难无动于衷。因为即便艾伦和他的那些同伴因为此事吓破了胆，暂时不会再重蹈覆辙，但这样危险的行为如若不及时拿出应对之策来预防，就不可能确保避免悲剧。我进退两难，第一次不知所措起来……

星期四/父与子

程乐、杨柳和程鹏

就像远古的水手需要依靠星辰导航,家庭成员之间也需通过理解和沟通的星光,指引彼此穿越心间的迷雾,找回那片被记忆遗忘的温柔乡。

　　上周的家庭会议成果颇丰。在周一与程乐的一对一会见中,他喜滋滋地告诉我,母亲对他的态度有了很大的转变。不仅不再对他念"多学习、少玩乐"的紧箍咒,还主动表示会支持他自我管理的意愿。这让程乐意识到,母亲可能一直都是爱他的,只是以前不懂得如何用他所接受的方式去爱他。想到多年来一直对母亲误会颇深,程乐觉得有些心酸,也有些心疼母亲。他记得小时候父亲的脾气极度暴躁,动不动就摔东西,且三天两头在外面喝得酩酊大醉,然后回家拿母亲撒气。这让程乐对父亲十分厌恶,认为他是旧社会封建残余思想的化身。同时,他对母亲的感情又十分矛盾。他同情母亲的遭遇,又对母亲逆来顺受,迁就父亲的行为相当地反感。我问他是否与父母交流过这些想法,他摇了摇头,表示父亲没有时间也不会有兴趣了解,因为在父亲心中,他只是个永远长不大的小屁孩。我问程乐是否可以邀请他的父亲通过视频连线的方式一起参加周四的家庭会议。他连连摆手,说这不可能,一来他的父亲整天忙生意,根本无暇参加;二来他也不认为父亲可以像母亲一样,通过交流沟通转性。我问他是否可以让我试试和他的父亲沟通一下。他犹豫片刻,模棱两可地点了点头,又摇了摇头,表示虽然他并不反对我这么做,但他确信我是不会成功的。

面谈结束后,我打算给杨柳打个电话,问她是否可以安排我与她的丈夫通话。不料杨柳却自己把电话打到了我办公室,说是她把这几周的家庭会议内容一五一十地向远在国内的丈夫程鹏作了转述。程鹏交代妻子一定要代表他向我致谢,并问我是否介意他一起出席下次的家庭会议。我喜出望外,提醒杨柳事先征得程乐的意见。杨柳立即让我放心,宣称自己现在时刻把尊重儿子的意见放在首位。

为了适应程鹏在国内的时差,周四的家庭会议时间被延后一小时,定在了下午四点。程乐母子比约定的时间早到了大半个小时,前台负责接待的安娜把他们迎进了配有挂壁电视的7号诊疗室,方便程乐在会议开始前做好视频连线的技术性准备工作。等我四点准时出现在诊疗室时,程乐一家早已准备就绪。我注意到程乐第一次与自己的母亲坐在了同一张沙发上。只见他左手握着奶茶,右手挽着杨柳的左臂,与母亲有说有笑,十分亲密。而程鹏则形单影只地坐在老板椅上,通过屏幕乐呵呵地看着自己的妻子和儿子。我向程鹏表示欢迎,问他对于通过这样的方式参加家庭会议有何感受。程鹏摸了摸自己的板寸头,尴尬地笑了笑,说自己主持过大大小小无数次公司会议,却从未主持或参加过家庭会议,更不要说是用视频连线的方式远程参加了。接着他表示自己很珍视这次机会,让他既能在我的专业指导下学习如何管教儿子，又能与数月未见的儿子有一次坦诚相待的机会。我注意到他用了"管教"一词，便问他关于育儿有何体会。程鹏不好意思地又摸了摸脑袋，思忖了一下说，自己不是一个称职的父亲，谈生意经可以，谈育儿经恐怕不够格。我又问他为什么觉得自己不是个称职的父亲，他沉默了一会，低头摆弄办公桌上的石雕镇纸。我不语，一边静静地等待着程鹏的回复，一边观察程乐母子的反应。杨柳显得很平静，正襟危坐在沙发的边沿。而程乐则把整个身子都陷在了大半个沙发里，目不转睛地注视着电视屏幕中的父亲。

"我生意上的事太多，一直没什么时间陪儿子。但我希望他可以理解我，毕竟一大家子人都靠着我吃饭，我也很无奈。"程鹏说话的时候，始终没有抬眼，手上仍在摆玩着桌上的镇纸，仿佛想要抓住一些依托。

"谁要你养了？"父亲话音未落，程乐就突然一个弹跳从沙发上站了起来，冲着屏幕里的父亲大声怒吼。"我最烦你这种说辞！动不动就是你没办法，你也是为了这个家！你不一门心思把脑袋钻进钱眼里，我妈就不用为了帮你照顾这个家而辞职，我也不会有爸像没爸一样，过着孤魂野鬼般在异国他乡漂流的日子。你觉得自己了不起，在外面人模狗样，指挥这指挥那，就可以在家里也作威作福、发号施令。对不起，我不是你的员工，我妈也不是。我们不需要陪你玩！"

程乐的慷慨激昂让他的父亲惊得目瞪口呆，久久说不出话来。杨柳见状慌忙起身，一边强行把儿子拽回沙发坐下，一边好言安慰劝他好好说话。

"你这是什么态度？！"程鹏愣了一会儿，总算回过神来。"我把你送到美国是让你学习他们的绅士做派的。你看看你现在像什么样子？一点教养都没有，真替你害臊！"程鹏越说越来气，脸上的青筋都微微爆了起来。

"我没有教养？！对，我是没有教养，因为你这个做老子的从来没教过我！"刚刚被母亲安抚下来的程乐听父亲如此说他，又激动地从沙发上噌地一下跳到了地上，拔腿朝房门走去。快到门口的时候，又似乎想起了什么，扭过头冲着视频里的父亲冷冷地瞅了一眼，用极尽嘲讽的口吻对父亲说："不好意思，我说错了。不是你没教，是你根本没这能力教！"言毕，打开房门，扬长而去。

"你就少说两句吧，医生还在这里。"杨柳见程乐夺门而出，愈发慌了神，一边数落丈夫，一边起身追儿子。而程鹏则呆若木鸡般地定在他的老板椅上，两眼发直。过了好一会儿，他终于起身给自己沏了杯热茶。喝了几口定了定神，又坐回到办公桌前。

"不好意思啊，医生，刚才是我失态了，没有控制好自己的情绪，让你见笑了。"许是儿子的举动让程鹏意识到了事情的严重性，又或许是妻子的话让程鹏想起了家丑不可外扬的古训，他努力平复着心绪，一边用双手的食指按压着太阳穴，一边苦笑着给自己打圆场。

家人之间的争吵在家庭治疗中时有发生，这对我来说并不意外。相反，我很高兴他们能在会议一开始就袒露自己的想法，宣泄压抑的情绪，因为这表示大家都觉得我所提供的空间让他们感觉很安全。我把自己的想法分享给程鹏听，这让他大大松了口气。此时，杨柳拽着程乐回到了诊疗室。与会议伊始紧挨着母亲有说有笑的情景不同，程乐闷声不响一屁股坐在了离房门最近的单人沙发上，看上去似乎依然余怒未消。我请大家细细回想一下刚才的自己都经历了哪些情绪。

"我感到害怕。"杨柳第一个开口，"不怕你笑话，医生，他们俩像今天这样的争吵已经不是一两次了。一见面就像天雷对地火一般，说爆就爆，劝都劝不住。"杨柳看了眼儿子，又瞅了眼丈夫，无奈地叹了口气。

我问杨柳为何感到害怕，她摇了摇头说不知道，就是每次一见到父子俩剑拔弩张，就感觉天要塌了。见母亲可怜巴巴、无所适从的模样，程乐忍不住乐了起来。但他很快收住笑容，用自嘲的口吻说自己的佛系气质终究还是没能修炼到位，以致方才为怨念所困，失了风度。我被他少年老成的样子逗乐了，笑问他为何要做佛系青年。他冷冷地看了一眼屏幕里的父亲，说有这样的老子，就不配有感情。唯有立地成佛，才能无悲无喜，无情无痛。

程乐的话让我的心隐隐作痛，想起了之前经手的案例，有不少与之年龄相仿的孩子都因为原生家庭所带来的种种伤害而刻意与自己的情感保持距离。但事实上，几乎没人可以做到永远隔绝自己的情绪。大多时候，情绪被它的主人用意识强行关在牢囚里，过着暗无天日的日子。可关的时间越久，情绪身上所积累的戾气就会越重。待到哪天主人的意识稍有松懈，情绪就会突破枷锁，冲出牢笼，如洪水猛兽一般疯狂袭击它的主人，报复主人长久以来对它的折磨与无视。

"乐乐,你这么说话真的很不负责任。"程鹏显得有些痛心疾首,"什么叫有我这样的父亲,你就不配有感情?爸爸这么辛苦,不都是为了你,为了你能拥有这世上最好的东西?!"

见程鹏又要端出一副说教的模样,我连忙提醒他把注意力先放在自己身上,谈谈方才的他都经历了哪些情绪。程鹏叹了口气,说不知从何谈起。只记得自己对儿子很失望,认为程乐不该这么没良心,完全不懂得感恩。父亲的说辞再次激怒了程乐,他二话不说,霍然起身,头也不回地冲出了诊疗室。

"你真的是把他惯坏了。"程鹏气恼地一边摇头,一边指责着妻子。

"都是我的错行了吧!"杨柳没好气地回嘴道,再次起身追程乐。

短时间内两次愤然离开诊疗室,这在之前与程乐的个人面谈以及与母子俩的家庭会议中都未曾发生过。很显然,程鹏一张口就数落儿子的说话方式,让程乐忍无可忍。更重要的是,在程鹏的意识中,老子教训儿子是他天经地义的权力。也就是说,父子俩的关系是不平等的。这让渴望父子亲情又拒绝不平等对话的程乐很难平心静气地坐下来,与父亲推心置腹地交谈。我看了下时针,距离诊疗结束还剩下不到二十分钟。即便杨柳能把儿子再次劝返到会议室,余下的时间也不太可能有什么突破性的进展。于是我电话杨柳,让她不用担心我们这边,只管安抚好程乐,然后问视频中垂头丧气的程鹏是否有兴趣单独和我谈一谈。程鹏立即点头,开始大谈自己的人生经历，说自己走到今天很不容易，好几次眼看生意就快撑不下去的时候，甚至想到过自杀；却又因为狠不下心抛下父母妻儿，只能放下轻生的念头，硬是咬着牙迎难而上，度过了一次又一次的难关。我问他程乐是否知道这些，他摇摇头，说这种事是绝对不可能让妻儿知道的，不想他们为自己担心。我又问他在想要轻生时是否寻求过专业疏导，他又摇头，说自己可没有儿子这么好的福气，能碰到我这么好的医生。而且他当时也不知道有心理治疗这种服务，就算知道了也不会去，因为那就等同于给自己贴上了一张"精神病人"的标签。不过现在不同了，自从几个月前收到儿子因自残住进了美国精神科病房的通知，他就开始反思自己当年是否也患过抑郁症。记忆中，他好像也在极度痛苦的时候，用刀片割过自己。说到这里，程鹏停了下来，问我是否可以收下他这个病人。他以前只相信烟和酒精，认为只有这些才可以帮他远离精神上的痛苦。但这两个月，杨柳不断跟他更新儿子的治疗进程，令他对心理治疗的效果以及我的专业能力越来越信服，很想自己也能在我这里得到帮助。只要我愿意，他可以出高价购买我的服务。我谢绝了程鹏的请求，表示我目前是程乐的治疗师，如果同时接收除他以外的其他家庭成员，会产生不必要的冲突并破坏治疗联盟及进程。但我可以把程鹏转介给国内的同行，并在父子俩授权的前提下，与他的治疗师共通信息。我的婉拒令程鹏深表钦佩，连声赞叹我这种不为金钱所动的行为实在是高风亮节，令其甘拜下风。

星期五/情绪乐队

密斯顿监狱
一

每个人都承载着自己的旋律，或明亮跳跃，或低沉忧郁。当这些音符交织在一起，它们所展现的不再是单调的独奏，而是一曲既独立又相连的生命乐章。

距离公演只剩下一周的时间了，我请团体三人一组，用雕塑[64]来表现他们对即将到来的演出的情绪与感受。这是戏剧治疗师在临床实践中常用的一种技术，可以帮助来访者通过形塑自身或他人，去外化一种情绪、一个角色或是一种关系。

十分钟后，各小组纷纷表示大功告成。我请大家以小组为单位，逐一登台亮相。轮到艾力小组最后一个出场时，现场的气氛已近高潮。随着台下齐声高喊"灯光、摄像、开场"，艾力和其他两名小组成员瞬间从活蹦乱跳的大活人变成了形态各异的静态雕塑。只见乔纳森右手叉腰、左手下垂，昂首挺胸地站在舞台中央，一副

---

[64] 雕塑（sculpture）是戏剧治疗和心理剧常用的一种技术，用来视觉化地表现一个角色。在团体治疗中，充当"雕塑家"的成员可以通过移动另一个或多个充当"黏土"的人来摆出特定的姿势或造型，甚至为雕塑配上一到两句台词。该技术可以帮助团体成员们安全地练习身体的互动，并探索如何使用另一个人的身体来有效地构建他们思考的视觉表现。

信心十足的样子；而人高马大的约翰则蜷缩在乔纳森的右脚跟，双唇紧闭、双手抱胸，显得既卑微又无助；乔纳森的左侧，是眉头紧锁、神情凝重的艾力。只见他右腿跪地，左手托腮，仿佛正在试图解答一道困惑已久的人生难题。

我请台下的观众分别从自身的角度去猜测这三尊雕塑分别表达的是怎样的情绪。

"中间的是自信，两边的一个是胆怯，一个是忧虑。"比利抢先答道。

"也可以是自信、不安与恐惧。"费费补充道。

"我怎么觉得是迷茫、自卑和盲目自信？"爱德蒙说。

一圈下来，团体对乔纳森变身的雕塑意见大致相同，认为是自信的化身。但对约翰与艾力所具身化的雕塑颇有争议。我请台上的三人分别准备一段简短的独白，然后按照从左到右的顺序演绎出来。

"我不知道我到时能不能正常发挥。越临近演出，我就越紧张。毕竟，像我这种再简单的事都会搞砸的人，是没有理由不担心自己会砸场的。"约翰一边说，一边双手抱头，把脑袋埋入膝间，回归雕像的静态。

"我感觉很兴奋。辛苦这么久，终于要公演了。我相信我们一定会收获数不尽的掌声，因为我们每一个人都很棒。不，我们是最棒的。"乔纳森举起双臂，语气中充满着自信。

"我不知道我要怎么说，才可以准确表达我此刻的心情，应该是很矛盾吧。一方面，我很期待这场演出；但另一方面，又很不想面对演出的到来。毕竟，公演一结束，我们这个团体就要解散了。简会离开我们，比利和费费即将刑满释放，就连我自己也要离开密斯顿，转去别的监狱服刑。想到好不容易在这里感受到的人与人的联结，马上就要随着这场演出曲终人散，我就有些感伤……"艾力说到这里，开始哽咽。这让我和在场的每位团体成员都有些伤感，全场静默了好长一段时间。我很想告诉大家"天下没有不散的筵席"，又或是说些"今天的离别是为了明日的相聚"之类的场面话。可是话到嘴边，又觉得说什么都是多余。团体的情绪此刻已经到达了一个全体共情的点，而我需要做的是怎么利用这个点，去燃爆团体的激情，为最后一周的彩排加油鼓气。

我请全体成员上台，列成两排，每人想一句能表达当下情绪的简短台词。等大家都准备好以后，我站到团体面前，将双手举于胸前，充当情绪乐队[65]的指挥。我的右手首先指向站在第二排右首的汤姆。"我很兴奋。"收到我的眼神，汤姆即刻用饱含激情的语调说道。我把右手略微向下送了送，示意汤姆调低音量，把之前的台词重复一遍。紧接着，我将目光和左手划向站在前排左起第三个位置的爱德蒙，示意他开口。"我有些担心。"爱德蒙用低到几乎听不见的音量说道。我将手向上抬了抬，示意汤姆将音量调高，接着又将目光转向站在前排中间的乔纳森。"我对我们有信心。"乔纳森扯着

65　情绪乐队（emotional orchestra）是瑞芮·伊姆娜（Renée Emunah）在其著作《从换幕到真实》(*Acting for Real*)中提及的一种戏剧治疗技术。通常由团体治疗师饰演乐队指挥，指导团体成员或以声音，或用台词来表达各自的情绪。指挥者亦可通过手势，调节各和声部的音量和节拍，以达到独唱、重唱或合唱等不同的表演效果。

嗓门呼喊道。由于担心和有信心属于相互冲突的情绪,在戏剧表现上可以体现强大的张力,我用手势示意爱德蒙和乔纳森的两股声音形成一高一低的二重唱。

"我有些担心"。爱德蒙低声说。

"我对我们有信心。"乔纳森用高亢的声调回应道。

"我有些担心"。爱德蒙在我的示意下继续低声说。

"我对我们有信心。"乔纳森继续情绪饱满地回应道。

几个来回后,我将目光转向别的团体成员,指导他们用不同的声调和节奏演绎自己的台词。其间,我会把相互关联或冲突的台词,用或紧或慢或高或低的形式交织在一起,组成二重唱或是小组唱。当我感到某句台词所包含的情绪特别震撼人心,能够引发多人共鸣时,我也会单独延长与放大该台词的长度和强度,以突显该台词的戏剧张力。等团体情绪因为乐队的集体演出逐步攀向顶峰时,我指挥大家同时大声喊出自己的台词,并在不断重复中一遍又一遍提高音量,宣泄情绪。顷刻间,各种情绪仿佛插上了翅膀,随着主人的声音飞向了排练厅的上空。当我感觉团体的情绪已经爆发到顶点时,我挥手做了个收音的动作,将乐队的表演收在了最强有力的一刻。

短暂的休息过后,我将团体聚成一个圆圈,邀请大家分享各自在方才的两组活动中的体验与感受。

"我感到现在自己浑身上下都很轻松。"爱德蒙抢先发言。"我很喜欢这个团体,以至于我希望每天都是星期五,这样我就可以天天和大家一起疯、一起闹、一起学习、一起成长了。但随着公演的日期越来越近，我就会有种说不出来的紧张感，更要命的是，我还不敢对别人表达这种恐惧感，害怕别人笑话我胆小懦弱。但今天的活动，让我发现原来我并不是一个人。很多人都和我一样，担心最后的演出会不成功。这让我突然很释怀。"

爱德蒙的话引发了不少团体成员的共鸣。大家纷纷表示得知别人和自己感觉一样真好，虽然对演出的焦虑和恐惧并未完全消退，但有机会可以和众人一起大声把积压心底的话喊出来，还是感觉很减压。我希望帮助团体继续探索这种不安和焦虑的源头，便请爱德蒙与比利即兴表演一段演出前的采访。由比利扮演电视台记者，爱德蒙扮演前来观看公演的观众甲。

"嘿，先生，您好。可以和我们谈谈，是什么促使您来监狱观看一场由囚犯组成的演出吗？"记者（比利扮演，下同）手持采访话筒问观众甲。

"猎奇呗。想看看这些臭搅屎棍是怎样凑在一块出丑的。"观众甲（爱德蒙扮演，下同）的脸上写满不屑与嘲讽。

"所以您对这场演出的预期并不高对吗？"记者又问。

"高！空前的高！我是来看热闹的。只要他们的笑话闹得够大，就一定比看一场所谓的喜剧更带劲！何况这种戏还是免费的！"观众甲继续刻薄地说道。

"那要是他们顺顺利利地完成演出呢？"记者再问。

"就这些人？！那不可能！"观众甲语气坚定地说道。

我让比利和爱德蒙暂停，问团体有谁要加入他们的即兴表演。乔纳森嚯的一声站起身，凑到采访镜头前。

"你说什么呢？"观众乙（乔纳森扮演，下同）不满地冲着观众甲嚷道。"你这种人根本不配来看演出。囚犯怎么了？囚犯就不能演戏了？囚犯就不能把戏演好了？"

"听起来这位先生有不同的意见，请问您是演员的家属或亲友吗？"记者问。

"不是。我谁也不认识，就是一名普通的观众。"观众乙说"我相信不管是大英雄还是搅屎棍，都有闪光点和阴暗面。谁也不能保证自己一辈子不犯错误，谁又能担保好人永远是好人，坏人就永远只能是坏人呢？"

乔纳森话音未落，台下掌声四起。团体成员们纷纷请缨加入台上的即兴表演。有扮作狱警对演出表示难以理解的，有扮作囚犯家属力挺演员的，也有扮作狱友来演出现场看热闹的。我注意到虽然团体对即将到来的演出普遍存有不安与焦虑，但即兴表演可视化了这种焦虑，为探索焦虑背后的深层原因提供了机会。通过探索，大家意识到焦虑和不安只是表象，对囚犯这个身份的羞耻感以及由此特定身份所带来的自我怀疑才是根本。当这种自卑心理通过即兴戏剧的形式被挖掘出来时，团体内会自发地产生各种不同的声音去质询它、挑战它、化解它。这种自发疗愈的效果，只有在团体中才能得以实现。而戏剧所自带的美学距离，又可以提供足够安全的心理空间，帮助团体处理一些难以启齿或难以面对的情感。

即兴表演结束后，我把团体再度聚集到了一起。这一次，大家的自信心比之前增强了许多。虽然还是有些紧张与畏惧，但我能明显感受到大家对接下来的公演已经做好了必要的心理准备。

星期六/真相背后

瑞贝卡和简

一

如果把埋藏在灵魂深处的秘密,比作一艘沉睡海底千年的船只。那么,打捞的过程一定艰险无比,充满危险与挑战。这不仅需要考古队员们在此期间,拥有直面风暴的勇气和决心,还需要有一位智慧的队长,引领队伍避开暗礁与急流,在未知与困难中找到正确的路径和方向。

  自从前两天艾伦向我吐露真相后,我就坐卧不安,辗转难眠。左思右想,觉得既不违反保密原则,又不至于任由潜在危险继续存在的唯一方法,就是鼓励艾伦自己把真相说出来。于是,我在周五上午的家庭治疗开始前做了大量的准备工作,希望通过各种手段潜移默化地促使艾伦自己提起这件事,再循序渐进地鼓励他说出实情。令我挫败的是,精心计划的一切并未收到预想的效果。我不仅没能找到恰当的时机来推波助澜,还因为过度的计划而丧失了治疗师应有的自发性和临在感。一个半小时下来,我一无所获,而且还因为无法全情投入而接连犯了几个错误。虽然艾伦一家并没有看出来我的失误,或者看出来了却未说破,但我感觉糟透了,就好像自己浪费了所有人的时间。

  我把事情的来龙去脉全都告诉了瑞贝卡,希望在她那里找到出路。但瑞贝卡似乎对我接下来该怎么做并不感兴趣,反而一连串问了我几个问题：既然艾伦和他的母亲几次三番回避此事，那你为什么还要追根究底地寻找真相？当艾伦说他打算把连他的母亲都不知道的真相告诉你时，你当时有一种怎样的感觉？当你得知了真相，明知你没有义务将它公之于众，且你也答应了案主为他保密，为什么仍然要如此纠结？如果你确实很想鼓励案主自己说出真相，为什么不直截了当地去鼓励他，反而要绞尽脑汁地搞迂回战术？当你发现自己因无法临在当下而接连犯错，为什么不索性向案主和他的家人承认自己的过失？

接二连三的问题，从瑞贝卡的嘴中一个一个蹦出来，像是一根根银针，插在了我的穴位上。我不由暗自叫苦，摊上瑞贝卡这么一个尖锐的督导。但转念一想，又觉得有些好笑。若不是遇上这样的明师，自己的专业能力又缘何能在短短几年里得到突飞猛进的提升，自己又何苦在独立执业后，仍然自愿自掏腰包，每周利用休假日来她这里取经。

想到这里，我重振精神，认真地对瑞贝卡的问题逐一做了解答。首先，我承认自己好奇心泛滥，越是看上去甚是神秘的事情，我越想打破砂锅问到底。因而，艾伦和他的母亲越对此事避而不谈，就越激起了我的好奇心，想要一探究竟。但现在回想起来，虽然我在艾伦面前总是有意无意地向他灌输"只有了解真相，才能更好地帮到他"的理念，但说到底真相不是必需的。治疗师不是侦探，寻找真相并不是我们的职责所在。而所谓的真相，也不过是表面的事实。真正能帮到来访者的是治疗师的理解和接纳，明知来访者在隐藏些什么，也能理解他们的情感体验和潜在需求。

"既然道理你都懂,你在过去的三个月里也一直没有过问。那为什么现在又突然发问了呢?"瑞贝卡问道。

"那就涉及你问的第二个问题。"我苦笑道,觉得自己在瑞贝卡面前越来越成为一个毫无秘密可言的透明人。我告诉瑞贝卡,当艾伦说他因为信任我,要和我分享只属于我和他两个人的秘密时,我的感觉是无比兴奋的。我为自己能在短短三个月里就赢得艾伦如此程度的信任而自豪,毕竟在接诊前,我曾因缺乏对墨西哥裔文化的了解而担心自己无法和案主形成良好的治疗联盟。所以说,艾伦的信任让我有一种强烈的成就感,感觉自己又一次突破了新的挑战高度。同时,我坦承自己之所以能在过去的三个月里忍住不问,只是因为自知艾伦对我的信任感尚未建立,还没有到恰当的时机。而随着治疗进程的稳步推进,我对我和艾伦之间的治疗联盟也越来越有信心,知道现在发问,成功的可能性很大。"从这个角度上看,与其说我是因为好奇心驱使探寻真相,倒不如说我在把所谓的真相当作一块试金石,测试我和他的治疗联盟有没有自己想象中的那样稳固。"我总结道。

"很深刻的自省和反思。"瑞贝卡微笑地对我表示肯定。

"都是你教导有方。"我调皮地笑了笑,接着就瑞贝卡的第三个问题做起了自我剖析。根据加州法律以及加州行为科学委员会[66]的

---

66 行为科学委员会(Board of Behavioral Sciences, BBS)是一个负责监管特定地区心理健康专业人士的机构。BBS 的职责包括许可和监管家庭和婚姻治疗师(Marriage and Family Therapists, MFTs)、临床社会工作者(Licensed Clinical Social Workers, LCSWs)、专业临床辅导员(Licensed Professional Clinical Counselors, LPCCs)以及其他行为科学专业人员。美国各州都有自己的 BBS,负责管辖州内相关事务。

相关规定，心理治疗师对来访者负有保密义务，但也存在着一些例外情况，比如儿童虐待和忽视、残障人士和老年人的虐待和忽视、自杀或他杀的威胁、法庭命令，以及来访者允许的披露或自我辩护。艾伦吐露的真相并不涉及以上几种情况，故此我并不能违背他的意志，擅自向他人透露任何情节。然而，在学习心理治疗以前，我曾从事过多年法律相关的工作，也与很多教育、心理、社会工作机构合作过许多保护青少年心理健康的项目。乍然听闻周围有青少年正在玩这种危害性极大的"游戏"，却还不能揭露出来，向家长、学校、社会发出警示，实在有违我的职业道德和伦理。所以我很想找到一个两全之策，既不辜负艾伦对我的信任，又可以切切实实做一些事情，预防类似事件再次发生。

"所以你想鼓励案主自己说出来？"瑞贝卡顺着我的思路发问。

"嗯，作为一名戏剧治疗师，我认为在来访者尚未做好准备直面问题时，治疗师总能在戏剧中找到办法，帮助来访者通过戏剧所创造的距离来提升安全感，进而令他们放下戒备、鼓起勇气，或自发地做好应对困难的准备。通常情况下，这种方法既安全又有效，可以收到事半功倍的效果。但或许是我过于刻意了，反而背离了戏剧治疗所倡导的自发性，导致计划失败。"

"那你为什么不直截了当地去鼓励他呢？"瑞贝卡又问。

"这个我没想过。"我坦承道，"似乎直接鼓励他从来不在我的考虑范围内。可是这又是为什么呢？既然我相信自己已经取得了艾伦的信任，就没有理由不可以直接向他说明自己的担忧，并鼓励他自己说出真相啊。"

"或许，你并没有真的确信你和艾伦之间的联盟是坚不可摧的。你担心一旦你开了口，你就会在他眼中失去'特殊'的光环，成为他的父母、老师、缓刑官一样的存在。你总是以成人世界的眼光和准则去看待他们、约束他们，总是对他们进行说教，而不是从他们的角度去理解他们的难处。"瑞贝卡启发道。

"似乎真是这样……"我不禁倒吸一口冷气。原来，我不敢直截了当地去鼓励艾伦，是害怕好不容易从他那里获得的"殊荣"会因为自己的"世俗"眼光而荣光不再。我不想艾伦对我失望，更不允许自己因自己的"不能例外"而失望。

"所以，你在意识到自己频频出错时，并没有像案主一家坦承过失，也是因为害怕自己的权威形象受损？"瑞贝卡毫不留情地再次抛出了最后一个问题。

"是的……"虽然我并不想承认，但又不得不正视自己的虚荣心。可笑的是，我一直在来访者面前，降低姿态，请他们不要把我视作权威，而是把我当成一个和他们共同探索奇妙心理世界的同行者。但事实上，我的潜意识始终驱使着我在言行中确保自己的权威形象，即便犯错，也不愿轻易承认自己的过失。一方面，我希望来访者心无芥蒂地向我坦承一切；另一方面，我自己却做不到完全把真实的自己暴露给他们。这种矛盾的言行，正是我接下来需要自我探索的方向。

督导结束时，我起身给了瑞贝卡一个长时间的拥抱。不知为何，当她用双手轻轻拍我的背部予我安慰时，我感觉自己像是一个迷途的孩子，突然看到眼前亮起了一座又一座灯塔。

星期日/活在当下

可乐
一

在城市一隅的街心花园里,有一盏老旧的路灯。大多时候,路灯都无法工作。只有在某个不确定的时段,才会发出忽长忽短、忽明忽暗的光亮。许多来花园散步的路人都会刻意避开那盏路灯,只有一位老人会经常在灯下的长椅上静坐。大家都不明白老人为何喜欢坐在暗处,只有老人自己知道,他需要的不是持续的光照,而是不确定中重拾光亮所带来的惊喜和希望。

  又是阴雨绵绵的一天。这意味着我又不能舒舒服服地躺在贵妃榻上晒太阳了,也不能随心所欲地追着院子里的蝴蝶和小鸟玩了。这真让我郁闷,郁闷到几乎忘了今天是自己的生日。不过,这种事就算我真的想不起来也没关系,反正简一定会记得。早在几天前,她就宣布要用 12 种食材为我的生日打造一个造型独特、口感丰富的五层大蛋糕了。此刻,蛋糕的胚底已经完成,简正在一层一层地往上面铺食材,什么三文鱼冻干啦、薄荷饼干啦、木鱼花啦,每一样都是我爱吃的小零食。我不禁竖起尾巴,不停地围绕着简转圈,希望能引起她的注意,让我尽早吃上这顿年度大餐。

  "简,你看可乐,馋虫都要爬出来了。"本见我急不可耐的模样,笑得乐不可支,"要不你别做了,就这样给它吃吧?"

"那可不行。"简一口回绝道,"今天是它五岁的生日,所以蛋糕必须有五层,我才做到第三层。"

"可是不管你做几层,到了它肚子里都一样啊。"本继续为我请命,"你忘了去年给它做的那只红宝石蛋糕啦?你辛辛苦苦忙了半天,它不到一分钟就风卷残云,把蛋糕一扫而空了。它可不在乎这蛋糕做得有多美,只要有的吃就行。"

"它是不在乎,可我在乎啊。"简反驳道。

"可这蛋糕是为它做的呀。"本不解。

"是,蛋糕是为它做的,这没错。但我做这蛋糕可不仅仅是为了它。"简正色道。

"那还为什么?"本更不解了。

"仪式感。"简一字一顿地说道。

"好吧……"一听到"仪式感"这三个字,本立即没了下文,就连我也停止了转圈,乖乖地回到了我的猫爬架上。懂简如我,爱简如本,都深知仪式感对简来说意味着什么。在她的生活哲学中,日子可以过得平淡,却不可以无趣。而要把普通的生活过出鲜活的色彩,仪式感是必不可少的。用简的话来说,仪式感是提升生活质量、增强人际联结、满足精神意识的重要方式。所以,不管是大小生日还是中西节日,又或是一些对简而言具有特殊意义的日子,简都要精心筹划一番,尽可能地把这些特殊的日子过出不一样的感觉。对于简的这种生活主张,本虽然表示尊重和配合,心里却是不太理解的。他不明白惜时如金、凡事追求高效的简,为什么愿意把大量的时间和心思花在这些所谓的"特殊"日子上。在本看来,真正美好的事物皆源于日常生活的点点滴滴,而特殊节点的庆祝则常带有刻意幸福的痕迹,并不能带来深层次的满足感。

作为一只有智慧的猫,我认为两人都没错。每天都能吃饱吃好固然重要,像生日这种可以名正言顺吃大餐的日子自然也是多多益善,来者不拒。只不过,硬要我在本和简之间站队的话,我会更倾向于本这一边。虽然我不喜欢本,但我不得不承认,他的三观和我的生活理念大致是相同的。在我们看来,生命短暂,世事无常,与其把大好的时光蹉跎在追名逐利中,倒不如纵情当下,尽情欣赏这世间美好的一切。你看那树梢上的蜂鸟,体态妍美,身姿灵动,不论是在空中飞翔还是在花朵间穿梭,都是那样的轻盈敏捷、优雅动人;再看那肉嘟嘟的姬秋丽,粉得柔美、红得喜悦,只要一点点雨露的滋养,就能开出漫无边际的花朵;还有那爬满整栋屋子的常青藤,茎叶发达、色泽苍翠,无论爬到哪里都能与周遭融为一体,浑然天成。这么多美好的事物,难道还不足以令我们沉浸在当下的喜悦中,感受生命的丰盈吗?为什么还要为了追逐那些所谓的名和利,放下眼前这些唾手可得的幸福呢?

可简却并不赞同我们的观点。她认为本家境良好,生性聪颖,从出生到现在,算得上一帆风顺,几乎没有遭遇过什么大风大浪。所以,他可以不计较得失地去做任何他喜欢做的事情,享受任何能为他带来欢愉的事物。而我作为一只猫也可以胸无大志,想怎么活就怎么活,只要有她这张"长期饭票"就行。也就是说,我和本都有尽情享受当下,只求过程、不求结果的资本,但她没有。她不是一个有天赋、不用多少努力也能得到成果的人,想要获得成功,就必须赤手空拳地打拼。这意味着她奋斗的脚步从来都无法停止。因此，当本在他那些兴趣爱好上花时间研究时，她却不得不捧起一本又一本的专业书，研究如何将书中的内容消化成自己的知识，并以此安身立命，站稳脚跟；当我百无聊赖晒着太阳、做着春秋大梦时，她则需要费尽心思地去想怎样学以致用，实现更大的自我价值。总之，在简眼里，活在当下是一种奢侈，一种只有本和我才有特权体验的奢侈。

"是的，你刚转行以及来美国求学的时候的确很不容易，语言不通又举目无亲。可你现在有我和可乐呀，事业也在稳步上升期，完全不用再为了生计而发愁啊。"当简把她的想法分享给本听时，本感到既心疼又不解。

"不，你不够明白。"简摇了摇头，苦笑道，"一般而言，奋斗的动机与马斯洛的需求层次是对应的。最基本的是为了物质生活的提升而奋斗，解决温饱，不再挨饿。当生理需求得到满足以后，下一个层次就是安全上的需求，希望生活有更多确定性。但对于物质条件本来就不错，也没有安全之忧的人群而言，奋斗往往与自我实现的需求相关。不管是转行还是来异国求学、锻炼自己，从脱离了舒适区的第一天起，社交、尊重和自我实现的需求，就像三座大山，重重地压在了人们的身上。于是，就算通过努力立住脚跟，并且解决了物质上的需求，达到了安全上的保障，这三座大山还是需要花很长时间、很大精力才能一点一点翻越过去，到达终点的。"

"嗯，你说的这些我都同意。但满足这些需求和活在当下并不冲突啊。"本还是有些不解，"享受大自然的美好，并不耽误你奋斗啊。更何况，劳逸结合了，你才能有更好的状态，去迎接挑战啊。"

"我也没有二十四小时不眠不休地工作啊。感觉累了，我会给可乐梳梳毛发，通通筋骨，听听它的呼噜声。每逢周末，我也会抽出一天时间，陪你爬山，锻炼心肺功能。我还会练习静观[67]，把烹饪烘焙、种花除草等生活琐事，用禅修的方式去完成。如此一来，一举两得，既不浪费时间，又调节了身心，绝对是劳逸结合的典范。"说着说着，简有些自鸣得意起来。

"是，这些方法听上去都很有益健康，可能也正是这些练习，帮助你更高效地完成了很多你想要做的事情。不过，见缝插隙的小憩固然可贵，定期给身心做一次大保养也很重要。这个就跟汽车保养是一个道理，缺一不可。"本接着劝导道，"你前阵子说自己有些累，我算了算，离我们上次度长假已经将近两年了。我觉得你有必要好好让自己放松一下了。"

听得出来，本是真的关心简，在尽其所能地帮简减负。但凭着我对简的了解，她大概率还是会对本的提议再次婉拒，因为她总觉得像我这样成天游手好闲，是在浪费生命。只不过我是猫，她无法对我强求。但她可不会放过自己，只要一停下来，她就会有负罪感，根本无法享受当下。

然而，我猜错了。对于本的再次提议，简不仅没有反驳，还面带微笑地向本承诺，自己会好好考虑他的建议的。

"说实话，我觉得现在选择休假，并不是一个好的时机。不过，

---

67 静观（mindfulness），又名正念，是一种源自佛教的概念和实践。强调一种全然投入当下的状态，以非评判性和接纳的态度，关注自己的感受、思想和心理。

我发现所谓的恰当时机，可能永远也不会出现。永远都会有棘手的个案，也永远都会有来访者需要我的帮助。但我必须停下来，不然我可能无法更好地前行。"说这些话的时候，简似乎在对着本说，又似乎在对着她自己倾诉。

我有点担心简和本度假时，自己要如何在简的朋友家，和那只叫可可的三色猫斗智斗勇了。

Sixth Week

星期一/精神科病房

蒂芙尼
一

小老鼠杰米在阴冷潮湿的地洞里绝望无比。它已经三天三夜没有进食了，它的小腹紧贴着脊背，每一个翻身都仿佛耗尽它全身的力气。"我需要出去走走，哪怕冻死在路上，也好过在这里等死。"想到这里，杰米强撑起奄奄一息的身躯，一步一停地在刺骨的寒风中觅食。就在它即将被寒风和饥饿击倒时，一株生长在石缝中的野草引起了杰米的注意。杰米颤颤巍巍地摘下野草，心头燃起一丝生的绿意。

  新的一周又开始了，我在驱车去诊所的路上一连接了三通电话。先是诊所的前台安娜来电，告诉我好几周没来复诊的米奇一大早就蓬头垢面地出现在了诊所，嚷嚷着要见我。然后是缓刑官罗宾的来电，通知我蒂芙尼最新的一次随机尿检结果呈阳性。虽然我对这一结果毫不意外，但还是有些为她感到惋惜。毕竟，自上次在医院接受戒酒治疗以后，蒂芙尼已经连续三个月没有沾过任何酒精了。罗宾为了鼓励她自新，甚至表示会考虑提前向法庭申请解除缓刑。如今，一切的努力都成了泡影。更糟的是，由于罗宾已经发现其重新酗酒行为，故而必会对其加强随机尿检频率。一旦检查结果出现三连阳，那么蒂芙尼便将失去自由，重新被收押。想到这一系列的后果，我不由皱眉，为蒂芙尼担忧起来。

偏巧此时，手机又响了。兰利·波特精神科医院的工作人员亨特来电，通知我上周末蒂芙尼因饮酒过量被送进医院紧急抢救。虽然目前已脱离危险，但院方担心其有自杀倾向，故而暂且将她留在了医院。亨特希望我有空能去一趟医院，与蒂芙尼聊聊。我的头皮一阵发麻，深知不论院方最终如何认定，蒂芙尼都将面对又一张法庭传票。而根据我的经验，出院后的蒂芙尼大概率会被法庭取消缓刑，而已经年满十八岁的她，也已经不再符合少管所的收监标准了。也就是说，蒂芙尼很可能会被送去成人拘留所，这对本就患有抑郁、外加创伤后应激障碍的蒂芙尼来说，必将造成不小的心理打击。

怀着沉重的心情，我赶到诊所安抚米奇，又连续接诊了几位已有预约的来访者。待忙完一切赶赴医院时，已是黄昏时分。当护士领着我穿过长廊，推开蒂芙尼所在病房的房门时，我看见她正双手抱膝，倚着窗户出神。夕阳余晖将蒂芙尼纤细消瘦的身形剪出一道柔美的侧影，让我的心头不由再次掠过一阵酸楚。见到我，蒂芙尼有些激动。她紧紧抓住我的手，不停地要我相信她此次事故纯属意外，她既没有任何自杀自残的意向，也不想被关在医院里。我递给她一杯来医院的路上顺道买的茉莉花茶，让她闻一闻茶的香气，试着让躁动的身体慢慢松弛下来。这让蒂芙尼的注意力很快从其当下的困境转移到了对我的好奇心上，不停地问我是怎么知道她喜欢茉莉花茶的。我微笑不语，只是默默陪着她坐在窗前，等着她把茶喝完。

"好了，我觉得自己没那么焦躁了。"蒂芙尼放下手中的茶杯，起身走到病床前，坐了下来。"简，介意我躺着和你说话吗？"

"当然不介意。"我说。事实上，她愿意在我面前放松下来，让我感觉很欣慰。我带着她做了一次减压冥想，帮助她进一步联结当下。

练习结束后，蒂芙尼表示自己感觉好多了。"说来奇怪，我自己在家的时候，也会放一些冥想练习的音频听。可我却总是静不下心来，脑海中不停地涌现着各式各样的念头。可在你的带领下，我很容易放松，去认真体会那种与身体联结的感受。"蒂芙尼说。

"你和我在一起的时候感觉安全吗？"我问。

"当然。"蒂芙尼不假思索地回答。"其实一开始感觉并不是很安全，但后来与你相处的时间越长，就越来越放松。"蒂芙尼想了想又补充道。

"那么你在家的时候呢？感觉安全吗？"我又问。

"这个嘛，不太好说。"蒂芙尼认真思索着，"有时候感觉很安心，但有时候又会感到一种莫名的恐惧。难道这就是我没法自己在家里做冥想的原因？"

"也许吧。"我答。前两周蒂芙尼在诊疗时提到过其在家被继父杰夫强暴的事，因而蒂芙尼在家会感到恐惧的症状很可能是其所患的创伤后应激障碍所致。

"你一定对我为什么会饮酒过量以至于被送到医院好奇吧？"蒂芙尼话锋一转，直奔我今天想要重点讨论的主题。"很抱歉，有些事情回忆起来太痛苦，我不想提。但我可以告诉你，那天我过得很不好。我想喝酒，但又担心尿检结果再度呈阳性会被收监。但是在杰米（蒂芙尼的男友）的怂恿下，我还是开始喝他从父亲那边偷出来的威士忌。然而，酒精并没有让我心情好一点，反而让我的情绪越来越糟，哭得不能自已。杰米见我狂躁不已，便取出几颗之前精神科医生开给我的抗抑郁药丸。我没多想，便一把都吞了下去。接下来的事，你应该也知道了吧。没多久我就不省人事了，醒过来的时候，我已经在医院里了。你能想象我有多蠢吗？明知药片与酒精混用会致死，但还是蠢到极点地把自己送进了医院。也难怪他们会怀疑我是自杀性饮酒了。"说到这，蒂芙尼的嘴角扬起了一丝自嘲的浅笑。

"所以，你的意思是你并不想自杀？"我问。虽然上周探讨的那个梦境，让我相信她有生的勇气和决心，但我还是需要例行公事，确认这一点。

"不是。他们不知道，你还不了解吗？"蒂芙尼有些急了。"我只是一时糊涂，并非故意想要自杀。"她强调。

"好，我信你。"我说。"也许这次我们可以把你上回提到的那个梦境分析完整？这样，可能更有助于你通过对无意识的探索，对自身有更好的了解？"我提议。

"当然。"蒂芙尼答，"知道你要来，我特意让杰米回家把我放记事本的小木箱送过来。你上次交代我的回家作业我已经完成了。"说着，蒂芙尼小心地解开木箱上的数字锁，取出一本灰色的记事本，翻到她转译梦境的那一页，送到我的眼前。出乎我意料的是，蒂芙尼并没有用大段的文字转译她的梦境，而是画了张思维导图：

大树倒下（家庭破碎）→窗户裂开（失去保护）→无法动弹

（弱小无助）→死神出现（黑暗恐惧）→无法说话（难以表达）→死神的眼睛上插满银针（伤害疼痛）→泪流成池（悲伤无力）→变身荷花（渴望新生）→死神临近（阻碍重重）。

我被蒂芙尼清晰的逻辑思维能力惊得瞠目结舌。说实话，如果让我根据她上次对梦中元素所做的诠释加以分析，我大概率会与她做出同样的判断。在我的印象中，蒂芙尼是个极具艺术天分的姑娘。没想到，她的逻辑分析能力竟然也这么强。想到她之前的酗酒行为，可能已经对其仍在发育期的大脑带来不可逆的损伤，我就心痛不已，甚至有种想哭的冲动。但想到自己的身份，我强迫自己冷静下来，以免共情过度。

"假如当死神伸手摘取荷花的刹那，荷花突然有了一种魔法可以保护自己免遭毒手，那会是一种怎样的魔法？"我问。

"好问题。"蒂芙尼笑了。沉思良久后，给了我一个出乎意料的结局："荷花不想死，所以当死神一步一步逼近她时，她在心底不停地祈祷呼救。就在死神伸出手，即将摘下荷花的一刹那，一颗身披黑色斗篷、手持冲锋枪的巨型水蜜桃从天而降。趁死神一个恍神，水蜜桃迅速把荷花藏在了她的斗篷下，乘风而去。"

我再度为蒂芙尼出色的想象力所折服。最让我惊叹的是，她居然在关键时刻把平行世界中的水蜜桃请了出来。而这个身披斗篷的水蜜桃姑娘并不仅仅来自平行世界，因为暗夜斗篷正是蒂芙尼为现实世界中的自己所起的昵称。也就是说，蒂芙尼通过把平行世界的水蜜桃与现实世界的斗篷合二为一，孕育出了一个全新的自我，并坚信这个手持冲锋枪，拥有超强作战能力的整合型蒂芙尼，有力量去解救那个渴望新生的自己。

在征得蒂芙尼同意的前提下，我找医院负责其个案的社工聊了聊，把蒂芙尼自己对梦境的诠释与清醒状态下对梦境的结尾所添加的想象原原本本转述给对方，希望可以对医院的精神评估有所帮助。回家途中，我思来想去，又给缓刑官罗宾打了通电话，希望庭审时能为蒂芙尼出庭，为其争取继续缓刑的可能。

星期二／爱的晴雨表

马克和米亚
一

小晴和小雨是一对合作紧密的伴侣,共同守护着小镇的幸福和安宁。然而,小雨渐渐发现,小镇的居民更偏爱小晴,认为只有小晴才能给他们带来好心情,这让小雨有些忧伤,决意离开小镇,去他处生活。小晴见状,忙对小雨说:"没有了你,小镇的河流会干涸,田里的作物会停止生长。为什么我们不继续合作,用彩虹让小镇居民认识到你的重要性?"小雨没有作声,却默默留了下来。自此,每次雨过天晴之际,小镇的天边都会出现一条绚烂的彩虹,那是小晴和小雨精诚合作的象征,也是他们不可分割的情谊的结晶。

如果把亲密爱人间的关系动力看作一张动态的天气预报图,那么,关系的质量高低就很容易直观地从天气的好坏和稳定性上反映出来。健康的关系,晴天多雨天少。即便偶尔刮风下雨,也能雨过天晴,彩虹乍现。而关系紧张的伴侣之间,出现坏天气的概率则远超好天气,且大多时候阴晴难测,可能前一秒还风和日丽、晴空万里,转眼间却阴云密布、狂风骤雨起来。

为此,我专门为来访伴侣们设计了一张关系晴雨表,请双方根据自身的主观感受,为他们的关系质量进行评分。晴天表示满意度高，雨天则代表满意度低。此外，我还在晴雨表上添加了风力、雨量、紫外线等可选的附加指数，供伴侣们按照实际情形补充打分。记录详尽的晴雨表，不仅可以帮助我迅速了解伴侣们一周以来的关系动力，还可以帮助伴侣们对他们的关系质量有更直观的了解。有时候，伴侣们会在对方制作的晴雨表中，惊奇地发现自己和爱人仿佛身处两个不同的星球。一方眼中的凄风惨雨，在另一方眼中却是风平浪静、波澜不惊。这样的时候，双方都会感到困顿和受挫，不明白曾经相爱的两个人为何对感情生活的理解和感受会如此的不同。

此外，关系晴雨表还可以作为跟踪治疗进程、评估治疗效果的依据，为我在调整治疗方案和实施干预措施时提供有效的参考。比如，马克和米亚的关系晴雨表，在接诊初期以雨天为主，即便偶有晴天，也只是昙花一现，难以持续。因此，我在初始阶段的工作重心以评估为主。随着夫妻俩的治疗意愿逐步提升，问题的症结也越来越清晰，我发现两人的关系晴雨表也有了不小的变化。不但刮风下雨的频率降低了不少，就连风力和雨量也小了许多。这让马克和米亚看到了希望的曙光，对两人的未来增添了不少信心。心急的米亚甚至刚一进门，就开始问我还需要多久才能真正回到过去，重温爱情的甜蜜。

我没有正面回答，反倒抛给他们一个问题：为什么马克的晴雨表上显示的是小雨转阴、偶尔多云，而米亚的晴雨表上则不是多云就是大晴天？为何双方的感受会有所差异？这些差异又究竟是如何产生的？

马克耸耸肩，说自己是个保守派，并不会因为出现了一点曙光，就立马抱有不切实际的期望。"希望越大、失望越大。我只能尽最大的努力，做最坏的打算。"马克总结陈词道。

对于马克的回答，米亚表示理解但不认同。相较于丈夫，她认为自己是个乐天派。只要有一点希望，就会即刻感到阳光灿烂、能量满满。但她承认这种满格状态来得快去得也快，一旦遭遇挫折，满腔的激情就会在瞬间化为乌有，甚至感觉比之前更失落。她知道这样的模式很不健康，也很想脱离这种大悲大喜的状态，但无论怎样努力，就是没有办法让自己的情绪完全稳定下来。所以，她也不知道两人的晴到多云天气究竟可以持续多久，会不会哪天又突然狂风暴雨起来。但她坚持认为马克的这种"为了不失望就干脆减少期望"的做法是消极的、不可取的，因为那不仅会降低马克自己对这段关系的信心，也会影响她的状态，令她感觉徒劳和挫败。

我坐在那里，耳朵听着他们的陈述，思绪却脱离了当下。米亚的乐观和感性以及马克的保守和谨慎，让我情不自禁地联想起自己和本的相处模式。每当我兴高采烈、热情高涨时，逻辑缜密、行事保守的本就会给我"浇凉水"。虽然我知道本的理性在大部分的时候是正确的，尤其在我得意忘形时能起到有益的提醒和鞭策效果；但我仍然耿耿于怀，觉得本的保守和诚实很是扫兴，破坏了我感受希望和快乐的体验。

"简，你对我们之间的这种差异有什么看法？"马克的询问把我的思绪拉回了当下。那个再度对米亚产生深度联结的我，很想说自己认同米亚的看法，刻意地压制希望是一种自我设限，会阻碍实现可能的最佳结果。但我知道治疗师的中立身份不允许我站队任何一方。况且，即便我可以自由地表达自己的观点，两人的想法也不是一句孰是孰非可以妄下论断的。

"我理解你的想法，因为我也害怕失望，并且也会为了避免失望而压制自己的期望。"我对马克坦言，然后又把目光投向米亚："但同时，我也理解你的感受。倘若我的伴侣因为害怕失败就自我设限，我会感觉受伤，认为对方限制了我和他共同规划未来和分享梦想的能力。所以，有没有一种办法，可以让我们看到彼此，理解对方的立场和感受，找到一个平衡点呢？"我问。

"没有办法。"米亚不假思索地回答，"我们的性格相差太大，不可能找得到办法让马克变得像我一样乐观，也不可能把我变得像他那样做什么事都左思右想、瞻前顾后，这不是我的风格。"

"的确。性格没有办法改变，也无须改变。"我对米亚的想法表示肯定，然后又带有启发性地问夫妻俩是否可以在希望和现实之间找到一种平衡。例如，设定一些既现实又乐观的目标。这样即使遭遇挑战，他们也可以一起面对，同时又可以减少可能的失望感。

"你的意思是，不要一下子抱有太高的期望，但这并不影响我们设定一些小目标，然后一步一步地去实现？"马克问。我点了点头，鼓励他继续往下说。"也许我和米亚可以设定一些双方都认可的关系满意度标准，达到这些标准的日子就是晴天，没达标的就是雨天，这样我们能保持同频，缩小彼此的感观差异。对吗？"

马克的提议，让我同样在他的身上看到了自己曾经的影子。长久以来，我一直非常注重规则、标准和结构，认为这些元素是维持秩序和效率,确保事物稳定性和可靠性的最佳方式。这一信念也确实支撑着我在职场上如鱼得水,既能受到上级的信任和倚重,也能取得下级的依赖与尊重。然而,在遇见本以后,这套职场上的黄金法则却不好使了。碰到问题就喜欢制定预案的我发现,越细化越详尽的规则,越会引发焦虑和压力,甚至还会对本造成一种压迫感,令他在无所不在的规则中透不过气来。于是,我尝试着调整自己的需要和偏好,尽可能在冲突产生后,邀请他与我一起制定规避类似问题的解决方案,并为他提供足够的自由空间和选择权来减轻他的压力。这么一来,虽然本还是会对我动不动就抛出规则说事的做法颇有微词,却对规则本身少了些抵触情绪,并对我的行事风格多了不少的理解和包容。

或许,我和本的相处之道可以为马克和米亚带来借鉴。想到这里,我问米亚如何看待马克的提议。如我所料,生性热情奔放、喜欢自由的米亚,说自己完全无法适应这种由规则和标准所构成的感情生活。她认为如何给反映他们关系质量的晴雨表打分是她自己的事情,她不需要任何标准来限制她的主观感受。只不过如果马克的晴雨表总是和她的不合拍,她估计自己也一定无法忍受这种落差,担心自己会因为长期的受挫感而放弃这段感情。

米亚的说法让我意识到自己在亲密关系中的经验也许并不适合眼前的这对夫妻,因为米亚看起来并未准备好为了她和马克的这段关系做出必要的妥协。为了验证我的判断,我让夫妻俩暂且搁下话题,做一个简单的即兴游戏放松一下。游戏的规则很简单,就是无论一方说什么,另一方都要用"好的,而且"来接话,在肯定和接受对方说辞的基础上，添加新的内容。为了不与方才的话题贴得太近，我请他们想象治疗结束后，要去一家新开的餐厅尝试一下新菜式。

喜欢美食、厨艺精湛的米亚立即精神倍增，率先起头："听说北滩最近开了一家新的米其林二星餐厅，把意大利餐的融合菜式做到了极致。我们去尝试一下？"

"好的，而且他们的主厨是我多年的好友，我们去那里可以打不少折。"马克应和道。我注意到虽然马克在明面上接受了妻子的提议，却巧妙地暗示了他在花费上的精打细算。

"好的，而且就算你的好友主厨不在场，没办法给我们打折，我们去那里用餐也是很值得的。"米亚回应道。和马克相比，她的陈仓暗渡显得略微明显。虽然表面上使用了"好的，而且"的句式，但实质上在表明一种与丈夫截然不同的消费态度。从临床的角度看，这并不是一种合作，而是一种挑战。

"好的，而且我们每月一次的外出就餐计划确实也允许我们在不享受打折的前提下，仍然可以有这个经济能力来承担米其林餐厅的消费。"和之前一样，马克再次添加限定条件来婉转地告诉妻子，要去米其林餐厅用餐可以，但必须考虑到他们的经济条件，并做出合理的消费规划。

"好的，而且等我有了工作，我们还可以更频繁地外出就餐，把那些米其林餐厅一家一家吃下来。"很显然，马克的条件限制并没有难住米亚。她用"等我有了工作"这句话，巧妙地攻破了丈夫的设限，既肯定了马克的说辞，又为他们的经济规划带出了一种新的可能。

我叫停了游戏，请夫妻俩谈谈游戏过程中的感受。马克表示自己对妻子的最后一句话感到无比惊讶。虽然他知道，游戏中所说的话在现实中并不具有任何实质性意义，但他还是很好奇为何米亚会说出"等我有了工作"这句话。自他们结婚以来，一直都是他在提供经济支持，即便在医疗事故发生后他在经济上感到越来越拮据，与米亚的关系也因为经济危机而紧张起来，但米亚自始至终从未提起过她出去找工作的想法。

"为什么不可以呢？"米亚反问丈夫，"是的，我从结婚以来，一直是家庭主妇，也因为经济上不能独立，总是不太有安全感。但在过去的一周，我在和你一起玩简教我们的姿态游戏中发现，每次要我扮演的角色从高姿态转为低姿态，对你扮的角色极力讨好时，我就觉得很不舒服，但我发现你在扮演低姿态的角色时却十分自然和放松。所以，我开始反省，结论是你因为在现实的家庭生活中，掌握着经济大权，所以，你不介意在游戏中扮演低姿态。而我的处境却与你相反，这让我意识到经济独立的重要性。既然你现在的身体条件出了问题，不能再出去工作，那为什么我们不可以互换角色，你在家带路卡斯，我出去工作养家呢？"

米亚的这段话令马克目瞪口呆，也令我忍不住想为她点一千次赞。本来只是想用姿态游戏潜移默化地帮他们调整关系中的权力动力。不料，米亚的悟性竟如此之高，成长竟如此之快。我对米亚的进步表示了充分的肯定，并建议两人回家后好好就米亚外出工作的可行性作一番详细的讨论。

星期三/活成自己的模样

艾伦、莱拉和卡罗斯

一

少女阿玲的父母在离开人世前,留给她一把古老的钥匙。传说中,这把钥匙可以解开世间任意一扇紧锁的心门。可是,阿玲发现无论自己如何努力,都无法用钥匙为邻居爷爷排解忧愁。阿玲决定放下钥匙,陪着爷爷促膝长谈,从黑夜聊到天明。当空中出现第一道朝霞时,爷爷终于卸下心防,道出了深藏心底的一段往事。阿玲这才明白,原来最有效的钥匙从来都不是物质的,而是坦诚以待的真情与陪伴。

  上周六和瑞贝卡的一席谈话,令我意识到自己在处理艾伦一案中的失误。表面上打着"只有全面了解你,才能更好地帮助你"的旗号,实际上却是为了满足自己的好奇心而利用艾伦对我的信任。如今真相虽明,自己却陷入了道德和伦理的纠结之中,进退维谷。经权衡利弊,我决定向艾伦一家坦白。一方面,我认为自己有义务在发现错误后,及时地自我纠正;另一方面,我也希望能把自己的坦诚当作一块敲门砖,来促进艾伦一家的相互坦诚。

  不过,计划虽好,执行起来却举步维艰。习惯以专业、智慧形象示人的我,要在来访者面前承认自己的过失,实在不是一件容易的事情。为了把尴尬的情绪降到最低,我先是告诫自己不要急于认错,一定要选择一个恰当的时机。等到时机来了,我又告诉自己可能后面还有更恰当的时机。就这样一边打着腹稿整理措辞,一边掂量着所谓的最佳时机,直到治疗进程过半,我还是没能鼓起勇气,提出我想要讨论的主题。时间一分一秒地继续流逝,我知道不能再这样下去了。我深吸一口气,用目光扫过在场的每一张脸孔,然后艰难而缓慢地开了口:"我觉得自己有必要向你们每一个人坦诚,从今天你们进门到现在,我一直不在状态。导致时间过半,我们还在一些无关紧要的议题上绕圈子,没能进入任何实质性的议题。对此,我想对大家致以深深的歉意。"

显然,我的这段开场白,令艾伦一家有些手足无措,他们面面相觑了好一会儿,不知如何接话。我故作轻松地笑了笑,请大家不要紧张,允许我继续把话说完。我告诉莱拉和卡罗斯,在上周三与艾伦单独的会见中,我请他向我坦承一个秘密。虽然艾伦达成了我的心愿,但我却在事后追悔莫及。为此,我在上周的家庭会议中不断走神,今天的情形也是如此:从开场至今,我一直无法让自己的心平静下来,也没有办法全身心投入大家的讨论。我无法允许自己一直陷在如此糟糕的状态之中了,所以我决定向大家坦白。

不知怎的,说完这段话,我一下子感觉轻松了许多,整个人的状态也和之前大不相同。我再次扫视全场,试图观察每个人的反应。艾伦看上去非常紧绷,而坐在他身边的莱拉则满脸狐疑地看着儿子,似乎在期待艾伦说些什么。只有卡罗斯神态自若,仿佛我刚才的那番话并没有惊到他。

"能分享一下是什么秘密吗?"莱拉终于忍不住开口问我。但话刚出口,又仿佛一下子想到了什么,显露出又急又气的紧张和不安。

"你为什么会后悔?"艾伦没有理会母亲的问题,直截了当地质问我,脸上写满困惑和窘迫。

"好问题!"我跳过莱拉的问题,直接对着艾伦说,"我后悔不应为了满足自己的好奇心,而追问你一直在回避的问题。我更后悔有意无意地让你相信,把一个你本意并不想分享的秘密分享给我,是对你有益,而不是为了满足我自己的虚荣心。"我的坦诚令自己都惊讶无比。

"你的虚荣心?什么意思?"艾伦继续发问。

"我想知道你有没有对我信任到可以无话不谈的地步,所以,把这个秘密当作了一块试金石。当你表示信任我,愿意和我分享时,我的心中无比得意。却不知,我其实在挑战你的信任,逼迫你说你并不想说的事情。"我发现自己越来越坦然,最初的尴尬被我的勇敢驱逐而空。

"你没有逼迫我……"艾伦听上去像是在安慰我,但他的神情却告诉我,此刻他的心中正翻江倒海般挣扎不已。

"是,我没有用语言逼迫你。但我在向你发问的时候,就已经把你逼到了两难的境地。如果你选择不分享,你会觉得对不起我这些日子的付出;可是如果你选择了分享,又需要承担许多不确定的风险。你左右为难,虽然最终还是决定分享,但其实是在我给你的压力和误导下所做的决定。所以,我认为自己的行为归根结底就是一种变相的逼迫。这让我很羞愧,感到辜负了你对我的信任。"我一字一句地把自己彻底暴露在强光之下,希望用这样的方式纠正我所犯的错误。

一时间，整个房间寂静一片。每个人都默不作声，仿佛在细细咀嚼我的那番自白。墙上的时钟发出嘀嗒嘀嗒的声响，就像我此刻的心跳，不慌不乱，却掷地有声。

"所以，谁能回答我刚才的问题？这究竟是一个怎样的秘密？"莱拉打破寂静，再次问道。相较于之前的满脸疑惑，此时的她看上去多了几分不耐烦和困惑。

"莱拉，我觉得这个问题问得不合适。"一直缄默不语的卡罗斯终于开了口。"既然简说是秘密，听上去好像艾伦就告诉了她一个人。那我们就应该尊重这个秘密。除非他们主动想告诉我们，不然我们就不应该问。"卡罗斯显得很冷静也很理智。

"你不关心，你不想知道，那是你的事。不要在这里摆出一副理性的样子，对我说教。"莱拉没好气地冲着卡罗斯嚷道，"我的儿子对我保密，却告诉别人，他想过我的感受吗？并且他有没有想过这么做的后果！"莱拉越说越来气，转过身接着对艾伦吼道："儿子，你不会把你掐琳达脖子的事全部告诉简了吧？你这是疯了吗？你这么做是要坐牢的！"

"不会！没有我的允许，简是不会告诉任何人的。不会告诉你，也不会告诉缓刑官、检察官、法官！"艾伦的脸涨得通红，大声回应母亲道。

"你这个傻孩子，你知道什么……"莱拉无可奈何，又万分怜惜地看着艾伦，然后又把视线转向我："简，你真的会为他保密吗？要是法官知道了他是因为求爱不成、恼羞成怒才一时冲动，失手伤了琳达,他是要坐牢的呀!"

"什么呀?我跟你说过多少次了?不是这么回事。这都是你自己的想象!"艾伦不等我说话,就愤怒地冲着母亲吼道:"为什么你宁愿相信琳达,也不愿意相信你自己的儿子?!"

"大家都冷静一下,听我说两句行吗?"卡罗斯再度试图介入。见母子俩没吱声,又赶紧继续说:"我相信儿子。如果他说不是这么回事,就一定不是这么回事。至于事情的前因后果究竟是怎样的,我想艾伦有这个权利选择说还是不说、怎么说、跟谁说。我要做的就是尽可能在这里支持他、信任他。我想莱拉你也应该这样做。"

"好,我不管了,你们父慈子爱,相互尊重,就我最不懂得艾伦,行了吧?"见卡罗斯力挺艾伦,莱拉愈发气愤和委屈,一时情绪失控,哭出了声。

这一下,艾伦坐不住了,赶紧伸出双臂,一把抱住了母亲。"好吧,既然你这么想知道真相,我就告诉你吧。背叛朋友,总归比让自己的母亲一直误会下去要好。"艾伦叹了一口气,一股脑地把事情的原委全部说了出来。

莱拉听后,反应和上周的我一模一样,惊得半晌说不出话来。方才的满腹委屈现在被惊讶填满,死死地瞅着儿子发愣。

"艾伦,你这是要重走我的老路啊……"刚才还十分豁达的卡罗斯,在得知真相后也坐不住了,"这种游戏实在是太危险了,我年轻的时候就是因为年少无知,喜欢挑战危险的任务来获得刺激,才一步一步走上了错误的道路。你可不能真的像你母亲所担心的那样,重走你父亲的老路啊……"听得出来,艾伦的行为令卡罗斯想到了那个年轻冲动、一味追求刺激,却付出沉重代价的自己。此刻的他,脸上显露出与莱拉相同的担忧。

"不会!"莱拉终于从惊愕中走了出来,"艾伦如今有我、有你,也有像简这样的治疗师。他善良、体贴、聪慧、勇敢。一定不会再走你的老路了!一切都还来得及!"莱拉的语气坚定而充满力量,听上去有种不容置疑的感觉。

"是吗?你真的相信我不会再走父亲的老路吗?"莱拉的话令艾伦既惊喜又感动,轻轻拥抱着母亲的双臂情不自禁地发力,像是要通过更紧实的拥抱来测试母亲话语的真实性。

"是的,我信你。你能鼓起勇气,把真相告诉我,就是最有力的证据,证明你有担当,和你父亲不一样!"莱拉再次肯定儿子道。

"是!你有担当!我不及你!远远不及,哈哈……"卡罗斯忙不迭地附和着莱拉,并乐呵呵地傻笑着自嘲。

一切都比我预想的顺利许多。我的坦诚换来了艾伦一家的相互坦诚和信任,也换来了他们对我的进一步信任和尊重。治疗结束前,莱拉和卡罗斯告诉艾伦,此事是否告诉今天在场者以外的人,完全取决于艾伦自己。无论他怎么决定,他们都无条件支持他。他们为拥有这么一个有担当的儿子而感到骄傲,更为了三个人之间再也没有秘密而感到无比欣慰。听父亲和母亲这样说,艾伦终于放下心。他感谢莱拉和卡罗斯对他的信任,发誓自己会振作起来,活出自己的模样。同时,他也感谢我的坦诚,说自己很幸运,可以遇到我,并自此改变人生。至此,我也终于如释重负,感觉可以恢复状态,继续临在当下了。

星期四/家庭契约

程乐、杨柳和程鹏

小青蛙瓜瓜不喜欢父母永无止境的说教,决定离家出走。途经一座花园时,瓜瓜见到了许多蝴蝶和蜜蜂。他们互不相扰、各自奔忙,却在收工后聚到一起,相互分享采到的花蜜和花露。瓜瓜似乎悟到什么,返身回到了父母的身边。他告诉父母,虽然我喜欢用自己的方式纵情歌唱,但这不代表我们不能坐下来相互了解各自的音域,共同谱写一曲悦耳的三重唱。

    上周家庭会议的两次中断,让我对自己的临床实践作了深入的回顾与反思。首先,因为程乐与杨柳的母子关系在短短三次家庭治疗后有了飞跃性的改变,让我对自己的专业能力产生了盲目自信,以致疏忽了每加入一名新成员就要对家庭动力[68]作一次重新评估的预备工作。其次,暖场在家庭治疗中起着非常关键的调节作用。不仅能够活跃开场气氛,还能通过爱的引流,增强家庭成员间的亲密感及情感联结。然而,这么重要的环节却被我忽略了。这就好比在冬天不开暖气就要求访客脱外衣一般,着实有欠思虑。再者,家庭治疗与伴侣治疗、团体治疗一样都需要契约精神,即家庭成员通过

---

[68] 家庭动力(family dynamic),指家庭成员之间的互动模式、角色关系,以及影响成员间互动的各种因素。

充分讨论，制定出一套适用于家庭会议的言行规范，以确保治疗能在成员间相互尊重的前提下，平和、平等地进行。

有鉴于此，我在这周的家庭会议开始前对程乐一家的家庭动力作了重新的梳理与评估，并在治疗一开场就邀请大家各抒己见，制定团体契约。

"众生平等。"程乐第一个开口，"任何人不得以自己的身份优势去压制他人"。

"平心静气。"杨柳补充道，"有话好好说，不许动不动就发脾气。"

"……"轮到程鹏的时候，他纠结了好久，几次话到嘴边又咽了回去。我不说话，和程乐母子一起静静地等着他发言。

"我同意……"憋了半晌，程鹏终于开口道，"对妻子与儿子的意愿，本人表示服从。"

程鹏的发言一下子就把程乐母子逗乐了。

"你说话算话？不算话就是万年龟！"程乐欢乐之余，不忘补父亲一脚。

"当然，男子汉大丈夫，一言既出，驷马难追。但你也要保证相互尊重，不许人身攻击。"程乐的"万年龟"提醒了程鹏，立即对团体契约进行了补充。

"很好。"我把"众生平等、平心静气、相互尊重"用不同色彩的水笔一一写到了白板上，并请程乐母子在白板上签下自己的名字。而程鹏则隔着视频请妻子代他签名，以示他与家人同在。

接下来，我请大家一起做游戏。程乐一听就手舞足蹈起来，而杨柳因为已经有过一些体验性治疗[69]的经验，也不像之前那样紧张而扭捏。只有程鹏表示难以接受，不停解释虽然他不想冒犯我，也不想扫程乐的兴，但做游戏这种事，对他这种成年人来说实在是不合适。我问他在生意场上是保守派还是冒险派，程鹏立即心领神会，说明白我的意思。既然他敢在生意上冒险，就没有道理在家人面前退缩。我称赞他悟性高，并告诉他随时都有叫停的权利。这让程鹏备受鼓舞，下定决心参与到游戏中来。

我请大家起身，轮流用一句话去表达自己对这个家或是某一个家人的正向感受，并用肢体语言去具象化这种感受。聆听者若是产生共鸣，可复制发言者的肢体动作以示回应。

"我先来。"程乐积极响应，"我感觉得这个家的每一个人都应该对老妈好一些。"说着，程乐向前伸出双臂做出一个拥抱的动作。

"对，好儿子！你妈没白疼你。"程鹏一边复制程乐的肢体动作，一边夸赞儿子。

"肉麻……"杨柳半是娇羞半是甜蜜地"数落"儿子和丈夫。

"谁肉麻了？老妈，你不复制我的动作，是因为你不认为我们应该对你好一些吗？"程乐调侃道。

"哪有？你们当然都应该对我好咯。"儿子的调皮令杨柳愈发感到放松，情不自禁地做起了与程乐一样的动作。

"到你了，老妈！"程乐提醒母亲。

---

69 体验性治疗（experiential therapy），泛指使用表达性工具和活动的治疗技术，例如角色扮演或表演、艺术与手工艺、音乐、道具、想象性引导，或各种形式的娱乐活动，以重现或重新体验在过去和当下关系中所发生的情绪及情境。

"我感觉这个家的每个人也都该对老爸好一点。"杨柳一边说,一边学着儿子刚才的动作,也做了个拥抱的姿势。

"谢谢老婆,还是老婆疼我。"程鹏在视频里笑开了花,隔空拥抱的同时,还加了个飞吻。

"医生,不认同的话,怎么办?"正当房间里涌动的暖意越来越多时,程乐冷不丁地发问。在得到我不认同不用回应的确认后,程乐两臂交叉,一脸冷漠。

程乐的这一举动让程鹏的脸色瞬间涨得通红,气氛也随之尴尬起来。

"我感觉这个家需要温暖,我给大家递杯热茶暖暖心。"静默片刻之后,程鹏终于开口,并躬身做起了敬茶的动作。

"嗯,是要喝杯热茶。"杨柳立即响应,躬身隔空回敬了丈夫一杯热茶,然后又转向儿子,"乐乐喜欢奶茶,老妈给你献上一杯日出红豆奶茶"。

"还是老妈懂我。"程乐从母亲手上象征性地接过奶茶,再用想象中的麦管向着想象中的奶茶一戳,然后夸张地大口"吮吸"起来。一系列的动作自然流畅,恍若戏精附体,惹得程鹏哭笑不得,自嘲也不知多少辈子修来的福气,得了这么一个让人又爱又恼的宝贝儿子。

又轮了几圈,等感觉差不多已经通过游戏积累了不少有价值的议题后,我请大家坐下来分享在游戏中产生的想法及感受。

这一回,程鹏第一个举手申请发言。他表示通过刚才的游戏,他深切感受到程乐对杨柳的关爱与疼惜。这让他对妻子非常羡慕,不知如此舐犊之情,自己是否有机会能在有生之年也感受一把。言辞恳切之余,程鹏突然心头一酸,湿润了眼眶。我望向程乐,只见他低头不语,完全没有注意到父亲落泪的场面。于是,我请程乐抬起头,注视着视频里的父亲。然后请程鹏对着儿子,用第一人称把刚才的话复述一遍。

  程鹏起初有些不好意思,但在我的鼓励下,终于放下面子真挚地对着儿子说:"乐乐,爸爸感觉很欣慰能看到你对妈妈的感情这样深,这让爸爸很羡慕妈妈,不知自己有没有像妈妈一样的幸运,能在有生之年也感受一番儿子对我的真情……"说到这里,程鹏忽然开始哽咽。我不说话,给程乐充分的时间去消化和感受父亲对他的感情,也给程鹏更多时间去体会与自己的情感相联结自己的感受。过了许久,程鹏再度开口,语气异乎寻常地平静:"乐乐,爸爸上周也去看心理医生了。这是爸爸人生第一次坐在一个陌生人面前,敞开心扉。说实话,爸爸一开始很紧张很犹豫,不知自己应不应该就这样把深藏心底的秘密就这么一股脑儿地都倒给别人听,我相信简医生推荐的人一定不会错。更重要的是,简医生是你信任的人,既然做儿子的可以这么勇敢地把自己的心毫无保留地展现给医生,那么,做老子的就没有道理做个懦夫。咨询结束后,我很高兴自己终于跨出了这一步,也很感激自己的儿子给老子做了一回好榜样。我希望我们父子俩都能继续坚持下去,并通过简医生的家庭会议,让这个家越来越有爱,越来越像一家人。"

  程鹏的话让我大吃一惊,怎么也没想到,上一周还动不动就"老子教训儿子天经地义"的程鹏会突然一百八十度大转弯,彻底放下做父亲的架子，如此心无芥蒂地向儿子袒露自己的心路历程。我隐约感觉到程鹏方才的那席话，会是父子关系的转折点。

"这个家有没有爱，我们能不能像一家人一样好好在一起，完全取决于你。"程乐双眼直视着屏幕里的父亲，一字一顿地说，"如果你的心里只有金钱与成功，而金钱需要你以放弃陪伴家人的时间为代价，成功要以儿子的成绩够不够优秀为标准，那么，我可以很负责任地告诉你，这个家是不可能有爱的，至少我感受不到！我不知道我说的这些，你能不能懂。如果能，那最好。如果不能，我也只能帮到你这里了。"

程乐的话铿锵有力，每一句话都仿佛是一把尖刀，插向程鹏心里。我有点担心程鹏沉不住气，便问程乐他理想中的父亲是什么模样。程乐先是冷笑了一下没吱声，然后把目光从父亲身上挪开望向窗外，叹了口气后悠悠说道："至少不是他那个模样。"

"乐乐，你这么说真的很伤你爸的心。"一直默不作声的杨柳终于忍不住开口了，"你爸的心里是有你的，听说你在美国出了事，你爸当时就高血压发作，被送进了抢救室。他这么多年在外面打拼，也都是为了能给你一个光明的前程……"

我注意到杨柳说话的时候，程乐的脸上显得有些不耐烦，故而连忙向杨柳摆了摆手，示意她不要继续说下去。以这些日子以来我对程乐的观察和了解，他的内心其实是很爱自己的父母的。只是父爱的常年缺失，令他对父亲对自己的爱产生了置疑。因而当下最需解决的是如何支持程鹏表达他对儿子的爱，又如何支持程乐去感受父亲的爱。但这样的支持其实并不容易，因为在程鹏心里，他的父爱是以能不能给儿子最好的一切（物质）来体现的，而金钱又恰恰是最难打动程乐的地方。尚未成年且涉世未深的他，是很难想象父亲养家的艰辛的，而他真正在乎的陪伴又恰好是程鹏认为相对次要的东西。也就是说，父亲认为攒钱养家是自己对家人最现实也最真挚的爱的表达，儿子却认为陪伴才是最珍贵也最能令他感受到父爱的方式。

针对父子俩在爱的理解上所产生的分歧，我请大家分别写下自己对家人最大的三个需求，并按照优先级罗列下来，分享给家人。结果与我猜想的大同小异。程乐最想要的是父母的信任、陪伴与支持；杨柳最想要的是儿子的理解、丈夫的疼爱，以及家庭的和睦；程鹏最想要的是儿子的爱、妻子的支持，与家人的体谅。我又请大家找出各成员需求间的共同点，并就家人如何满足其需求的言语及行为模式进行了深入探讨。

治疗接近尾声时，一家三口达成共识，会将在此次家庭会议中运用的交流模式延伸至日常生活中，即尽可能保持平等、平和的心态去聆听和尊重彼此。同时，注重爱的表达，不是以自己想象中他人所需要的方式，而是在真正理解他人需求的基础上，以他人需要的方式去表达。

星期五/浮生若梦

密斯顿监狱
—

在梦与现实的边缘,我们是自由飞翔的鸟儿,亦是囚禁深渊的影子。生命之舞,在无形的牢笼里挣扎,亦在绝望之中探寻希望的曙光。

多年前,我曾在上海电影节上看过一部名为《凯撒必死》[70]的电影。取材于监狱的影片,并未沿用同类题材惯用的激情与暴力路线,而是独辟蹊径,以纪录片的形式,跟踪拍摄了一群意大利重刑犯,在狱中排演莎士比亚名剧《尤利乌斯·凯撒》[71]的过程。其间,一句"假如能抹去凯撒暴虐的思想,就无须撕裂他胸膛"的台词,唤起了一名参加排练的囚犯深埋心底的回忆:入狱前,他曾因类似的想法,放走过一名试图揭发他的告密者;但那人并未"知恩图报",而是选择以"背叛"他的方式,令其锒铛入狱。因而,当戏

---

70 《凯撒必死》(Cesare Deve Morire)是一部 2012 年上映的意大利黑白纪录片风格电影,由保罗·塔维亚尼(Paolo Taviani)和维托里奥·塔维亚尼兄弟(Vittorio Taviani)共同执导。电影以其独特的创作手法和深刻的主题广受赞誉,成功地将纪录片的真实性与戏剧的表现力融为一体。

71 《尤利乌斯·凯撒》(Julius Caesar)是威廉·莎士比亚(William Shakespeare)创作的一部历史剧,约在 1599 年完成,主要讲述了罗马共和国末期凯撒大帝的政治生涯、他的被暗杀以及随后发生的事件。

剧的虚构与生命的真实,以一种错位的方式巧妙融合时,这名囚犯的内心所受的煎熬是难以言喻的。

同样深受洗礼的还有看似不相干,实则很难不对剧中人物产生强烈共鸣的观众。记得当时的我,在影片结束后的很长一段时间里,一直难以平复自己的心境。一想到莎翁可以跨越时空,用笔中的人物在每一个生命个体的人生轨迹中留下相似的印记,我就很难不为命运的相似、人性的相通而感到震撼和敬畏。后来,随着我在心理领域的沉淀和积累越来越多,我也渐渐生出了一些新的感悟。我发现,虽然困境可以复制,但选择可以不同。同样的情境,有的人选择向左转,有的人却选择往右走。选择错误的,可能会付出沉痛的代价。但即便是再大的代价,也终归会有重新选择的希望。只是当抉择的机遇再次降临时,我们是否还有勇气再次做出选择,又或是自暴自弃,将重新开始的可能扼杀在自我设限之中。

正是有了这样的体验和感悟,我才可以每周都坚持抽出半天的时间,前往密斯顿监狱开设非营利性质的戏剧工作坊。我希望来参加工作坊的学员们可以在艺术与生活的虚实之间,释放自我,审视过往,感受道德与人性的天然困境。同时,也希望在工作坊收尾之即,以作品公演的方式,为团体成员们带来登台亮相的难得机遇。公演的目的不是为了展现成果、收获掌声,而是为身陷囹圄的囚徒们搭建一个被外界看见、了解、关注和接受的平台,令他们对自身的价值有新的认知,进而有勇气和动力去创造机遇、不畏抉择。当然,这样的公演对于普通的公众而言,也是一个难得的良机,使他们可以深入接触到这个为社会所遗弃的隐性群体,了解他们的所思所想、所愁所叹，进而摒弃成见、开放支持。

如今，距离演出开场只有不到半小时的时间了。偌大的会场，已经陆陆续续来了不少宾客。有我在心理界的导师和同行，也有参演学员的亲朋和好友，更有与演员们同困深牢的狱友，以及与演员们没有任何生命交集的社会公众。此外，狱方邀请的多家媒体也早早地来到会场，在舞台的前后左右以及会场的各个角落搭建起专业的摄影摄像器材。

虽说这些年来我跟着导师在监狱开工作坊，不止一次见过这样的阵仗，但以总策划、总导演的身份亮相公演还是第一次。眼看着观众席上的人越来越多，我的心跳也随之加速起来。为了给自己和演员们打气，我把大家召集起来，在演出开始前做最后的热身。与两小时前，带领大家所做的身体热身和角色热身不同，此刻的练习以减压为主，意图帮助大家把注意力集中到当下。

我请所有人围成一个圈，从我左手边的比利开始，通过拍手的方式创造一个简单的节奏。然后，由他身旁的大约翰接力，重复比利即兴创作的这段节奏，并在此基础上稍作变化，再传递给下一位伙伴。等每位参演成员都轮过一圈，把经过多次变形的节奏传回比利时，我请他在拍手打节奏的同时，配上一小段肢体动作，以表达此刻的心情。其余成员则对比利的动作进行镜像复制，然后依次往下传。由于本次公演的主题是梦，所以，大家都自然而然地在自己的动作中加入了与梦相关的元素，并与当下的心境相呼应。比利创作的是一段飘浮的即兴舞蹈。只见他张开双臂、旋转身体，如痴如醉地传达着一种恍如梦境的感觉；而紧随其后的大约翰，则用一段不规则的步伐带领大家随意行走，以表现当下的不确定性和无序感；接着，乔纳森、爱德蒙、费费等也纷纷随心而舞，或轻摇头部，或蜷缩伸展，或轻盈跳跃着，尽情表达着他们当下的感受。我发现在场的每个人看上去都神情自若，比我要放松许多。这让我释怀了不少，方才的紧张情绪也得到了一定程度的缓解。

随着一阵清脆而悠长的开场铃声，空无一物的舞台上缓缓升起一层淡淡的薄雾，与柔和的灯光交织在一起，营造出一种超现实的氛围。费费身着宽大而轻盈的长袍，用不停的转身和跳跃，勾勒出一幅蝴蝶翩翩起舞的生动画面。渐渐地，舞台的光影从朦胧的月色转向清亮的晨光，费费扮演的蝴蝶也缓缓停下灵动的舞步，轻轻晃动着身体，仿佛陷入了一段沉思。光影越来越亮，费费的动作幅度也越来越细微，最终归于静止。

正在全场屏住呼吸、静待续篇时，一身白衣的乔纳森从台侧行至舞台中央，用低沉而富有磁性的嗓音，开始了一段蕴意十足的开场白："在很久以前的东方，有一位智者。他做了一个梦，梦见自己化身为蝶，欢快地飞舞旋转。因为那种自由自在的感觉既美好又真实，以致智者醒来之后，竟分不清此刻的自己，究竟是梦见蝴蝶的智者，还是梦见智者的蝴蝶。虽然时隔千年、地隔万里，但我和我的伙伴们时而有着与智者相同的感受。失去自由的我们，时常会有一种恍然若梦的迷失感。分不清过去的种种和当下的一切，哪个是梦境，哪个是现实。而对于未来，我们更不敢轻谈梦想，因为我们不确定自己还有没有资格做梦，又或者所谓的梦想，只不过是痴人说梦，永远也无法实现。于是，我们以梦为引，有了接下来的故事……"言毕，乔纳森随着逐渐黯淡下来的灯光，消失在黑暗之中。

待舞台的灯光再度亮起，爱德蒙和他的剧组成员已经各就各位，准备好进入自启剧《囚徒困境》的第一幕了。接下来，艾力的《出埃及记》和费费的《我有一个梦》接连登场，带着观众在跌宕起伏的生命叙事中，探索梦想与现实的冲突与交融。等到大里昂的剧作《垃圾的自白》粉墨登场时，观众们早已浑然忘我，随着三出戏中的人物命运，经历了几个人生。

作为本次公演的压轴之作，《垃圾的自白》是一曲长在垃圾堆，想要站起，却无力回天的哀凉之歌。当大里昂戴着泰迪熊头套，迈着笨拙却不失可爱的步子欢快出场时，台下无不被他故作萌态的模样逗得前仰后合。而当泰迪熊被主人当作垃圾，遗弃在暗无天日的垃圾场时，泰迪熊不甘寂寞却又无力回天的自白，又将方才的欢声笑语一并吞没："我是一个垃圾，一个无人问津的垃圾。我的主人说我不配活在阳光之下，因为我又蠢又傻、一无是处。可是，我不甘心。我本是人见人爱的泰迪熊，为何就因为主人的一个冷眼，要饱受欺凌、惨遭遗弃？我告诉自己，真正的强者不会被垃圾掩埋，他会从垃圾堆里站起来，带领他的垃圾兄弟冲出去。可是，等一下，我是强者吗？如果我是，为何我的身体正在腐烂，我的灵魂又为何止不住哭泣？"

台下一片静默，我看见不少观众默默掏出纸巾抹起了眼泪，还有些人微闭双眼，仿佛不忍直视泰迪熊悲伤绝望的呐喊与嘶吼。

忽然，一声巨响打破死一般的寂静。大里昂摘下泰迪熊的头套，换上了象征"瘸帮"的蓝色印花巾。其他扮作被主人抛弃的各色"垃圾"们,也纷纷换上了一样的印花巾,与大里昂一起用集体嘻哈说唱的形式,展现了黑帮岁月的弱肉强食、纸醉金迷。

戏的最后一幕,回到了现实中的密斯顿监狱。身着蓝色囚服的大里昂与他的一众狱友正在艺术教室排演莎翁名剧《李尔王》[72]。"我没有路,所以不需要眼睛;当我能够看见的时候,我也会失足颠扑,我们往往因为有所自恃而失之大意,反不如缺陷却能对我们有益。"剧中,大里昂化身格洛斯特伯爵[73],道出了过尽千帆后的回归与醒悟。

悲喜交加、起落有节的戏剧化呈现,赢得了观众的如潮好评。演出结束后,许多媒体和观众纷纷对四部曲的创作背景及前因后果产生了浓厚的兴趣。四位主创也来之不拒,热情而坦诚地为众人一一解答。当有人问大里昂,是否对出狱以后的日子有所期待和打算时,这位曾经的黑帮老大憨厚地笑了:"我要成为一名公益演说家。去社区、去学校,给所有需要我的公众讲述我自己的人生故事及人生感悟。我希望我的演说,可以温暖像我一样受过伤的泰迪熊,也希望每个人都能了解,假如暂时没有办法感受被爱,那么至少可以先学会爱自己。"

为了躲避媒体采访,隐身后台的我,听到大里昂的这番话,忽然鼻头一酸、潸然泪下。

---

[72] 《李尔王》(King Lear)是威廉·莎士比亚创作的一部悲剧作品,探讨了权力、背叛和宽恕的主题。

[73] 格洛斯特伯爵(Earl of Gloucester)是《李尔王》中的一个重要角色,因其对非婚生子埃德蒙(Edmund)的盲目信任和对合法长子埃德加(Edgar)的误解,而家庭破裂,自己也被剜去双眼、被迫流亡。

星期六/光影之间

瑞贝卡和简

一

独角兽里里喜欢在阳光下奔跑,也喜欢在月光下散步。然而,太阳和月亮似乎总是相互排斥,令里里无法同时感受日光的温暖和月光的温柔。为此,里里踏遍山川与河流,想要找一片日月同辉的土地。然而,花开花落,年复一年。里里始终没有找到心中的圣地。他这才逐渐认识到,所谓的两全其美,其实并不存在。但这不妨碍他在心中建起一个专属他自己的光影世界。在那里,里里可以在月光下感受阳光的温暖,也可以在光亮中享受夜的宁静。

我坐在瑞贝卡的诊疗室里,看着耀眼的晨光透过半开的窗帘,洒在温暖的木质地板上,形成斑驳的光影。偶有微风拂过的时候,窗帘随风而动,原来的光影也随之变幻,组成新的图案。

"早安,简,这一周过得如何?"瑞贝卡步伐轻盈地走进房间,虽已年近七旬,体型匀称的她,依然看起来面色红润、充满活力。唯有那头花白的短发像是在悄声提醒我,眼前的这位笑容可掬的老人,是一位有着丰富人生阅历和临床经验的智者。

"早安,瑞贝卡。一切如常。"我像往常一样,掏出笔记本,打算把这一周以来梳理的需要探讨的案例逐一分享给瑞贝卡听。但我只略微扫了一下大致的笔记内容，便把本子合了起来。我告诉瑞贝卡，今天我不想探讨具体的案例，只想谈谈我最近的状态。

瑞贝卡用她那双充满智慧的眼睛注视着我，鼓励我继续说下去。

"我感觉很矛盾，有些理不清思绪。"我把视线调回地上的光影，仿佛那些随风而动的光影，可以帮我按图索骥，找到答案。我告诉瑞贝卡，那场花费了我大量心血的《梦境四部曲》昨天终于完成了在公众面前的亮相。演出开始前，我比团体里的任何一个人都要紧张，害怕演员会出错，灯光会不起作用，音效会跟不上。然而，演出却比我想象中还要成功。

"听起来，这是一个巨大的成就。恭喜你！"瑞贝卡说道，"可是，为什么你的语气和神情中，似乎透露出一些喜悦以外的情绪？"

"是的。"我叹了一口中气，感到一种难以言喻的沉重，"按理说，得到媒体和公众的肯定，是我梦寐以求的结果。但不知道为什么，当我迎来期待已久的掌声时，我却感觉异常疲惫。我甚至避开了媒体的采访、观众的提问，自己一个人躲到后台，发了好一会儿呆。"说着，昨天落幕后的场景再度浮现在我的眼前。按照和狱方商定的计划，演出结束后，我会以导演的身份接受媒体的采访，并在接下来的互动环节，与演员一起接受观众的提问。但我在演出落幕后，对监狱的工作人员谎称自己有些不舒服，一个人退到了后台的休息间。当演出团体的成员发现我并没有和他们一起参加采访和互动时，纷纷来后台找我，关切之情溢于言表。而我却淡淡地告诉他们，回到舞台，因为那才是他们此刻最应该在的地方。

"是什么让你想要避开闪光灯，退居幕后？"瑞贝卡轻声地问道。

"我不知道。也许我想把这份公众的关注让给演员们，因为他们比我更需要这份荣光。"我犹豫着回应道，语气中充满着不确定。忽然，一阵轻风吹过，把微微晃动的光影彻底打散。这让我突然想到了另一种可能性。"又或许，是因为我害怕被关注吧。我总觉得自己还没有准备好。"我鼻头一酸，落下两行清泪。

瑞贝卡没有作声，只是静静地坐在那里，等我让这股突然而至的酸楚感慢慢褪去。然后，她问了一个意味深长的问题："简，你是否曾经为自己的成功庆祝过，就像你为他人的成功喝彩那样？"

瑞贝卡的提问像是一道光，照进了我内心深处那片晦暗无边、飘浮不定的沼泽地。我意识到，我总是在追逐梦想，追求完美，却很少为自己的努力喝彩，为取得的一个又一个成就庆祝。从小到大，每当我取得一个好成绩、获得一个好名次时，我的父母便提醒我戒骄戒躁，千万不要因为一时的成功就忘乎所以，停下努力的脚步。所以，在我成长的过程中，几乎从来没有机会为自己的任何一点成就而庆祝。久而久之，我渐渐养成了只努力向前，不为任何成功而停留的习惯。无论是考上理想的学校，还是在工作中崭露头角，抑或是留学美国，靠着一个人的打拼，攻克了语言障碍、取得了专业学位、获得了行业认可，走过了一个又一个值得纪念的里程碑，我都没有为自己举办过任何形式的庆祝仪式。他人给予我肯定和称赞时，我也只是一笑了之，觉得现在的这点成就根本不值一提，后面还有更多的梦想等着自己去实现。

这样的习惯不仅阻止了我停下来给自己的身心舒缓一下的机会，还令我很难发自肺腑地为他人的成就喝彩。因为在我看来，许多他人为之自豪和骄傲的成就,实在是小事一桩,并没有什么值得庆贺的。不过,作为一个社会人,我又不得不戴上面具,在他人为自己的成就兴高采烈时,送上"最诚挚"的祝贺,告诉他们所取得的成就是如何珍贵、如何来之不易,值得大肆庆祝一番。而作为一名心理治疗师,我更是在理性层面,知道庆祝成就对于心理健康的重要意义。因此,我对几乎所有的来访者都会不吝言辞,在他们的言辞中捕捉一切值得肯定、赞赏和庆贺的事件,帮助他们提升自我价值感、满足感和成就感。

这种对待他人和自身采取"双重标准"的心理模式,正是为什么我会在亲眼见证公演取得成功后,选择远离聚光灯,回避所有的庆祝和荣光的原因。我害怕自己英语不够流利、思想不够有深度,无法在接受采访时妙语连珠、口吐莲花;我害怕日后的我江郎才尽,无法再交出令自己和他人满意的答卷;我更害怕公众的关注会令自己迷失,失去继续前进的动力。所以我选择逃避众人的视线,却美其名曰,把机会留给更需要的人。

我如竹筒倒豆子一般,毫无保留地把内心的这些记忆、想法和顾虑一一向瑞贝卡作了倾诉。瑞贝卡依然没有作声,只是不停地点头、微笑,等我把话说完。

"所以,现在的你,会不会考虑为昨天取得的这个巨大成就而好好庆祝一番呢?"瑞贝卡笑吟吟地问。

"嗯,我应该学会庆祝。"我说。

"你应该?"瑞贝卡问。

"哦,不,不是。"我意识到刚才的话,意味着自己还是在习惯的思维定式中要求自己，而不是真的从内心去感受成功和庆祝的喜悦。"我需要庆祝。虽然这不是我的习惯，但我需要它，因为庆祝这种正向反馈，可以帮助我的大脑多多释放多巴胺[74]，而我实在太需要这些多巴胺了。"我玩笑着自我纠正道。

"哈哈，很棒！"瑞贝卡肯定了我的自我剖析和探索精神。接下来，又和我探讨了最近一直困扰我的另一个议题——职业倦怠感。我告诉瑞贝卡，昨天在演出结束后立即退居幕后的另一个原因，是我感到异常疲惫。最近，我经常感到身心俱疲，虽然在见来访者时，依然动力十足，但工作结束后，却疲惫不堪，对许多以前感兴趣的事失去了兴致。我感觉自己正处于职业倦怠的边缘，而之所以会陷入这样的状态，很可能与我目前的工作量有关。

当初，我在刚取得执业执照时，曾立下誓言，要在确保自己经济宽裕的同时，接手一些非营利性的案源，为弱势群体提供他们的财力无法企及的优质服务。之所以有这样的想法，并不是因为我的道德情操有多高尚，而是因为自己在实习时，接触了大量经济拮据，只能依靠政府和慈善资助才能获取心理治疗资源的来访者。我发现，由于政府的预算有限，几乎所有对弱势群体开放的心理治疗项目都只雇得起还在学习的实习生，或刚刚毕业的助理治疗师。一旦治疗师取得了独立执业的资格，就很难不计报酬地继续以低廉的收费，为这些群体提供服务。然而，就我个人的经验而言，我的许

---

[74] 多巴胺（dopamine）是大脑的一种重要的神经物质，与大脑的奖励系统密切相关。当人们在进行令人愉悦的活动时，大脑会释放多巴胺，以正向强化的方式，鼓励人们继续重复那些活动。

多专业知识和经验并不是从学校和书本里得来的，而是我在做实习生和助理治疗师时所服务的来访者，给了我足够宽容的空间，允许我在不断试错中慢慢成长起来。所以，我希望可以在自己的专业能力越来越精进的同时，仍旧有机会回报这些群体。而且，那些从政府接手的非营利的案源，也确实为我的工作赋予了更多的意义。尤其是当我看到自己所服务的失足青少年，在我的帮助下渐渐好转起来，甚至可能因为我的努力，就此改变人生轨迹的时候，我就感到自己的人生充满了意义。而生命的意义，一直是我在追寻并为之努力的目标。

但另一方面，非营利性的工作，能带给我的经济收益是十分有限的。我必须确保自己有充足的时间，接受自付费的来访者。而且，相比那些被法庭强制接受治疗的来访者，自付费的来访者对治疗更具积极性和主观能动性，因此治疗也能更快出成效。这对素来追求高效的我来说，也是满足自我成就感的重要途径。因为两边都想要，觉得每一个案源都颇具价值，不想放弃，所以工作量越来越大，导致了如今这样不堪重负的困境。

"有没有一种方式，可以让你既满足自我的价值感，又确保经济上的宽裕，还能让你在工作和生活之间找到平衡点呢？"瑞贝卡问。

"其实，我一直在思考这个问题。"我说，"但似乎并没有一个完美的答案。我想过调整我的工作模式，比如，增加团体治疗的比例，这不仅能提供我的工作交流，还能让更多的人受益。但我又喜欢个体治疗的许多优势，并不想为此压缩现有的个体治疗时间。然后，我又想过通过远程服务，或放弃监狱的戏剧治疗工作坊项目，来节省我的时间和交通成本。但作为一名戏剧治疗师，线上服务的效果远没有线下好，监狱的项目也是我非常喜欢的项目，放弃的话，会很可惜……"

"而且你还要关注自我成长和休息的重要性，确保自己不会因为工作过度而耗尽自己。"瑞贝卡打断了我想要做出改变，却因种种原因无法改变的托词。

我沉默了，心中泛起了层层涟漪。是啊，我可以继续说出更多无法改变的理由。可是，这并不是我需要的。假如因为这样或那样的原因，迟迟不做出任何的改变，那么结果只有一个，我真的会在不久的将来，把自己耗尽。

"是的，我不可能都要。我必须学会舍弃。"在意识到这个我并不想接受却不得不接受的事实后，我深深叹了一口气。

瑞贝卡的眼中闪烁着认同和赞赏的光芒，她的问题不仅仅是一个询问，更是一种引导，让我对找寻内心的答案有了更清晰的方向。

离开诊所时，我的心情比来时轻松了许多。我知道，关于工作和生活的平衡，从来不会有最优解。所谓有舍才有得，只有懂得取舍，才是平衡有道的不二法则。只是放下对我来说，一直都是道难解的谜题，我打算和本好好聊聊这个话题。

星期日/一把双刃剑

本
一

在我们尝试理解他人的时候，往往会遭遇许多无形的边界。这些边界，就像是八卦图中的阴阳分界线。阴界是我们害怕被看透，想要隐藏内心的秘密；阳界则代表我们希望被理解，渴望与外界的联结。在这些界线的边缘行走，就好像手持一把双刃剑，既能为我们带来连接，也可能伤到脆弱的关系和自我。

许多人对心理治疗师这个职业抱有一种误解，认为治疗师擅长洞悉人心，因此，也必定能处理好自身的人际关系。事实上，正如一枚硬币有正反两面，治疗师的专业素养虽然可以帮助他们在人际交往中取得优势，却也会为他们带来一些职业弊端。例如，治疗师们可能习惯于使用大量的专业术语，对周围的人进行说教；又或是事无巨细地对他人的言行予以分析，无论对方是否情愿。

起初，我对简的这些职业病并未在意。当她用依恋理论，解释可乐既渴望亲近又拒绝接近的矛盾行为时，我甚至还觉得有些好笑。然而，随着时间的推移，我开始意识到简对可乐的观察和分析，并不只是说笑。她会以学术研究者的态度，将可乐的一举一动均记录在案，并通过持续的数据积累和分析，得出初步结论，再通过更多的实验和观察,来反复验证这些发现。

例如,可乐在幼年时,不太喜欢喝水。简就在他喜欢吃的湿粮里掺入了大量的水分,希望借此提升他的摄水量。但很快她就发现,这一招并不总是奏效。有时候,可乐宁愿挨饿,也不愿碰掺了水的猫罐头。于是,简对水量和水温进行了一系列的实验和调整,发现只有水量和温度都达到理想的阈值范围时,可乐才会甘之如饴地将掺在湿粮里的水一饮而尽。

当然,作为一名心理治疗师,简最感兴趣的还是可乐的心理层面。比如,可乐不喜欢我,只要我一跨越它心中的那道警戒线,就会遭到它充满敌意的抵抗。或东躲西藏,或满屋狂窜,有时还会向我发出低吼或"嘶嘶"声,企图以此将我逼退。一开始,我以为可乐对我的抵抗,只是因为它不喜欢刷牙,而每天给它刷牙的重任又偏偏交在了我的手上。但简否定了我的想法,理由是她给可乐刷牙时,他不仅不会试图逃跑或反抗,还会欢快地打"呼噜"。所以,简认为可乐厌恶我的原因,并非是厌恶刷牙,而是由多重心理因素集合作用所致。

首先,作为一只家猫,可乐的天性充满领地意识。而这个家,在我加入以前,只有简和可乐相依为命。所以,可乐很可能把我当作了入侵者,认为我破坏了家庭的既有结构。而它只有通过向我表示敌意,才能牢牢吸住简的注意力,进而确保它的家庭地位不下滑。

其次,可乐是简一手养大的,自然也继承了她的优良传统,具有敏锐的观察和感知能力。它知道简征服欲强,所以在她面前,它不会做无谓的反抗和挣扎。但我不同。可乐知道我生性随和，不喜欢强迫他人，更不喜欢竞争和对抗。所以，它对我的抵抗和对简的服从，是"欺软怕硬"的最佳写照。

第三，可乐在幼年时曾遭受过创伤，很容易感到焦虑或不安。所以，简认为可乐很可能把对我和她的分而治之，当成了一种自我保护的操控战术。具体而言，可乐亲简疏我的行为，只是想让简相信，她在他的心目中有着无可取代的地位。这样一来，它就会牢牢占据简的心，并在家中保持不输于我的家庭地位。为了证明自己的推断，简还特意举了个例子。她问我可曾留意过，她不在家的时候，可乐对我的敌意会明显减少。假如她出差好几天，可乐甚至会时不时凑到我跟前，用它的小脑袋蹭我的双腿，然后再迅速地跑开。但只要她一回家，可乐就会故态复萌，即刻对我弃之敝屣。简认为可乐的这种戏精附体般的行为，是它意图操控我们，以最大化其自身利益的有力佐证。

听着简头头是道的分析，我不禁有些出神。我不确定她对可乐的这些推论，到底有多少是符合可乐的真实心境的。我也不确定简究竟有没有把她的专业精神也沿用在我的身上。想到这里，我不禁有些脊背发凉。毕竟，不是每个人都可以适应这种无时无刻不被观察分析的生活方式的。我决定好好和简聊一聊这个话题。

"简，你总是说我和可乐有许多相似之处，能具体说说我和可乐究竟像在哪里吗？"我不喜欢正面冲突，所以，我决定从她感兴趣的问题入手，为接下来的话题铺路。

"哈哈，当然。"我猜得没错，简对我的问题显得颇感兴趣。

"首先，你和可乐都是雄性。"简半天玩笑半当真地开始了她的论述，"其次，你们都很可爱，超可爱的那种。"说到这，简的笑意渐浓，有些眉飞色舞起来。我尴尬地笑了笑，尽管明白她所说的可爱在我和可乐身上有着不同的含义，但把我和一只猫相提并论，总觉得有些奇怪。

"然后，你们俩在性格上也有许多共通之处。比如，你们都能在平凡的小事中得到满足，也能在当下感受快乐，最重要的是，你们俩的边界感都很强。"简继续分析道。

"边界感强，是好事还是坏事？"我问。

"能守好自己的边界本身，是件好事。但如果过了头，就不好了。"简说，"比如，每当我看到你俩的可爱模样，就忍不住想上前亲近。可你俩都边界感十足，并不是每时每刻都欢迎我的亲亲和抱抱。于是，只要我在想亲近你们时，发现你们面露难色，我就有些感伤。理性上，我知道你们都很爱我，并不排斥与我的亲近，但再亲密的个体之间，也是需要设置一定边界的。因为只有这样，才能确保个体间的独立性和自尊。然而，理智上再明白的道理，情感上却不一定都能接受。想想我们仨都如此亲近了，还要区分你和我，时刻注意彼此的边界，我就感觉有些孤单……"说到这里，简停了下来，似乎不太确定自己是否要继续往下说。

我有些为难。一方面，我能理解简想要时刻和我亲近的渴望，情感上也很想尽可能满足她的需要。另一方面，我也知道自己有多需要独立的空间。不论我对她的感情有多深，我都不希望失去能给我带来安全感的那道边界。我伸出手臂，把简拥入怀中，希望用自己的肢体语言向她表达我对她的爱意，也希望她能懂得我的这份两难。我告诉简，我不想她有孤单的感觉，但就像她所说的那样，再亲密的个体之间，也还是需要一定的边界去确保他们的关系健康的。有时候，我和可乐看上去是在拒绝她，但事实上我们只是需要独处，仅此而已。

"嗯，我知道。"简轻声地回应我，"我只是需要时间去慢慢接受，也需要更多的时间去理解你们，虽然要完全懂得你们，并不是一件很容易的事。"

"可乐没法和你沟通，所以你没法完全懂他，我可以理解。但对我有什么不明白的，你可以直接问我啊。"我说。

"我不喜欢问，我喜欢自己琢磨，因为那样更有意思。"简的眼睛一亮，又有些兴奋起来。她说刚认识我那一会儿，她总觉得我身上有道难解的谜题，令她百思不得其解。表面上看起来，我是个内向且理性的人，逻辑严密、行事谨慎，没有太多的面部表情，也没有任何遇事冲动的迹象。所以，她以为我会偏爱那些安静、平和的音乐类型。后来，她却渐渐发现，我实际的音乐偏好与她的预期截然相反。这引起了她极大的好奇心，她花了很长一段时间来观察和研究我的性格与音乐喜好之间的联系，并慢慢理出了一些头绪。

首先，她发现我的音乐选择与我工作强度有关。作为一名整天与代码打交道的程序员，我需要时刻保持大脑的活力和思维的敏锐度。所以我在工作时，会选择节奏多变的音乐，以刺激我的创造性和灵感。

其次，她认为音乐于我而言，不仅仅是消遣娱乐的工具，更是我释放内在情绪的出口。而这种释放不只是一种简单的情绪宣泄，更像是一种情感的表达和自我的疗愈。也就是说，音乐是我外冷内热，维持理性和情感平衡的途径。

此外，简还意识到，我的音乐喜好深刻地反映了我内心深处的需求和潜在的矛盾。尽管日常生活中的我看起来沉稳内向，由逻辑驱动，但这并不意味着我的情感世界也像外在表现的那样宁静。事实上，那些情感表达激烈、节奏复杂多变的重金属音乐，就像是我内心世界的一个镜像，映射出我内心的激情与对表达的渴望。

说实话，在简说出她的这些分析以前，我从未想过自己的内在世界会与我的音乐喜好之间会有什么联系。如今被她这么一说，似乎确实有些道理。但同时，我也感到自己的边界被她冒犯了。我能理解她想要了解我，懂得我的初衷，也很感激她对我的良苦用心。可是，我并不喜欢自己在毫不知情的前提下，被她观察研究。我希望她意识到，我不是她的来访者。她无权也不应该未经我的授权，就对我进行研究和分析。因为我不喜欢自己的言行被过度解读，也不想在她面前，失去应有的私密性和个人空间。我希望我们的关系建立在平等和自主的基础上，而非在不知情、不自愿的前提下，被持续地窥探和评估。

我把自己的感受和想法对简和盘托出。她听闻后显得有些惊讶，但很快就表示她能理解我的感受。她向我致歉，说自己从未意识到她的职业习惯已经被她带到了生活中，并给我带来不适和困扰，甚至让我产生隐私被侵犯的感受。作为一名治疗师，她最应该注重的就是边界，却偏偏没有把工作和生活的边界理清。这是她需要成长的地方，所以，她很感激我可以对她毫无保留地倾诉衷肠，也为我们能平心静气地把颇具挑战性的话题聊深聊透而感到由衷的高兴。

简的语气中充满着愧疚、自省和反思，望着她满脸挚诚的神情，我感到一股暖流涌上心田。我开始憧憬老去的我们，回首携手成长的画面。

Seventh Week

第七周

星期一/三封信

蒂芙尼

一

有时候,一封离别书,就好像是一场心灵之旅的行李牌。承载着过往的酸甜苦乐,搭载着未来的希望与期待。慢慢地,我们会发现,在这场追寻自由与解脱的旅程中,真正的目的不在于身体的逃亡,而是一场直面内心风暴的灵魂归途。

又一个周一的清晨,我接到了缓刑官罗宾的电话,通知我蒂芙尼此次住院的情况已经查清。虽然她服用的是处方药,但其在缓刑期间再度酗酒的行为,使法庭认为有必要对其是否仍适合监外执行做出重新评估。开庭日定在本周三上午九点,如果我愿意,可以出庭就蒂芙尼当前的心理健康状况及其治疗进展发表我的专业意见。想到我的证词会在法庭考量蒂芙尼是否有收监必要时起到重要参考作用,我感到既兴奋又紧张,赶紧趁午休时,把与蒂芙尼相关的资料全都整理出来,系统性地作了一次梳理回顾。本打算等蒂芙尼下午来诊所时,与她好好聊聊接诊以来的治疗进展。未料到了约定时间,蒂芙尼却没有露面。这让我困惑不已,印象中的蒂芙尼是个很守时的人,从未有过无故失约的记录。即便在上周住院抢救这种极端情形下,她也不忘及时请院方联络我。这次究竟是怎么了?

正当我狐疑之际，安娜领着两位女子，敲响了诊疗室的房门。未等二人自报家门，我已经从其中一位女子的长相中猜出了她的身份。"太像了，简直是中年版的蒂芙尼！"我在心中暗自惊叹。

"您好，简，我是蒂芙尼的母亲黛西，这位是她的奶奶布昆女士。"中年蒂芙尼一边自我介绍，一边进房找了张沙发坐了下来。我赶紧招呼蒂芙尼的奶奶入座，一边请安娜为二位递上两瓶矿泉水。

"我可以抽烟吗？"黛西问我。我摇摇头，表示房内禁止吸烟。

"好吧。"黛西将刚从外套里取出的烟盒又放了回去，然后从包里取出三个信封递给我。"你一定很好奇为什么蒂芙尼没来复诊，来的却是我们吧？"黛西说。"说实话，我也很好奇我为什么会来心理诊所。上次看精神科医生已经是二十多年前的事了，那时蒂芙尼和她的弟弟妹妹们还都没出生，我比现在的蒂芙尼还要小几岁……"说到这里，黛西停了下来，望了望布昆又看了看我，"瞧我这性子，别人没开口，我就自说自话起来了。你不用管我，简。看一下我给你的信封，里面有你想要的答案。"

我点了点头，迅速扫了一眼三个信封，上面分别写着"致妈妈""致奶奶"，以及"致简"。

"我猜这封信是蒂芙尼写给我的？"我问黛西与布昆。布昆点点头，告诉我今天早上她起床，就发现这三封信整齐地摆放在餐桌上。当时她并不知道简是谁，于是只拆开了写给她的那一封，这才知道蒂芙尼昨天夜里趁着奶奶睡觉之际，离家出走了。事出紧急，布昆破天荒地给黛西打了电话，请她即刻过来与她会合。等黛西读了属于她的那封信，婆媳二人决定根据蒂芙尼在信中的请求，一起来诊所将留给我的那一封转交到我手上。

"我明白了,但为什么你把这三封信都交给了我?"我不解地问黛西。

"我和布昆谁都不愿意让对方看蒂芙尼留给我们的信,但我们其实又都很想知道对方的信的内容。所以,我想可能你能帮到我们。"黛西说。

我看了看布昆,见她点头默认黛西的说辞,便建议她们稍等片刻,待我把自己的那封信读完,再作商议。打开信封,蒂芙尼娟秀的字体映入眼帘:

亲爱的简,当你读到这封信的时候,我已经踏上去纽约的旅程了。原谅我用这样的方式与你告别。虽然我们相识的时间不长,但就像我说过的,我感觉与你很亲厚,也感觉只有在你面前,我才能彻底放松下来做自己。你是第一个我认为可以信任的人,你所带给我的安全感,是我的家人从来没有给过我,也永远无法给予的。想到此生可能再也难以与你相见,我就很悲伤。但我没有办法,假如我不走,等待我的必定是漫长的监禁生活。我不想失去自由,因为除了自由,我已一无所有。

感谢你这三个月来对我的关心,也感谢你上周专程来医院。如果不是你替我说话,我想我此刻还被他们关在精神科病房经受折磨。为了表示我对你诚挚谢意,也因为我们从此应该不会再见,我想我可以告诉你一个秘密,一个我从来没跟任何人透露过的秘密。还记得我小时候被母亲带去菲律宾,又被她扔在那里的故事吗?那是我人生最黑暗的时刻。因为每次想到那段岁月,我都会难以自制地悲伤,所以，我想用你教我的办法，以斗篷的口吻诉说那段不堪的往事。

那年斗篷七岁，妈妈带着她和两个年幼的妹妹一起去菲律宾与斗篷的爸爸团聚。爸爸长什么样，斗篷已经不记得了。只记得小妹还在妈妈肚子里的时候，爸爸就离开了美国。所以去菲律宾的路上，斗篷一直很高兴，想象着一家人其乐融融，再也不分开的样子。可惜，七岁的斗篷把一切都想象得太美好了。下飞机后，妈妈才知道爸爸并没有按照约定来接机。当斗篷她们几经周折好不容易来到爸爸家时，爸爸正同一个阿姨亲吻。妈妈当时就气炸了，不顾一切地冲上去踢爸爸和那个阿姨。接下来的日子，斗篷除了爸爸妈妈之间无休无止的争吵、撕扯、扭打以外，什么也记不清了。两个月后的某一个夜晚，妈妈单独带斗篷去逛街，给她买了好多漂亮的衣裳和斗篷爱吃的冰淇淋。斗篷入睡前，妈妈还专门陪在她身旁，给她讲了一个又一个美丽的童话故事。这让斗篷感觉很幸福，却没想到第二天起床的时候，妈妈和两个妹妹都已经不在了。爸爸告诉斗篷不用害怕，以后爸爸会照顾她。可是爸爸从没好好照顾过斗篷一天，斗篷不仅要给自己做饭、洗衣服，还要照顾爸爸的生活。而爸爸不是出门鬼混，就是在家酗酒，把斗篷辛苦整好的房间搞得一团糟。有时候爸爸甚至好几天都不出门，冰箱里没吃的了也不管，任由斗篷忍饥挨饿。这样的日子过了好几个月，爸爸突然面目一新，穿上西装、打上领带、拎上了公文包。爸爸告诉斗篷以后不用再辛苦度日了，有个阿姨会住到家里来照顾他和斗篷的起居。而爸爸也会为斗篷联系学校，送她去上学。就在斗篷以为苦尽甘来的时候，爸爸又开始与新住到家里的阿姨起了争执，没过多久，就把阿姨气跑了。爸爸也即刻恢复了原形,过上了酗酒摔东西的日子,甚至还会打骂斗篷,以虐待斗篷为乐趣。就这样,斗篷在爸爸家住了两年,直到斗篷的奶奶来菲律宾与爸爸大吵一架,并瞒着爸爸把斗篷悄悄带回了美国。

看到这里,我想你应该知道为什么这个秘密我从来都没告诉过任何人了吧。甚至是你,我也是几次想开口,又不知该从何说起。但这个秘密就像一块大石头,压在我心里实在太久太久了。我不想它再压着我了,所以我决定在出行前把它交给你替我保管。我走了。不用为我担心,也不用为我难过。我会好好照顾自己,也请你好好照顾你自己。

附言:我妈和奶奶素来水火不容。假如她们有矛盾想请你作裁判,你自己看着办。祝你好运!

又附:纽约是此次旅程的起点,但我并不清楚它是否将会成为我的终点。所以,请为我保密,不要告诉我的家人,更不要告诉罗宾。谢谢!

读完信,我百感交集。所有的一切都太出乎我意料了,无论是蒂芙尼的突然出走,还是她在信中提及的那个秘密。此刻的我,好想跟她好好聊聊,告诉她其实她本可以不用远走高飞,告诉她我很感激她对我的信任,并希望陪着她一点一点治愈伤口,直到莲花怒放的一天。可惜,一切都来不及了。

我把属于黛西和布昆的信还给她俩,并告诉她们,蒂芙尼写信给我的内容,我不会透露给任何人,也请她们尊重蒂芙尼本人的意愿。

"就知道你会这么说。你们心理治疗师最会说些不痛不痒的话了,谁也不得罪。"黛西不置可否地把信收进了衣袋里,起身告辞。一直不怎么说话的布昆却坐在原地,等黛西离开房间。

"我不会问蒂芙尼都在给你的信中说了些什么。但我想告诉你,蒂芙尼是个好孩子,就是命太苦了。作为她的奶奶,对于她所受的苦,我有着不可推卸的责任。因为假如当年我不和黛西闹矛盾,早点把她爸爸是因为在美国犯了事才逃去菲律宾的真相告诉黛西,那蒂芙尼也许就不会被她母亲带到她父亲身边。我不知道蒂芙尼在菲律宾的那两年究竟经历了些什么,但我知道那一定是场可怕的噩梦。因为蒂芙尼从菲律宾回来后,完全变成了另一个人。原来那个明媚、可爱、爱笑的蒂芙尼彻底消失了。我心疼她,可我想尽办法也没能让她重新快乐起来。所以,到后来我就渐渐放弃了,不知不觉中把注意力都转到了她的小妹莉丽的身上。蒂芙尼在写给我的信里质问我,为什么爱莉丽比爱她要多很多,我这才知道原来我对她们姐妹俩的天平竟然倾斜了这么久……"说到这里,布昆老泪纵横,泣不成声。

送走布昆,我的心绪久久难以平静。蒂芙尼低头沉思的样子、失声痛哭的样子、面带微笑的样子、描述水蜜桃身披斗篷的样子,时不时地浮现在我的脑海中。然而,在所有的记忆中,最令我难忘的还是她化身斗篷讲述自己人生故事的样子。那样的她,虽然说起话来轻声细语,给人一种弱不禁风的感觉,但斗篷这个词作为故事主角的名字,在她口中不断重复出现时,总让我感到一种无形的力量。而这种力量感如今想来,可能正是蒂芙尼身上难能可贵的恢复力,一种疗愈创伤不可或缺的能力。可惜这一点,我到今天才真正看清,而蒂芙尼却已离我远去。

星期二/爱的旅程

马克和米亚

一

梅子和青儿结伴旅行,在宛如翡翠般的湖面上,相继抛入了两颗小石子。微微的涟漪过后,湖水归于平静。青儿有些伤感,说自己力量不够,掀不起任何的波浪。梅子却用手指向湖心,说那里表面看上去波澜不惊。又怎知,我们的小石子不会落入湖底,穿透礁石。青儿的眼神渐渐有了光亮,挽起梅子的手,继续前行。

　　蒂芙尼的意外出走,仿佛一颗石子投在了静谧已久的湖中,激起了我心中的阵阵涟漪。我一直自认是一位效率颇高的治疗师,经手的来访者大多对我的工作成效和个人魅力给予了高度的评价。这让我有些自鸣得意,以为自己天赋异禀,天生是块做治疗师的好材料。但蒂芙尼的离开,令我产生了一种前所未有的挫败和无力感。我发现,不论自己有多么努力,都无法左右他人的生命旅程。我感到身心俱疲,开始认真考虑本提了好多次的建议——给自己放个长假,好好回报一下我的身体,也给自己的心找一个深度滋养的空间。

　　想到这里,我打开文件柜,开始梳理手头的案例,希望可以制订一个循序渐进的计划,为我现有的来访者在我度假期间的治疗需求，找到合适的解决方案。正在我埋头桌案时，前台打来电话，告诉我马克和米亚已经提前半小时来到诊所，正在大厅等候。我不由莞尔，正好可以趁此良机，了解一下他们的想法。我来到大厅，告诉马克和米亚虽然预定的时间还没到，但如果他们不介意，可以利用这段时间和我非正式地聊聊接下来的治疗方案。

两人喜出望外，随我步入诊疗室，手握着手坐了下来。未及我开口，米亚便迫不及待地向我宣布喜讯。称她和马克经过这段时间的治疗，发现彼此间的关系已经有了不少的改善。他们想暂停一段时间的治疗，去两人均向往已久的印度和埃及做一次长途旅行，希望这次旅行可以帮他们找回初识时的甜蜜。一直在旁点头的马克在妻子说完后，对他们的计划做了几个补充说明。他说自己希望这次旅行将是他们夫妻关系的新起点，同时，也希望真如米亚所言，找回当初的甜蜜感觉，他相信这会对接下来的治疗起到非常积极的作用。当然，他也很想倾听我的看法。如果我认为此时暂停治疗是不明智的，有可能破坏现有的治疗成果，他将会听从我的建议，放弃旅行的想法。毕竟，长期的婚姻幸福要比旅行所能带来的短暂快乐要重要许多。

看着米亚眉飞色舞的神情，我猜想她的心已经飞出了诊疗室，大约有一半在路上了。而马克虽然听起来也对旅行充满期待，但他似乎并不像米亚那样心意已决。假如我告诉他们此刻并不是旅行的最佳时机，那么，马克很可能会听取我的意见，而米亚则可能失望至极。

从他俩目前的状态来看，最近几周的治疗确实成效显著。但两人要真正把这段关系长期维持在健康水平，仍有很长的一段路要走。如若在此刻选择出行，那么旅程中的磕磕绊绊，很可能会成为关系倒退的助燃器。然而，假如他们能同心协力，在旅行中处理好这样或那样的矛盾，那么，这段旅行也确实可能为他们的关系改善起到助力。也就是说，这样的旅行，极有可能成为一块试金石，考验双方是否在过去几个月的治疗中，学会了建设性沟通，提升了冲突处理的能力。

当然，我如何想其实并不重要。作为一名治疗师，我并不能将自己的观点直接说给来访者听。也就是说，无论我认为旅行对于他俩的关系是有利还是有弊，我都不能直言相告。因为一旦我把自己的想法抛给来访者，就很有可能会影响他们自己的判断，而两人的关系走向，也会在一定程度上受我的观点所影响，这可是伴侣治疗中的大忌。

另外，从我个人的利益出发，他们在当下这个时间点选择暂停治疗，可以为我在规划度假期间的工作交接省去不少麻烦。但我并不能因为行事方便，就忽略来访者的最佳利益。况且，假如我现在就开口，告诉他们我正好也在为近期的出行做准备，那么夫妻俩很可能会把时间上的巧合当作一种神示。这样一来，我还是会对他们的决定造成间接的影响。

思来想去，我决定暂时先把自己的度假计划搁置一边，先帮他们理清旅行的动机。我问米亚，既然旅行的目的是为了找回当初的甜蜜，假如她在旅行后发现，甜蜜再难追回时，会不会又对这段感情失望？

米亚沉默了良久，才缓缓说出了下面这段令我再次对她产生强烈共鸣的话。她说，虽然自己确实很希望能通过这段旅行，重温当初与马克相识相知的点点滴滴，但她也做好了最坏的打算，并不是真的天真到想用一次旅行解决所有问题。她之所以萌发这样的念头，除了重温旧情以外，更是因为想把旅行当作她人生的新起点。自从她嫁到美国以来，她发现那个原本开朗率性的自己，渐渐被日常的生活琐事淹没了。而从一名职业女性变为一名家庭主妇，更是让她失去了经济上的独立。这让她很惶恐，惶恐到原有的自信被终年如一日的主妇生活消磨殆尽，剩下的只有那颗深感不安的心，生怕哪天马克会弃她而去，儿子也会因为她不能自食其力而看不起她。这种恐惧在马克出了医疗事故后，愈发加重。她不但要担心被丈夫和儿子抛弃，更要为未来的生计发愁。虽然马克告诉过她很多次，只要他俩省吃俭用，善于规划，家里的存款和保险公司的赔偿足够一家三口生活无虞，但她还是禁不住担心，不安全感与日俱增，连带着夫妻关系也逐渐恶化。

这几周的治疗令她收获良多，尤其是前两周所做的姿态练习，更是让她顿悟到拥有独立的经济能力，对于增强自己的安全感来说有多重要。所以，她已经下定决心，重回职场。但她知道，这条路对于多年未融入社会的她来说，会有多艰难。因此，与其说她想用一段旅行来帮助她和马克重拾爱的甜蜜，不如说她把旅行当作一种富有象征意义的仪式——祭奠那个在主妇生涯中渐渐失去自信的自己，同时，也迎接那个明知其路艰险也要砥砺前行的全新自我。

米亚情真意切的肺腑之言，让我简直不敢相信眼前的她，和一个月前那个事事锱铢必较且异常情绪化的她，是同一个人。更令我难以置信的是，米亚在说这些话时，情绪非常稳定，这表明重回职场的想法并非一时兴起，而是她通过治疗和练习，领悟反思的结果。如此迅速的成长，是我始料未及的。我发现此刻的自己，恨不得冲上前，给这个曾经让我烦恼万分，如今又令我万分欣赏的可爱女人，一个深情的拥抱。当然，我的职业身份并不允许我如此夸张行事，我也想在称赞米亚前，先听听马克此时此刻的感受。

与我一样，米亚的这番话，令马克深受感动。他紧紧握着妻子的手，仿佛只有这样才能表达他的感激之情。他告诉米亚，他很感恩自己在多年以前遇到了那个天真烂漫、美丽无瑕的姑娘，但他更感恩在多年以后的今天，能与那位姑娘坦诚相待，共历风雨。同时，他也向妻子致歉，当初不应该擅自替她做主，让她安心地做一名家庭主妇。尤其是在他失去了工作能力以后，他更加体会到，拥有一份工作对他意味着什么。从今以后，他会尽他一切的努力，去支持妻子。虽然他不能外出工作，但他可以在家里带孩子，这样自己的学识也不至于白白浪费。此外，他还可以包揽所有的家务，只要米亚不嫌他做饭难吃就行。至于米亚想要的旅行，他百分之百赞成。他相信不管旅行中出现怎样的摩擦，他们都能妥善处理。实在处理不好，就记下来，当作学习的素材，等旅行结束后交给我来帮他们处理。

眼见两人都对这次旅行充满了希望与信心，我觉得是时候把自己即将度假的想法告诉他们了。因为我可能需要一点时间来做好工作上的交接，所以，可能需要一个月左右的准备时间。马克和米亚听闻，连连拍手叫好，说他们也可以等一个月再出发。这样他们不仅可以利用这段时间，为旅行做好充足的准备，也可以在我这里继续学习和练习有效沟通的方式，以尽可能避免旅途中的冲突。此外，等一个月再出行也可以与我的时间表相匹配，不必在旅行归来后出现太大的空档。

  诊疗结束后，我把他们送出了门，并顺便在诊所附近转了转，呼吸一下室外的新鲜空气。回程时，我发现某户居民家的围墙上有一条细细的裂缝，上面爬满了嫩绿的藤蔓。这让我不由得停下脚步，凝视了好一会儿。我感觉自己的心中有一股特别温柔的力量在涌现，它让我看到了生命的强大力量，也更加深切体会到自身的生命意义。

星期三/阿拉加森林

艾伦、莱拉和卡罗斯
一

阿拉加森林里,有三棵相生相依的树:高大的松树,立于岩石、盘根土壤;柔美的柳树,纤细灵动,随风摇曳;清香的果树,果实丰盛、四季常青。极旱之年,林中的其他树木都因缺水而相继枯萎,唯有他们相互信任、取长补短。由松树探水、柳树庇荫、果树供果,相互依托着渡过了难关。旱季过后,三棵树的枝头枝繁叶茂,比干旱前更显盎然生机。

  自从下定决心,给自己放个长假,我的精神状态一下子提升不少。尽管接诊量暂时还未减少,但我知道那只是时间问题。事实上,我已经开始与同事们商量有关我度假期间的工作安排了:我计划把刚刚接手,治疗联盟尚未稳固的来访者转介给其他合适的治疗师;而对于那些已经或即将达成治疗目标的来访者,我会继续跟进,直到治疗结束;至于那些已经跟随我一段时间,但暂时还无法在短期内达成目标的案例,我会逐个与他们沟通,为每一位来访者定制个体化的临时替代方案。

  艾伦的案例就属于最后这一类型。自艾伦在上周的家庭治疗中,把事情原原本本地告诉莱拉和卡罗斯后,一家人决定暂且按兵不动,等找律师详细咨询后,再决定是否要将真相公之于众。我能理解他们的顾虑，且作为一名心理治疗师，我不便在法律或道德层面对此事多加干涉。我的工作重心仍是帮助艾伦增升自控能力，避免再次在应激情形下做出冲动的行为或选择。同时，我认为家庭关系对他的成长至关重要。虽然我在过去几周的家庭会议中，促进了艾伦和他的父母在情感上的重建和联结，三人之间的相互信任和依赖感也得到了一定程度的提升。然而，考虑到艾伦尚未成年，莱拉和卡罗斯又有各自的生活，我希望自己可以在度假前，帮艾伦理清他与父母之间的相处模式和定位。这样，在我度假期间，艾伦可以暂时和我的同事艾米合作，而家庭会议则可以等我回来后重启。

我把自己的想法跟艾伦一家作了分享，并询问他们的意见。三人异口同声地表示，我的计划考虑得很周全，他们完全赞同。于是，我切入主题，告诉他们今天的主题是合作讲一个故事。故事的背景发生在一片叫作阿拉加的神秘森林里，林中有一个废弃千年的玛雅遗迹。传说遗迹里隐藏着大量的古老智慧和力量，谁能找到它，谁就能成为这世人最有智慧和力量的强者。艾伦、莱拉和卡罗斯需要分别根据这个故事背景，为自己设计一个可以参与到故事中的角色。每个角色都需要有一个独特的技能，以及一个个人局限。角色设定完毕以后，他们需要以角色的身份，进入这片森林，一起经历一段冒险的旅程。

"我是一名从事考古的青年学者，对古文明和符文有深入的了解，可以解读古语！"我话音刚落，艾伦便迫不及待地为自己设定起了角色。我知道他平日里喜欢玩角色扮演类的电子游戏，所以我投其所好，特意把故事设定为一段冒险之旅。

"那你的局限是什么？"我笑吟吟地问他。

"嗯……体力较弱，怎么样"？艾伦想了想，回答道。我觉得他的这个局限设定很有意思，因为他在现实生活中是一个身材健硕、运动细胞发达的青少年。

我点点头，请他为自己的角色起个名字。

"里科！"艾伦不假思索地回答。

"好的，里科。"我以角色的名字回应艾伦，帮助他进入角色。同时，也暗示他接下来要发生的故事，是里科在经历，而不是他。

接下来，莱拉和卡罗斯也纷纷为他们的角色设计了名字、技能和局限。莱拉说她想扮演一名叫雅雅的神秘女巫，女巫拥有神奇的治愈能力，只要她用手轻抚伤患的额头，对方的任何伤口或疾病就会在瞬间痊愈。但这个法力有一个局限，那就是当雅雅感到极度恐慌或情绪不稳定时，该法力就会失效。卡罗斯说他叫瓦罗，是一名勇敢的探险家，擅长解谜和战斗，且战斗能力越强，解谜速度越快。但他有个弱点，那就是方向感极差，一旦步入未知区域，就会迷失。

我对莱拉和卡罗斯的想象力和创造力叹为观止。两人不仅能在极短的时间里完成相对较复杂的角色设定，且所设计的技能和局限，似乎也与他们的真实生活经验有着某种平行的联系。我开始有点期待三个人接下来的合作了，不知他们会在即兴协作中，碰撞出怎样的火花。我告诉他们无须构思太多，因为无论再精巧的构思，都有可能在即兴合作的过程中，被他人改变。所以正确的游戏进入方式，是直接抓住最先浮现在脑海中的点子，并把它呈现出来。每个人都可以在讲故事的过程中，随时停下来，把接下来的情节走向交给下一位合作伙伴。

"我先来！"艾伦兴奋地举起手。在得到大家的默许后，以里科的口吻，开始了故事的叙述。"我和雅雅还有瓦罗相约一起去阿拉加森林探险。就在我们历经艰辛，就快找到玛雅遗迹时，我们遇到了一道由古法制造的难题……"说到这里，里科（艾伦扮演，下同）停下来，把目光转向他的同伴。

"遗迹的入口前，有一条神秘的河流。河水中富含着一种特殊的毒素，不管是人类还是其他生灵，只要一触及河水，就会中毒。体力差的，更可能在瞬间殒命……"瓦罗（卡罗斯扮演，下同）在说"殒命"一词时，特意把尾音拉长，营造出一种"好戏开场"的氛围。

"而且就算我们能安全过河，还必须解开一道古老的谜题，才能打开遗迹入口的那道石门。而谜题的线索就在河对岸的一块巨大石板上，上面密密麻麻地刻着许多稀奇古怪的符号和图形……"雅雅（莱拉扮演，下同）不紧不慢地给他们的历险增加了更多难度。然后，把目光转向里科。

"我能读懂这些符号和图形！"里科说。

"可是你的体力太弱了，根本无法渡河。"雅雅提醒里科。

"那怎么办？"里科有些着急，然后又急中生智，对着雅雅叫嚷："对了，你不是有治愈的法力吗？你把手一直放在我的额头上，这样我就不会中毒了！"

"可是我现在很紧张，也很恐慌，根本无法集中精神，开启我的魔力。"雅雅再次提醒里科不要忘记每个角色的局限。

"里科，我体力好，可以背着你过河。然后到了对岸，你就可以为我解读石板上的文字了。"瓦罗提议道。

"可是，要过这样一条充斥着毒素的河，还要背着我，一定会消耗掉你大量的体力。这样就算我们过了河，你的体力也不足以继续带着我进遗址探险啊。"里科质疑道。

"这样不行，那样也不行，那我们要怎么办？放弃吗？"瓦罗问。

"要不，你和雅雅一起？"里科向瓦罗建议道："雅雅方向感好，还有治愈力。你背着她过河，到了对岸再请她帮你清毒疗伤。"

"那不行。"雅雅断然回绝道，"我一见到他就生气，没法稳定自己的情绪。就算过了河，也没法帮他疗伤。"

"那我们三个一起过河不就行了？"里科提出新的建议。

"河里有很多怪物需要对付。所以他没有这个能力，把我们都带到河对岸。"雅雅再次摆出一道新的难题。

眼看故事就要陷入僵局，我变身猫头鹰，来到了探险队的面前。我告诉大家自己是阿拉加森林的守护神，刚刚无意间在飞行中听到了他们的讨论。听上去他们好像要进入遗址，少了他们中间的任何一个都不行，所以，我很好奇有没有一种解决方案，可以集众人之所长，共渡难关？

猫头鹰的话，启发了里科。他问雅雅，如果知道他的生命危在旦夕，只有瓦罗能救他，她还会对瓦罗生气吗？雅雅摇了摇头。于是里科提出了一个大胆又极具创意的想法。他让瓦罗先背着他过河，然后把他留在对岸，再回来接雅雅。因为担心里科的安危，雅雅会努力控制好自己的情绪，不对瓦罗生气。这样她就可以帮瓦罗解毒，再跟着他过河。等三人会合后，里科会用古语中隐藏的线索，帮大家打开遗址的入口，然后继续携手前行。里科的方案得到了雅雅和瓦罗的一致认可，连称里科才智过人，他们很荣幸可以有机会与他一起探险。

我见故事的起承转合已经完成，便叫停了大家的叙述，并请他们去角色，回到现实。在分享环节，雅雅提出，这个即兴创作的故事虽然是在仓促中虚拟出来的，但她很喜欢自己的角色，也很欣赏艾伦遇到困难不轻言放弃的精神。卡罗斯也对艾伦的智慧给予了极大的赏识，称自己是绝不可能像儿子那样，想出如此完美的方案的。得到了父母的鼓励和赞许，艾伦有些得意，也有些感触良多。他坦言一直以来，他总是抱有幻想，希望莱拉和卡罗斯可以有朝一日破镜重圆。因为只有那样，他能真正感受到一个完整的家的概念，也可以在享有父爱的同时，有母亲陪在身边。但今天的故事，让他突然有了一些新的感悟。假如故事里的雅雅可以为了里科，放下对瓦罗的成见。那么，现实中的莱拉，应该也可以为了他，而与卡罗斯和平共处。如果是这样的话，即便父母不能复合，他至少可以无所顾忌地在莱拉面前，提起与父亲相处时的点点滴滴。他希望接下来的日子，可以分一半时间给父亲，留一半时间给母亲。这是他最大的梦想，而这个梦想并不需要通过三个人住在一起来实现。

望着儿子认真、恳切的脸庞，莱拉再难以抑制积蓄已久的情绪。她许诺艾伦，她会尽力满足儿子的心愿，试着放下过往，与卡罗斯和平相处。卡罗斯也表示他很支持艾伦的想法,也尊重莱拉的愿望。如果莱拉不反对,他希望可以和她商量共同抚育艾伦的具体细节。

治疗结束时,艾伦把我单独请到一边,从随身携带的大背包里取出一个篮球,指着上面的签名告诉我,这是他的一点心意。他知道我不能收贵重的礼物,但他相信不久的将来,这个篮球会随着他在业界的名气而身价倍增。所以他觉得这是他能拿得出手,用来回报我的最好礼物。

星期四/了不起的一家

程乐、杨柳和程鹏

一

一家三口划着小船,在河中行驶。风平浪静时,他们划着桨,谈笑风生;风向骤变时,他们放下桨,通过彼此的声音来相互定位,寻找通往港湾的航向。

下午四时,程乐左手挽着母亲的臂膀,右手捧着一杯奶茶,笑意盎然地出现在诊疗室门口。我请母子俩进门后把门带上,程乐忙摆了摆手说不急,马上还有一位神秘嘉宾要闪亮登场。我下意识地回头扫了眼房间里的挂壁电视,发现程鹏并未连线后便猜出了大概。果然两分钟后,程鹏满头大汗地一路小跑进来,忙不迭地向我致歉,说自己第一次来美国,花了好久才搞明白如何泊车。我请他入座,他见母子俩坐在一张三人沙发上,便也想挤在儿子身边,不想程乐却抛给他一个嫌弃的眼神。无奈之下,程鹏只能一边尬笑,一边识趣地坐到了离儿子较近的一张单人沙发上。我注意到他一直低着头,双腿不停地抖动,便问他与妻儿同处一室与视频连线有何不同。程鹏习惯性地摸了摸脑袋,瞅了眼母子俩,又呵呵干笑了两声,没有作答。我又问杨柳相同的问题,她柔情似水地看了眼丈夫,说感觉太不一样了。昨天晚上程鹏从天而降般出现在家门口时,她好久都没回过神来。直到今天,还感觉像是做梦一般,有些不真实。我又将目光投向程乐,只见他默不作声,专心致志地对付着卡在吸管里的一颗珍珠,仿佛只要设法把珍珠弄到嘴里,答案自然也就不言而喻了。

我请大家花两分钟的时间,注意观察每个家庭成员的神态及动作,并挑选其中一人进行模仿。这回程乐来了精神,学着父亲的样子,低着头抖起了双腿。我挪步到程乐身边,对他进行了即兴采访。

"请问,您现在学的是谁的样子?"我明知故问。

"程先森啦。"程乐抖着腿,用港腔回答道。

"程先生,您好。能向我们简单介绍一下您自己吗?"见程乐很自然地进入了角色扮演,我顺水推舟地运用起了心理剧的技术。

"我是一个商人啦,唯利是图的那种。"程乐继续抖着双腿,学着港腔道。"我生命中的每一分每一秒都在想着如何攒钱,可以说在这世上,没有什么事比攒钱更重要的啦!"

"那您今天来到这里的目的也是为了攒钱吗?"我再次明知故问。

"那没有的啦……"程乐顿了顿,双腿抖动的速度明显缓慢下来。"我来这里其实也是没有办法啦,谁让我有个不争气的儿子呢!"说到"呢"这个字时,程乐故意拉长了音调。

"所以您来这里不是为了攒钱,而是为了您的儿子,请问他来到这里了吗?"我又一次明知故问。

"有的啦!"程乐往他父亲那边努了努嘴,"喏,就在那边。"

我望向程鹏,只见他吃惊地盯着儿子,看上去似乎正在很努力地想要弄明白眼前发生的一切。

"您好,程鹏先生说您是他的儿子,他今天来这里是为了您,是这样的吗?"我走到程鹏面前,一本正经地问他。

"嗯……额……是的……"程鹏纠结了片刻,终于下定决心配合儿子把戏演下去。

"您父亲说您是个不争气的儿子,是这样的吗?"我问试图扮演儿子的程鹏。

"不是,他那是胡说八道。我非但没有不争气,还挺为他长脸的。"程鹏学着儿子的样子,开始渐入佳境。在接下来的十几分钟时间里,他如数家珍般地用程乐的口吻列举了儿子从小到大的所有成就,并表示没有一个父母不应该为有他这样的儿子而自豪。

我好奇程乐对父亲如此的夸赞有何反应,便回到他身边,继续对其所扮演的程鹏进行采访:"程乐说他觉得自己很为您长脸,您认同吗?"

"我认为我儿子说得很对。"或许是父亲的不吝称赞令程乐有些喜出望外,又或许是角色扮演让他感觉自己占到了父亲的便宜,程乐一改方才故作老成的样子,咯咯地笑着,欣喜之情溢于言表。

"那您不远万里赶来这里,究竟是为了什么?"我继续问。

"为了可以真真正正地了解儿子。"程乐止住了笑,一本正经地说。

"那您呢?您今天和您的父母一起来这里,也是出于同样的目的吗?"我又转向程鹏。

"是的,我爸不了解我,我也不解我爸。这让我们的关系有点僵。我希望改变这种状态。"程鹏用儿子的口吻回答。

我觉得今天的主要议题已经自然地浮现出来了,便感谢两位精彩的配合,并在帮助父子俩去角色后,回到自己的真实身份里。

接下来的分享环节,杨柳表示她对丈夫和儿子刚才的表演既惊讶又感动。惊讶的是,身为妻子和母亲这么多年,她从来不知道原来自己最亲近的两个男人有着如此惊人的表演天赋和即兴创作能力。感动的是,丈夫居然对儿子的成长如此关心,以致刚才他提及的许多有关程乐的大小成就,她都从未留心过或放在心上。同样,她对儿子通过角色扮演所表达的想要了解父亲的愿望也是十分惊喜交加。她希望这会是父子关系愈合的一个好的开始。

我注意到杨柳发言的时候,程鹏在一旁不停地点头,便请他也谈谈自身的感受。与会议伊始感觉浑身不自在的情形不同,通过戏剧的方式表达自我后的程鹏,显得放松了许多。他谈到自己此番来美是下了很大的决心的。一则他有很大的烟瘾,飞机上十几个小时的禁烟对他来说简直是难以忍受。二则因为接近年末是生意上的旺季,他本打算把手头的事都处理完再来美国与妻儿团聚的。但上周的家庭会议对其触动很大,让他意识到儿子想要的与其所给的,原来是两回事。这让他对这么多年辛苦奔忙的意义有了重新审视的意识,也对什么才是他生命中最想要的有了很深刻的反思。"钱是攒不完的,但能够陪伴儿子成长的时间是有限的。我已经浪费了许多原本可以陪在他身边的机会,不能再继续错下去了。"程鹏情真意切地说道。

"我很高兴你终于意识到了这一点。"程乐对着父亲开口道,

"你在我最需要你的时候没有陪在我身旁,我为你和我都感到遗憾。但逝去的时光不可追,重要的是如何珍惜眼前。比如我已经长大,不再那么需要你的陪伴了。但你如果真的有诚意,可以多陪陪我妈。她这么多年真不容易,如果你可以把你用在生意上的时间分一半给她,我就对你很满意了。"

程乐的话让做父亲的脸上白一阵红一阵。一席话了,程鹏起身,默默坐到了妻子的身边,并伸出双手紧紧把妻子的右手握在了掌心。"儿子说得对,柳柳对我的好,我都记在心里,却从来没有表达出来。今天当着儿子的面,我向你保证,以后一定多抽时间陪你。我们要像以前谈恋爱时那样,每周都去看电影、下馆子,过只有我们的两人世界。"程鹏握着妻子的手动情地说。

"哎哟,当着医生的面,别煽情了。"杨柳又娇又羞地试图推开丈夫,却被丈夫索性顺势搂在了怀里。

"没事,老妈。老爸难得这么深情,你好好享受,把我和简医生当空气就行啦!"程乐见爸妈如此亲密,先是高兴地乐开了花,然后又似想起了什么,起身坐到了程鹏方才的座位。

我笑而不语,让甜蜜的氛围尽可能地在房间里多流动一会儿。等大家逐渐平静下来,我问程乐为何要换座位,他不假思索地回答说是想给爸妈多一些私人空间。我又提出他刚才那段有关自己已经长大,不再需要父亲陪伴的说辞,似乎与上周他所表达的想要父母陪伴的心愿有些不符。程乐愣了愣,没有回应我。我问程鹏和杨柳怎么看,夫妻俩言辞一致地表示,不管儿子需不需要他们的陪伴,他们都将二十四小时备战,无条件支持儿子的一切需要。

"真的吗？一切需要？"程乐问父亲和母亲。

"当然，爸爸说话算话。"程鹏信誓旦旦。

"如果你们是认真的，我想回国，和你们及爷爷奶奶住在一起。"程乐认真地向父母发出请求。

"这……乐乐，妈妈什么都可以支持你，唯独回国读书这件事有点难办……"杨柳一脸为难地看着儿子。"你在美国读的高中和国内的教育体系非常不同。如果现在这个时候突然转校回国，会对你的学业产生巨大的影响……"说到这里，杨柳突然停了下来，似乎在衡量该不该继续做儿子的思想工作。

"没事，儿子，爸爸支持你。"程鹏语气坚定地接过妻子的话，"爸爸想通了，学业再重要，也没有你的幸福重要。既然你想要回国，爸爸相信你已经做好了面对一切困难的心理准备。爸爸妈妈所需要做的就是无条件地支持你的决定。"

程鹏的话让原本还在担心程乐的要求会激发新一轮家庭矛盾的我大大松了一口气。说实话，程鹏这两周的表现有些突飞猛进的优秀，让我瞬间对程乐接下来的心理康复有了更多的信心。而程乐更是惊喜地合不拢嘴，一反常态地主动坐到程鹏的身边，一把抱住了父亲。看着一家三口终于其乐融融地坐在了一张沙发上，我的内心百感交集。几个月来与程乐及其家庭工作的点点滴滴似纪录片般一帧帧浮现在我的眼前。这就是每一位心理工作者都渴望的高光时刻吧，我想。

星期五/不散的筵席

密斯顿监狱

一

如果说监狱的高墙,是禁锢自由的象征;那么戏剧,则是穿越高墙的灵魂之光。人生也许狭隘,但戏剧无涯。

　　我驶下高速,抵达三面环海的半岛。绕过几个路口,便是密斯顿监狱的第一道大门入口。我像往常那样,下车出示证件,登记信息,再上车继续行驶一公里,把车停在了公共停车场。与上周公演时人声鼎沸、车满为患的情景相比,此刻的停车场显得空空荡荡,让人无端生出几分寂寥的心绪。我锁上车门、背上双肩包,开始了一段长长的步行。要进入深牢大狱,这条长达两千米的沿海步道,是唯一的通途。

　　行走于步道之上,温柔的海风轻轻拂过我的脸颊,扬起了我的长发与裙摆,形成一道道变幻莫测的弧线。我停下脚步,举目远眺,记忆的阀门由此打开,回到了八年以前。

　　当时的我,还是一名初来乍到的实习生。跟随导师,来监狱办莎士比亚戏剧工作坊。想到自己即将与一群素不相识的囚犯一起排演莎翁剧作,我的内心充满了新奇又不安的情绪。一方面,高墙内的生活在影视剧的渲染下,显得既神秘又险象环生,令我充满了深入腹地探险的猎奇之心；另一方面，我又有些紧张，不确定自己与那些传说中的凶神恶煞们，会碰撞出怎样的火花。忐忑之间，我在通往高墙的沿海步道上停下脚步，希望广阔的大海可以为我纷乱的思绪带来一些慰藉。不料，一只海鸥突然越过我的头顶，向着大海疾速飞行。正当我目送着它渐渐消失在海平线时，海鸥一个回旋，又飞了回来，并最终选了块离岸不远的礁石小憩。尽管奔腾的浪花一再击打着礁石，打湿了它的羽毛但海鸥始终伫立在那里，纹丝不动。 就这样，海鸥、礁石与浪花，渐渐在我眼中融为一体，交织成一组动态的雕塑。这让我不禁又浮想联翩，把眼前的画面与被关在这里的囚徒联系在了一起。我很好奇，此刻的高墙之内，究竟会有多少双眼睛，正像我一样怔怔地望着这组雕塑。又有多少人在日复一日、年复一年的观望中，感受着与世隔绝的孤苦与绝望。常人眼中的碧海蓝天，在他们眼中，不过是难以逾越的屏障。而那一朵朵明知会粉身碎骨却依然固执地冲向礁石的浪花，又好像无时无刻不在提醒他们，切勿以卵击石。

如今，再见浪击巨石，我的心境却与当年相去甚远。那些奔涌前进的浪花，不再是自毁的象征，而是勇敢与希望的化身。而那只在惊涛巨浪前处变不惊的海鸥，也早已成为我心中坚忍不拔、逆境求生的象征。正如那些身处囹圄的人们，尽管曾经因为各种各样的原因误入歧途，但他们的心灵之花并不会就此泯灭。只要心中仍有希望和梦想，他们就仍然有可能在灵魂的救赎中，振翅高飞，重获内心的自由。而戏剧，便是那道破除心牢、重拾梦想的希望之光。

在过去的十个月里，我和戏剧工作坊的学员们每周一次汇聚在这里，走过了一段难忘的旅程。借助戏剧的力量，我带领大家整合自我构筑信任，探索了人性的复杂和美丽，重述了生命的悲欢与离合。可以说，每一场的活动都充满了欢笑与泪水，收获了疗愈与成长。然而，不论多么美好的旅程，都会有抵达终点的一天。在这样的离别时刻，要说没有伤感与不舍是不现实的，但我不希望自己和学员们被离别的愁绪所困。我要以一场别开生面的告别，为这段弥足珍贵的旅程划上欢乐的句号。

想到这里，我把视线从海平面上收回，加快脚步，通过重重门禁，来到了排练大厅。不知为何，我没有在学员们的脸上找到想象中的伤感痕迹；每一个人都有说有笑地相互打趣着，仿佛全然不知今天的这场工作坊将是团体最后一次的相聚；我不禁暗自嘲笑自己的自作多情，把大家聚成一个圈，开始了今天的主题。

"上周的公演非常成功，无论是媒体还是公众，都对大家的表演赞不绝口。不知道你们自己是如何看待这次的成功的？让我们用'跨前一步'的方式，向团体分享自己的感受。"我说。

"如果有人和我一样，对外界的评价毫不关心，却很享受演出的整个过程，请跨前一步。"比利抢先发言，并向前迈了一大步。大部分团体成员都大步跨前，以表达和比利相似的心境。只有我、大里昂和艾力跨前半步，以表示自己既对比利的话感同身受，又不完全赞同他的说法。我注意到团体中，只有费费停留在了原地。

"我的爸妈和兄弟姐妹都来观看了我们的演出。事后，我姐在电话中跟我说，有媒体联系了她，想要对我的案子作深度的了解和挖掘。这让我彻夜难眠，不知道这会不会是我翻案的好机会。"可能是察觉到团体中，只有自己没有对比利的话做出任何的回应，费费忽略了不解释的游戏规则，不问自答起来。

若是在往常，我会提醒费费和团体，在发现自己与他人不同时，不用做出任何的解释，因为这个练习的初衷，除了让大家在跨前一步时找到与他人的联结以外，还希望每一个个体的独特性，可以被他人看见和接纳，并不予评判。但此刻，我并不想说这些，只希望自己和团体能用善意和支持的目光，为费费增添希望和勇气。

"如果有人和我一样，希望这次公演不是成功的终点，而是希望的起点，请跨前一步。"在大家相互环视，给彼此送上支持和鼓励，并退回圆圈后，大里昂抬腿向前，向团体发出新的邀约。这一回，所有的团体成员都齐刷刷向前一步，表示大里昂的话说出了自己的心声。

接下来，大家相继发言，以这样的形式，对各自在演出中的亮点与成长，作了分享与回顾。见团体的情绪动力越来越饱满，我带领大家进入了下一个环节——互赠礼物。与传统的临别赠礼不同，送礼者送出的并不是真实的物件，而收礼者也并不知道他们收到的是怎样的礼物。

爱德蒙自告奋勇，坐到了团体围成的圆圈中心，成了第一位收礼者。我伸出双臂，向前环抱，然后弯下腰，一步一停地走向爱德蒙，仿佛抱着一件十分沉重的礼物。当我气喘吁吁地把手中的"礼物"交给对方时，爱德蒙一边连声向我致谢，一边费力地把接过"礼物"置于自己的脚下。然后，他煞有介事地"拆开"了礼物的"包装盒"，再把我送他的"礼物"一件件从偌大的"礼盒"中掏出来，放在礼盒旁。这样来来回回做了许多次后，爱德蒙终于抬起头，满怀感激地握住我的手，说道："谢谢你啊，简，为我带来这么多的好书。我一定好好地把这些书读完。"至此，我这个所谓的送礼人，才总算知晓了自己送出的是什么样的礼物。

接下来，团体成员一个个上前，纷纷给爱德蒙送礼。而爱德蒙也表情夸张地随着送礼人用肢体动作展现出来的"礼物"尺寸，为他收到的各式"礼物"命名。有可以用来提神的"咖啡机"，也有伴他在起风的海边读书的"围巾"，还有可以帮他在出狱后立即找到工作的"魔法名片"，以及可以令他远离焦躁的"情绪调节灯"等。待爱德蒙收齐所有人的礼物，欢欣鼓舞地回到圆圈后，乔纳森迫不及待地坐到了圆圈的中心，成了下一位幸福的收礼者。

虚拟的礼物交换，不仅让爱的暖流在团体间涌动，更为每个人充满渴望的内心带来了一份又一份独特的慰藉。紧接着，我又带领大家做了几个类似互赠礼物的练习，团体的气氛也在欢声笑语中逐渐推向高潮。

作为工作坊的最后一个环节，我取出了事先准备好的参与证书，邀请大家在各自的证书上相互留言。等我把证书收集起来，再一张张颁发给每一位学员后，艾力为我送上了专属于我的证书。这一招出乎我的意料，令我既惊喜又感动。我害怕自己情绪失控，只得告诉艾力，自己需要在一个人独处的时候，才能好好拜读他的留言。艾力显得有些失望，但很快表示可以理解。大家也很快围上来，与我握手告别。就这样，一场本以为会以欢乐收尾的离别，最终还是在完全温馨却又略带伤感的氛围中迎来了终点。

回到家，与本一起用过晚餐，又和可乐玩了一会，我从背包里取出了那张专属于我的证书，走进了书房。令我惊讶的是，证书并非出自艾力一个人的手笔，而是由所有团体成员共同制作的。刹那间，一张张生动的脸庞，随着一段段言真意切的文字，跃然纸上。我不禁潸然泪下，任心中的暖流四处涌动、充斥心田。

　　我知道，筵席虽散，但席间结下的深情与厚谊，将永远铭刻在我们每一个人的心间。

星期六/完美地不完美

瑞贝卡和简

一

在生命的庭院中,有一群身兼数职的园丁。他们既要确保庭院里的每一株植物都能沐浴在充足的阳光下,吸收必要的养分;又要确保这些植物具备足够的坚毅和韧性,能够承受每一场暴风雨的洗礼和考验;更要在暴风雨后对那些受损的植物照料有加,帮助它们焕发新生与活力。然而,园丁有时候会忘记,不论他们付出多少努力,拥有多少经验,都无法预测或控制自然界的每一次变化和转折。

  自打踏入心理治疗领域以来,我最大的愿望之一,就是有朝一日能像瑞贝卡那样,拥有一家精致又独立的诊所。梦想中的诊所,有着红色的屋顶和奶白色的屋身,营造出一种宁静温馨的氛围。内部设有一间宽敞明亮的客厅,用来举办各类团体活动。此外,诊所里还设有三个功能各异的小房间,分别用来提供个案诊疗、家庭诊疗和沙盘诊疗。最重要的是,诊所需要有一个前院和后院。各类植物和花朵在前院肆意生长,让来访者在诊疗前,就能充分感受到生命的活力和喜悦。而后院则被茂密的植被和几株大树所环绕,供我在工作之余小憩。阳光明媚的日子里,我还会邀请来访者到庭院中品茶,在自然的滋养和阳光的抚慰下,探索内心世界,寻求心灵的祥和与平静。

当然，这样的诊所有些太过理想。旧金山房价昂贵，要在这里买下这样一栋房屋，凭着我现有的这点收入，基本上可以算是痴人说梦了。但瑞贝卡并不这么看，她认为只要我不放弃，梦想说不定哪天就能真的实现。为了让她画的饼更有说服力，她现身说法，说起了自己这栋诊所的前世今生。原来，她在刚入行的时候，也像我这样，需要与好几名治疗师共用一个诊所。虽然这样做可以分担房租和其他行政成本，但诊所的内部并不能按照她的喜好来布置。然而，每一位治疗师的风格都是不同的。千篇一律的诊疗室，并不能彰显治疗师自身的特质，而像沙盘室这样的特殊设置，也不是每一位治疗师都需要的。后来，瑞贝卡阴差阳错地参加了一次硅谷高管的聚会，并出乎意料地赢得了高管们对她的欣赏。于是，那些高管集资购置了一栋独立屋，并把产权记在了一个专门用来促进高科技从业人员心理健康的信托名下。而瑞贝卡便自然成了信托的受托人之一，把独立屋改造成了现在的诊所，并专门为高科技领域的从业人员提供心理咨询和治疗服务。

瑞贝卡的分享，令我情不自禁地再次想到了蒂芙尼。如果说科技从业者的心理困扰大多源于高强度的工作压力和竞争，那么，边缘群体的心理问题则多半根植于资源的匮乏。科技公司的高管可以一掷千金，用专项信托来邀请瑞贝卡这样经验丰富的治疗师为他们提供心理服务，而边缘群体所能接触的资源却少之又少。一方面，财务的压力、社会的排斥、教育和就业机会的限制等诸多因素的叠加，很有可能导致边缘群体长期处在自我质疑和低自尊的状态，进而引发一系列的心理问题；另一方面，在缺爱、暴力等创伤环境下成长的他们，大多经济和社会地位低下，而这又通常意味着不尽如人意的医疗保险，以及难以负荷的时间、交通和经济成本，这些致使他们有病难医，或难以匹配到适合的心理健康资源。

而作为边缘群体之一的蒂芙尼的遭遇，就是上述问题的集合所引发的结果。历经各种童年创伤的蒂芙尼，不仅没有真正体验过关爱和滋养，还因为这些创伤引发极度的低自尊。若不是因为酗酒斗殴被捕，被缓刑官转介到我这里，她根本无法接触到适合她的治疗资源，也难以有机会了解到，在她身上发生的这一切，原本并不是她的错。然后，即便她遇到了我，与我结下了稳固的治疗联盟，且在短短四个月的时间里，取得了明显的进步，但她最终还是脱落[75]了。虽然她的出走，是为了逃避可能的法律制裁，并非与我有关，但我还是非常沮丧，总感觉如果自己能把工作做得再仔细一些，可能不至于发展到后来的局面。

瑞贝卡听了我的想法，先是为我对边缘群体的关怀表示欣赏和敬佩，然后问了我一个一针见血的问题："你认为你做得不够好，能不能具体说说哪里做得还不够？"

"我觉得自己的经验还不够丰富。如果我能像你一样经验老到，说不定能更早发现蒂芙尼身上惊人的韧性。那样我就能充分利用她的自身优势，对她做一些更直接的干预措施，而不是像我之前那样迂回作战，不敢直击要害。"我答。

75　脱落（dropout）指的是来访者在未达到治疗目标或治疗师建议的治疗周期结束前，单方面停止治疗。

"是吗?"瑞贝卡用这样的问题,来暗示她并不赞同我的想法。"好吧。就算你的想法是对的,还有哪些你认为做得不够好的地方?"她继续发问。

"自从见到了她的奶奶和妈妈,我就一直在自责,怨自己没有早点把家庭治疗引入蒂芙尼的案例中。"我说。

"为什么没有呢?"瑞贝卡问。

"因为……"我一时语塞。一直以来,我都认为个案的治疗,尤其是青少年的个案治疗,必须鼓励来访者的家人一起参与到治疗中来。这一点,无论是从程乐还是艾伦的案例中,都可以发现,把家庭治疗作为个案治疗以外的辅助,会迅速加快治疗的进程和增强治疗的效果,起到事半功倍的效果。所以,我经常会在与来访者的治疗联盟逐渐稳固后,向他们建议加入家庭治疗。可是,我和蒂芙尼合作了四个月,却一直没有引入家庭治疗,主要原因在于蒂芙尼并不信任她的母亲。而她的奶奶虽然和我在治疗早期有过几次短暂的会面,但她一直说自己需要工作来供蒂芙尼的妹妹读大学,没有太多的时间参与到蒂芙尼的治疗中来。

"所以这其中有许多客观原因,或者说是你控制不了的原因,对吗?"瑞贝卡听了我的解释后点了点头,用一种极其温柔的语调问我。

"是的。但即便如此,我也可以用其他方式把工作做得更到位一些。"我就像是一台不知疲倦的找茬机器,仿佛只有在我身上找到问题,才能令我释怀。

"比如?"瑞贝卡继续温柔地发问。

"比如我可以推荐蒂芙尼参加一些适合她的治疗团体。假如她能在团体中得到支持和鼓励，说不定也会振作许多，不至于选择出走这样的下策。"我说。

"合适的治疗团体并不是一直都有。而且以蒂芙尼的经济能力，她是无法负担团体治疗的额外费用的。"瑞贝卡明确指出，这样的选项并不符合现实的条件。见我没有作声，她继续开口，语重心长地对我说："简，你有没有发现，你所说的这些，也许都是你习惯性地在自己身上找问题的表现？而这恰恰是完美主义的典型症状。"

"嗯，我知道。我从小到大，一直有完美情结。读书时喜欢考满分，工作后又希望每一件事都能做到尽善尽美。我知道这很不健康，甚至还经常建议我的来访者，放下他们的完美情结，但我自己却很难真正做到这一点。"我坦言相告。

"做事追求精益求精，这本身并没有错。你无须因为有这样的情结就感到自责或羞愧。"瑞贝卡说。"你需要注意的是，这样的情结是否影响到了你的情绪，或者你有没有因为凡事力求完美，而感到身心疲惫？"

"有……"我不假思索地承认道。我告诉瑞贝卡我已经下定决心，给自己放一个长假。

瑞贝卡对我的决定大加赞赏，然后提出了一个哲思性的问题："简，在'不完美的完美'和'完美地不完美'之间，你更倾向于哪种？"

"什么？"我时常在心灵鸡汤类的书籍或说教中，听到"不完美的完美"的说法。但"完美地不完美"的概念，却还是第一次听说。

瑞贝卡笑了，说她也是最近这几年才听到这样的说法。然而，这两个看起来语义相近的短语，实际上承载的是两种不同的哲思。"不完美的完美"，强调的是虽然事物存在缺陷或瑕疵，但它仍然可以被视作完美。也就是说，只有当事物包含了缺陷和错误，才是真正意义上的完美。而"完美地不完美"，更调强一种对不完美本身的接受和珍惜。也就是说，不完美不仅是自然的，还是美丽的、富有价值的。因为它代表了真实和独特，以及人性。两者相较，虽然都要教导世人以更加包容的眼光看待世界和自己，但"完美地不完美"更体现了一种对内在本质的欣赏和称颂。

瑞贝卡的这番解释，令我茅塞顿开，忽然对那个孜孜不倦地力争上游、宁愿身心俱疲也要把一切做到完美的自己，生出了许多的同情和包容。原来，我的力求完美，恰恰是我的不完美。而恰恰又是我身上的这些不完美的部分，才构成了我的完整性，令我得以"完美"。

星期日/心洞

简

在一栋小木屋的入口，挂着一面铜镜。屋子的女主人很喜欢这面铜镜，时常对着镜子出神。而男主人则很少在镜前驻足，即便偶尔照一下镜子，也只是出门前的例行公事，并不会对着镜子仔细端详。就连家里那只好奇心爆棚的猫咪，似乎也对镜子心存芥蒂。仿佛只要它一靠近铜镜，镜子里的猫咪，就会立即跳出来与它抢口粮。有一天，女主人拉着男主人和猫咪一起站到镜子前，想要"拍"一张全家福。不料，镜子在反射出一家三口的刹那，疾速旋转起来。待它停止转运、归于静止时，铜镜中出现了三个大小不一的心型洞口……

    我把车泊在了雨果街靠近第三大道的一处街边停车位，然后步行一百米来到了一栋维多利亚风格的洋房门口。输入密码以后，铁门自动开启，我拾阶而上，来到位于三楼的一个西南方向的大房间。黄昏的光线洒进来，给房间里人和物都添加了一层柔和的滤镜，显得温暖又美好。我向大家打招呼，随意地聊着一周来的见闻趣事。

    时针指向六点，苏西分秒不差地走进房间，向团体的每一位成员点头示意。简短的热身以后，苏西问我是否准备好，就我在过去六周的心理剧团体中的体验和大家做一个深度的分享。我点点头，微笑着环顾四周，与每一双注视着我的眼睛交汇，开始了一段长长的叙述：

"首先，我很荣幸能有这样一个特别的机会，对自己和家人的关系做一个为期六周的深度探索。我也很感激在座的每一位伙伴，无条件地陪伴我走过这段难忘的旅程。通常，每一场团体心理剧的主角会由不同的团体成员轮换，而连续六周都以我一人为主角的尝试却是首次。

说实话，我之前在看到苏西发出的团体招募海报时，对这样的深度探索之旅既好奇又怀疑。一方面，我很赞同这样的模式，认为连续数周的深度挖掘，会对主角的个人成长具有极大的帮助；另一方面，我也有些不太确定这样突破传统的形式，究竟是利大于弊还是弊大于利。毕竟，熟悉心理剧的人都知道，心理剧是心灵的一把手术刀。高频率的手术，是能加快患者的康复，还是会给患者带来后遗症，一时半会儿，很难说得清。

然而，就我个人的亲身经历而言，过去六周的手术，对我来说收获巨大。通过把我的爱宠可乐和爱人本搬上舞台，并以他们的视角和身份与我互动，我逐渐看清了很多一直以来不太确定或不甚明晰的事情，比如我们这个三口之家的家庭结构、关系动力等。"

说到这里，我停下来，再度环顾四周，然后把目光投向苏西。

"接下来的分享，我想邀请杰米和杰西卡帮我一下。他们俩在过去六周里分别扮演了本和可乐的角色，我想请他们再扮演一次我的家庭成员，并对他们分别说一段话。可以吗？"我问。

苏西点点头，提醒我分享的时间总共半小时，所以接下来，我只是借用心理剧的形式做分享，而不是在出演一场新的心理剧。

我向苏西示以微笑，然后把杰米和杰西请到团体围坐的圆圈中心，再搬了三把椅子置于舞台中间，自己坐在了中间的那把椅子上，再邀请杰米坐在我的左手，杰西卡坐到我的右手。然后，我对着杰西卡扮演的可乐说：

"可乐，我最亲爱的宝贝。你是对的，你和我之间并不是主人和宠物的关系，而是相依相伴的家人。感谢你这些年来的陪伴，也很感谢你对我的接纳和包容。你的每一声叫唤、每一个呼噜、每一次翻身求抚摸，都能让我的心在瞬间中软化。仿佛我努力追求的一切，都没有与你的互动来得重要。我会试着理解你的生命哲学——活在当下，享受生活的每一刻。我知道，有时候我过于忙碌，忘了停下来欣赏简单而美好的瞬间。从今往后，我会试着让自己慢下来，或者至少定期让自己放松一下，与你一起晒晒太阳，享受那些曾被我忽略的小幸福。宝贝，你知道吗？你不仅是我的家人，更是我和本之间爱的纽带。在我们遇到分歧、难以有效沟通时，是你以你的方式，提醒我们生活的真谛其实很简单，那就是爱和被爱、理解和包容。你让这个家充满了欢乐，令我们的生活因为有你而变得更加美好。"说到这里，我情不自禁地用眼光询问杰西卡，是否可以给她一个拥抱。杰西卡善解人意地点点头，主动伸出手，与我紧紧相拥。这一刻，我感觉可乐仿佛真的来到了我身边，用它那软软的身体和饱满的肉垫，提醒我尽情享受当下的这份温暖和感动。

过了好一会儿，我放开了杰西卡，转身向左，温柔地注视着杰米扮演的本。

"本，我知道我们都不习惯叫对方'宝贝''甜心'之类的昵称。但此时此刻，我很想用最甜蜜的方式叫你，来表达我对你的爱意和感激之情。在遇见你之前，我相信生命的成长在于超越，超越他人、超越自我。我以为只有不断向上、追求完美，才能在挑战中找到机会，在日常中活出精彩的人生。但你的出现，令我看到了生命哲学的另一面。那就是，内在的平和与满足，以及对简单生活的热爱和珍视。虽然现在的我，还不能身体力行地做到这一点，但请相信，你的影响已经潜移默化地在我的心中种下了一颗种子，并在慢慢地生根发芽、茁壮成长。我希望你给我多一点时间和耐心，也希望你明白，虽然我们的生活节奏和价值观有所不同，但这正是我们之间最宝贵的部分。你的平和和内省，教会了我怎样在生活的喧嚣中找到自己的声音，如何在追求中保持平衡，在挑战中找寻意义。我会继续学习如何接纳自己的不完美，同时也试着学习理解、妥协和包容，让我们的关系在理解、尊重和爱中成长。尽管我们的不同为我们的相处带来了一定的挑战，但也正是这些不同，让我们的生活更加丰富多彩。"说着，我与起身向我张开双臂的杰米相拥在一起，我眼眶里的泪水微微打转，又退了回去。杰西卡也凑上前，与我和杰米环抱在一起。

房间里响起了经久不息的掌声。苏西和其他团体成员也纷纷起身，感谢我的精彩分享。接下来，随着苏西用木槌轻敲手中的唱钵[76]，团体渐渐平静下来，进入下一场连续六周的心理剧主角选拔。

团体结束后，我回到家中，就连续数周做心理剧主角的体会对本做了分享。本听闻，先是笑言自己竟不知参演了好几场戏，然后，又轻轻拍了正在我怀中打呼噜的可乐的小脑袋，问它知不知道自己一不小心做了好几回演员。可乐满脸无辜地望着我和本，不知道究竟发生了什么，让我们笑得如此开怀。

夜里，我做了个梦。梦中，我和本一起在南美的一处风景优美的景区远足，却不知何时与本分开了。我有些害怕自己迷路，也担心本因为找不到我而着急。心慌意乱之中，我来到了一个心形的洞穴入口。里面隐隐地发出一丝微弱的光线，暗示我走进去，可能本就在里面。我别无选择，只能向前。然而，不论我走多久，都没有发现本的半点身影。只有那隐隐的微光，指引我一步一步，在这漫无边际的洞穴前行。渐渐地，我发现，那微光并非来自同一种光源，而是由无数微小的发光生物组成。它们在洞壁的四周零零落落地散发出微弱的光芒，但这些光芒集合起来，却足以为我照亮前路，顺着它们指引的方向前行。忽然间，我不再害怕。取而代之的，是一种充盈感，因为我知道，我正走在一条未知却不盲目的道路上。

醒来后，我把这个梦记在了专门用来记录各种梦境的笔记本

---

[76] 唱钵（singing bowl），是一种历史悠久的乐器，源自亚洲地区，尤其在西藏、尼泊尔、印度等地区有着广泛的使用。唱钵通常由金属制成，能够产生和谐、持久的共鸣音。使用时，人们通常会用一个木制的槌子轻敲钵身的边缘，以产生清脆悠扬的声音。

上。然后，在描述梦境的文字下方，写下了以下这段文字：这场寻找本的旅程，可能是我内心深处对于自我发现和成长的渴望。前行的道路上，虽然每一步都走得孤独又不确定，却也充满了探索未知的勇气和希望。那些微生物所发出的光，可能是我在心理剧和心理治疗工作中洞察到的生命感悟。然而，假如我把这些微光看作是通过洞察和感悟而产生的意识，那么，洞穴中黑暗无光的大部分，则是尚待探索和发现的无意识区域。这片无意识领域广阔且深邃，充满了值得探知的地方，可能终我一生，都不能把整个洞穴点亮。